당신들은 이렇게
시간 전쟁에서 패배한다

THIS
IS HOW
YOU LOSE
THE TIME WAR

당신들은 이렇게
시간 전쟁에서 패배한다

아말 엘모흐타르 · 맥스 글래드스턴 글

장성주 옮김

THIS
IS **HOW
YOU LOSE
THE TIME WAR**

황금가지

너에게

추신. 그래, 바로 너.

차례

1

레드가 이겼을 때, 전장에는 그녀 혼자 서 있다.

피가 머리카락에 번들거린다. 내뿜은 숨결은 이 죽어가는 세계의 마지막 밤에 증기처럼 이글거린다.

이번엔 꽤 재미있었어. 레드는 속으로 생각하지만, 그 생각은 꼴을 갖추는 사이에 시들해진다. 그래도 깔끔하기는 했다. '시간의 *실*'을 따라 과거로 거슬러 올라가서, 혹시라도 살아남아 에이전시가 마련해 놓은 여러 미래를 헝클어뜨리는 자가 한 명도 없도록 이번 전투에서 전멸시켰으므로. 그 미래들은 에이전시가 지배하는 곳이자 레드 자신이 존재할 가능성이 있는 곳이다. 레드는 역사에서 이 가닥을 매듭지어 녹아내릴 때까지 그 슬리러 왔다.

레드는 한때 인간이었던 것의 잔해를 붙잡는다. 두 손을 그것의 배 속에 파묻고서, 손가락으로 합금 등뼈를 움켜쥔다. 레드가 손을 놓자 부서진 외골격 장갑이 돌 위로 떨어져 철컹거린다. 조잡한 기술. 케케묵은. 청동으로 열화우라늄에 맞서다니. 이 남자에게 기회는 애초부터 없었다. 그것이 레드의 특기이다.

임무가 끝난 후에 찾아드는 고요는 장대하고 궁극적이다. 레드의 무기와 장갑은 황혼 녘에 오므라드는 장미 봉오리처럼 그녀 안으로 접혀 든다. 펼쳐진 모조 피부가 자리를 잡아 치유를 끝내고 프로그램식 재질의 의복이 원형으로 복구되면 레드는, 다시금, 여성 비슷한 존재로 보인다.

레드는 전장을 서성이며, 돌아보며, 확인한다.

이겼다. 그렇다, 그녀가 이겼다. 레드는 자신의 승리를 확신한다. 뻔한 결과이지 않은가?

양측 군대 모두 죽어 널브러져 있다. 거대한 두 제국이 이 땅에서 스스로 무너졌다. 서로가 서로의 뱃전에 암초가 되어. 그것이야말로 레드가 이곳에 온 목적이다. 두 제국의 잿더미에서 다른 이들이 일어설 것이다. 에이전시의 목표에 더 걸맞은 이들이. 그럼에도.

전장에 또 다른 존재가 있었다. 레드의 발치에 수북이 쌓인, 시간에 속박당하는 저 시체들과 같은 신세인 비천한 구경꾼이 아니라, 진짜 배우가 있었다. 누군가 저쪽 편에서 온 자.

레드의 동료 요원 가운데 그 적의 존재를 감지한 이는 드물 것이다. 레드가 알아차린 까닭은 그저 참을성이 있고, 고독을 즐기고, 주의가 깊기 때문이다. 레드는 이날의 전투를 복기한다. 머릿속에서 형상화하여 뒤로, 다시 앞으로 재생한다. 전투함이 마땅히 있어야 할 자리에 없었던 순간을, 구명정이 당연히 폭발해야 했으나 하지 않았던 순간을, 집중포화가 신호보다 30초 늦게 쏟아졌던 특정한 순간을, 레드는 눈치챘다.

두 번은 우연이다. 세 번은 적의 작전이다.

하지만 어째서? 이곳에 온 목적은 완수했다. 레드는 그렇게 생각한다. 그러나 전쟁이란 원인과 결과로, 또한 예측 불가능한 미래를 예측하는 계산으로 가득하고, '시간 전쟁'의 경우에는 더더욱 그렇다. 오늘 레드의 손을 물들인 저 흥건한 피보다 어쩌다 살려 둔 목숨 하나가 저쪽 편에는 더 소중할지도 모른다. 도망자는 나중에 여왕이 되거나 과학자가 되거나, 심지어는, 시인이 되는 수가 있다. 간혹 그 도망자의 자식이, 아니면 어딘가 먼 곳의 우주 공항에서 도망자와 겉옷을 바꿔 입은 밀수꾼이, 그 운명을 차지하기도 한다. 그러면 오늘 흘린 피는 모두 헛수고가 된다.

죽이는 일은 연습을 거듭할수록 힘을 쓰는 방식과 기술 면에서 더 쉬워진다. 죽임을 당하는 일은, 적어도 레드에게는, 결코 그렇지 않다. 동료 요원들은 레드처럼 느끼지 않거나, 감정을 숨기는 데에 더 능숙하다.

이렇게 같은 시간대에 같은 전장에서 레드와 맞붙는 것은 가든의 전사들답지 않다. 비밀리에 확실한 수단을 사용하는 것이 그 전사들에게는 더 어울린다. 그러나 이런 짓을 할 법한 자가 한 명 있다. 만난 적은 한 번도 없지만, 레드는 그녀의 존재를 안다. 전사들은 저마다 특징이 있다. 레드는 대담함과 무모함이 남긴 흔적을 알아본다.

어쩌면 착각인지도 모른다. 레드에게는 드문 일이지만.

레드의 적은 이런 식의 신기한 속임수를 즐기는 모양이다. 레드가 빚어낸 장대한 살육을 자기 목적에 맞추어 철저히 망쳐버리는 짓을. 그러나 의심하기에는 아직 이르다. 레드는 증거를 찾아야 한다.

그래서 주검이 즐비한 승전의 현장을 돌아다니며 패배의 씨앗이 있는지 찾아본다.

미세한 진동이 흙 속으로 퍼져나간다. 땅이라는 이름은 걸맞지 않다. 행성은 죽어가는 중이다. 귀뚜라미가 운다. 귀뚜라미들은 살아 있다. 당분간은, 이 바스러져 가는 평원 위에 산산이 부서진 전함과 갈가리 찢긴 주검들 사이에서. 은빛 이끼가 강철을

갉아먹고 보랏빛 꽃이 파괴된 대포의 목을 조르듯 포신을 친친 감은 채 만개한다. 행성이 웬만큼만 오래 버텨 준다면 저 주검들의 입에서 뻗어 나온 덩굴에도 열매가 맺힐 것이다.

별은 버티지 못할 것이고, 열매 또한 맺히지 않을 것이다.

초토가 된 대지 위에서, 레드는 편지를 발견한다.

전쟁터에 어울리는 물건이 아니다. 여기저기에 있어야 할 것은 한때 별 사이를 오가던 전함의 잔해 사이로 쌓인 주검들. 이곳저곳에 있어야 할 것은 죽음과 흙먼지와 성공한 작전의 결과로 뿌려진 피. 저 하늘에 있어야 할 것은 허물어져 가는 달 여러 개, 그리고 궤도에서 불타는 전함들.

그런데 이곳에 결코 있어서는 안 될 크림색 편지지에, 구불구불 이어진 흘림 글씨로, 오로지 이 한 줄만이 적혀 있다.

읽기 전에 태워 버릴 것.

레드는 느끼기를 좋아한다. 그것은 물불을 가리지 않는 집착이다. 이제 그녀는 공포를 느낀다. 그리고 조바심도.

레드의 직감은 옳았다.

레드는 자신을 쫓는 사냥꾼의 그림자를, 자신이 쫓는 사냥감의 그림자를 찾아 두리번거린다. 가청 범위를 벗어난 저주파와 초음파를 모두 듣는다. 레드는 만남을, 새롭고 더 보람 있는 전투를 갈망하지만, 오직 주검과 잔해와 적이 남긴 편지만이 레드와 함께한다.

그 편지는 함정이다. 당연히.

해골의 눈구멍에서 자란 덤불이, 산산이 부서진 전함의 동그란 창문을 지나 구불구불 뻗어나간다. 녹가루가 눈발처럼 흩날린다. 쇳덩이 함체가 끽끽거리고, 찌그러지다가, 무너진다.

함정이다. 독을 묻힌 편지는 조잡한 수법인데, 독극물의 냄새는 풍기지 않는다. 어쩌면 메시지 속에 신종 바이러스가 숨겨져 있을지도 모른다. 레드의 사고를 허물어뜨리고 폭발의 방아쇠가 될 씨앗을 심어 놓으려고, 아니면 그저 레드 측 사령관의 눈에 미심쩍게 보일 흔적을 남기려고. 어쩌면, 혹시라도 이 편지를 읽었다가는, 레드는 읽는 모습이 녹화되어 적에게 자신이라는 존재를 들킬지도 모르고, 더 나아가 이중 스파이로 활동하라는 협박을 받을지도 모른다. 적은 집요하기 짝이 없다. 설령 이 편지가 더 장대한 게임의 첫수에 지나지 않는다 해도 일단 편지를 읽으면, 그리고 읽었다는 사실을 들키면, 레드는 사령관의 분노를 사는 위험을 감수해야 한다. 그토록 충성을 다하고서도 변절자로 보일 위험을 감수해야 하는 것이다.

영리하고 조심스러운 대처법은 건드리지 않고 그냥 두는 것. 그러나 편지란 곧 벗어서 던진 장갑이고, 그 도전장을 던진 자가 누구인지 레드는 알아야만 한다.

레드는 죽은 병사의 주머니에서 라이터를 찾아낸다. 눈 속 그 윽한 곳에 비친 불꽃이 일렁거린다. 불길이 타닥거리고, 재가 흩어지고, 편지지 위에 글씨가 모습을 드러낸다. 겉봉에 쓰인 것과 똑같이 길게 흘려 쓴 글씨들이.

레드의 입꼬리가 뒤틀린다. 그것은 조소, 가면, 사냥꾼의 흐뭇한 웃음이다.

불타는 편지에 손끝이 데일 즈음 보낸 이의 서명이 드러난다. 레드는 편지가 재로 변해 흩어지도록 놔둔다.

이내 레드는 그 자리를 떠난다. 임무 수행에 실패한 동시에 성공한 채로, '시간의 실 가닥'을 아래쪽으로 내려가 집을 향하여, 자신이 속한 에이전시가 만들고 지키는 미래의 '시간 타래'를 향하여. 재와 폐허와 시체 수십만 구를 빼면 이곳에 그녀의 흔적은 아무것도 남지 않았다.

행성은 종말을 기다린다. 덤불은 살아남는다. 물론, 귀뚜라미도. 다만 이곳에 남아 그것들을 지켜볼 이는 해골뿐.

비구름이 으르렁댄다. 번개가 피어나는가 싶더니, 전장의 풍경이 흑백으로 변한다. 천둥이 우르릉거린다. 오늘밤은 비가 내릴 것이다, 전에는 땅이었던 유리판을 매끈하게 닦아 줄 비가. 만약 행성이 그때까지 살아남는다면.

편지가 남긴 재는 산산이 흩어진다.

파괴된 전함의 그늘이 뒤틀린다. 그늘은 비어 있되 가득 차 있다.

그 그늘 속에서 추적자가 모습을 드러낸다. 겹겹의 그림자를 속에 품고서.

말 한마디 없이, 추적자는 전투의 흔적을 둘러본다. 그녀는 울지 않는다, 그 점은 명확하다. 잔해 사이를 거닐며 시체를 성큼 넘어가는 모습이 전문가답다. 오랜 연습 끝에 몸에 익힌 기술로 지름이 기다란 나선을 그리며 움직이는 까닭은, 이곳까지 오느라 걸었던 침묵의 길에서 뒤를 밟은 자가 없었는지 확인하기 위함이다.

땅이 흔들리다가 갈라진다.

추적자는 한때 편지였던 것 앞에 도착한다. 무릎을 꿇고서, 그녀는 재를 휘젓는다. 불티 하나가 날아오르고, 그녀는 그 불티를 손으로 붙잡는다.

추적자는 옆구리의 조그만 수납 주머니에서 얇은 흰색 판을 꺼내어 재 밑에 끼워 넣은 다음, 그 판에 재를 펴 바른다. 뒤이어 장갑을 벗고 손끝을 딴다. 무지갯빛 피가 송골송골 맺혀 떨어져서 회색 재에 튄다.

추적자는 피와 재를 섞어 반죽을 만든 다음 그 반죽을 손으로 조물거리다가, 평평하게 편다. 주위에서는 온통 부패가 진행

되는 중이다. 전함은 이끼 낀 언덕으로 변한다. 대포의 포신이 부러진다.

추적자는 펴 놓은 반죽에 보석처럼 영롱한 빛을 비추고 기이한 소리를 더한다. 그리하여 시간에 주름을 만든다.

세계의 한복판에 금이 간다.

재는 종이 한 장으로 바뀐다. 맨 위에 사파이어색 잉크로 구불구불하게 흘려 쓴 글씨가 적힌 편지지로.

이 편지는 단 한 번만 읽도록, 다 읽으면 없어져 버리도록 만들어졌다.

세계가 부서지기 직전, 추적자는 그 편지를 다시 읽는다.

나의 위업을 보라, 너희 강대한 자들아, 그리고 절망하라![1]

저 인사는 그냥 농담이야. 장담컨대 네가 저 문장을 읽고 아이러니를 느낄 만한 변수는 주위에 하나도 없을 거야, 내가 이미 다 없애 버렸으니까. 다만 네가 '시간 가닥 6' 초기의 19세기 영국 문학에서 걸핏하면 선집으로 묶이던 작품들에 익숙하지 않다면, 나만 웃고 끝나겠지.

난 네가 여기에 와 주었으면 했어.

넌 이게 뭔지 궁금할 거야. 하지만 내 생각에, 이걸 보낸 상대가 누군지는 궁금하지 않을 거야. 넌 이미 알아, 우리 사이에는 마무리 지어야 할 일이 있다는 걸. 애브러개스트 882에서 벌어진 난장판을 처리하다가 우리 둘의 눈길이 마주쳤을 때부터 내가 쭉 알았던 것처럼 말이야.

내가 안일해졌다는 걸 이쯤에서 고백해야 할 것 같아. 난 심지어 지겨워졌어, 이 전쟁이. 시간의 실을 오르내리며 신출귀몰하는 너희 에이전시도, 그 실 가닥을 끈기 있게 심고 다듬어서 시간 타래로 묶는 우리 가든도. 너희가 멈출 수 없는 힘이라면 우리는 움직일 수 없는 물체야. 바둑보다는 처음 한 수에서 이미 결과가 판가름 나는 삼목 두기에 가깝지. 끝도 없이 수를 주고받다가 결국에는 불안정하고 혼란스러운 가능성으로 갈라져 나가는 순간이 오는데, 그 순간이 바로 우리가 상대를 희생시켜서 확보하려 하는 미래야.

그랬는데 네가 나타난 거지.

나는 여유를 잃었어. 전에는 기계적으로 두던 한 수 한 수에 최선을 다해야 했고. 너는 너희 편 전력의 속도와 지구력에 깊이를 더했어, 그래서 나도 어느새 예전처럼 온 힘을 다하게 됐지. 너는 너희 부대의 전력을 고양시켰고, 이로써 내게도 활기를 불어넣었어.

지금 네 주위에 잔뜩 널린 나의 찬사를 아무쪼록 눈여겨
봐줬으면 해.

날름거리는 불길 속에 드러난 이 편지를 네가 읽는 모습을
상상하면 내 마음이 얼마나 기쁜지, 네게 꼭 말해 주고 싶
어. 너는 시선을 앞쪽으로 옮기지 못해, 불타 사라지는 글
자들을 종이에 고정시킬 방법이 없으니까. 그래서 앞쪽으
로 돌아가 다시 읽는 대신 글자들을 고스란히 흡수하고,
기억 속에 받아들이지. 그 글자들을 다시 불러내려면 너는
머릿속에서 나라는 존재를 찾아야 해. 물속에 비친 햇살처
럼 네 머릿속을 물들이고 엉켜 있는 나라는 존재를 말이
야. 네 상관에게 내 편지를 보고하려면 너는 너 스스로 이
미 적의 침투 공작에 당했다는 사실을 인정해야만 해. 이
불우하기 짝이 없는 날에 생겨난 또 하나의 희생자가 돼야
한다는 말이지.

우리는 이렇게 이길 거야.

그렇다고 자랑만 늘어놓을 생각은 없어. 내가 너의 전술을
존경하는 걸 알아주면 좋겠어. 이 전쟁은 너의 우아한 지
략 덕분에 조금은 덜 쓰레기 같아졌거든. 말이 나왔으니
하는 얘긴데, 네가 구형(球形) 측면 기동술에서 보여 준 수

력학 응용법은 정말로 훌륭했어. 우리 편 섬멸 부대가 너희 편을 자근자근 썰어 버릴 거라는 사실에서 네가 모쪼록 위안을 얻길 바랄게. 우리가 너희를 상대로 거둘 다음 번 승리에 네가 조금이나마 공헌했다는 데서 말이야.

다음에는 운이 더 좋기를 바라며, 이만.

애정을 듬뿍 담아서
블루

---

1) 퍼시 비시 셸리의 시 「오지먼디어스」에서 인용한 구절이다.

물을 담은 유리병 한 개가 MRI(자기 공명 영상 장치) 속에서 부글거린다. '지켜보는 솥은 좀처럼 끓지 않는다'라는 격언을 거스르기라도 하듯, 블루는 그 유리병을 지켜본다.

승리를 거두었을 때, 다시 말해 언제나, 블루는 곧장 다음 일로 넘어간다. 자신이 거둔 승리는 임무와 임무 사이에서 회상으로 음미한다. 그저 (시간의 실 위쪽의 안정된 과거로, 또는 시간의 실 아래쪽의 살벌한 미래로) 이동하는 도중에, 마치 아껴 마지않는 시 한 수를 떠올리는 사람처럼, 돌이켜볼 뿐이다. 그녀는 전달받은 명령에 따라 수완을 부리거나 잔혹성을 발휘하여 시간의 실 가닥들을 가지런히 빗거나 헝클어뜨린다.

블루는 한곳에 눌러앉는 법이 없다. 왜냐하면 패배하는 법이 없으므로.

MRI가 있는 곳은 21세기의 병원. 텅 빈 실내가 눈에 확 띄는데 블루가 보기에는 사람들을 죄다 대피시킨 탓에 그렇게 된 듯하지만, 애초부터 그리 튀는 장소는 아니다. 국경선에 의해 둘로 나뉜 숲의 한복판에 다소곳이 자리 잡은 병원이므로.

병원은 인파로 북적거려야 마땅했다. 블루는 '감염'이라는 까다로운 임무를 띠고 이곳을 찾았다. 목적은 어떤 의사로 하여금 새로운 변종 박테리아를 개발하게 하는 것, 그리하여 블루의 세계가 생물학전에 몰두하거나 아예 생물 무기에 관심을 끊도록 하는 것이었다. 둘 중 어느 쪽일지는 적들이 가든의 이번 수를 어떻게 받아치느냐에 달려 있었다. 그러나 기회는 사라졌고, 탈출구는 닫혔으며, 이곳에 오도카니 남아 블루를 기다리는 유리병의 라벨에는 이런 말이 적혀 있다. 부글거리는 모양을 분석해서 읽을 것.

그래서 블루는 MRI 주변을 천천히 거닐고, 그러는 동안 물의 무작위성을 균형 있게 기록하기가 얼마나 힘든 일일지 곰곰이 생각한다. 자성을 띤 MRI의 내부 뼈대는 마치 우주의 열역학적 얼굴을 들여다보는 돋보기처럼 자리를 잡고서, 물 분자 하나하나가 상태 변화를 일으키기 직전에 부풀어 터지는 모습을 포착한다. 일단 MRI가 물 분자에 마지막으로 남은 열량을 숫자로 번

역하면 블루는 그 숫자가 인쇄된 출력물을 열쇠 삼아 오른손에 쥐고서, 글자가 어지럽게 적힌 종이 한 장을 자물쇠 삼아 왼손에 쥔다.

종이를 읽어 나가는 동안 블루의 두 눈은 동그래진다. 그렇게 읽어 나가는 동안 주먹을 얼마나 꽉 움켜쥐었던지, 데이터가 좀처럼 눈에 들어오지 않을 지경이다. 그러면서도 한편으로는 웃음을 터뜨리고, 병원의 휑한 복도를 따라 그 웃음소리가 메아리친다. 그녀는 남의 손에 좌절당하는 일에 익숙지 않다. 거기에는 무언가 간질거리는 구석이 있다. 심지어 어떻게 하면 실패를 기회로 위상 변위시킬지 궁리하는 동안에도 그러하다.

블루는 데이터 시트와 암호 출력문을 파쇄한 다음, 쇠지레를 집어 든다.

블루가 사라진 후, 부서져 엉망이 된 병원에 추적자가 들어서더니, MRI 장치를 찾아 억지로 열고 그 속으로 들어간다. 물이 든 유리병은 이미 식어 있다. 그녀는 고개를 젖히고 병 속의 미지근한 액체를 들이켠다.

나의 가장 사특한 블루에게

이런 이야기는 어떻게 시작하는 게 좋을까? 처음 만나는 상대하고 대화를 트는 게 너무 오랜만이라서. 우리 편은 너희처럼 고립되어 있지 않아. 너희처럼 자신의 머릿속에만 갇혀 있지도 않고. 우리는 머릿속의 생각으로 서로에게 정보를 전하고, 바로잡고, 퍼뜨리고, 개선하기도 해. 그래서 늘 우리 편이 이기는 거야.

훈련소에 있는 동안에도 나와 생도들은 어린 시절에 품었던 꿈을 알아보듯이 서로를 알아봤어. 나는 동료들에게 인사를 건네며 처음 만나는 친구라고 생각했지만, 알고 보니 우리 모두 아직 자신이 누군지도 모르던 시절에 클라우드 상의 어느 외딴 모퉁이에서 스쳐 지나간 적이 있더군.

그래서 말인데, 나는 편지를 주고받는 일에 소질이 없어. 하지만 훑어본 책도 적지 않고 수집해서 분류해 둔 사례도 적지 않으니, 서신 교환이라는 형식에 도전해 볼 만도 하지. 편지는 보통 수신인의 호칭을 직접적으로 언급하면서 시작해. 그 부분은 이미 마쳤으니까, 다음은 공통의 관심사를 꺼낼 차례겠지. 네가 그 선량한 의사와 만날 기회를 놓치다니, 안 됐어. 그녀는 중요 인물이야. 더 정확히 말하면 그녀 언니의 아이가 중요하지. 만약 그녀가 오늘 오후에 언니네 집에 들러서 새소리의 패턴에 관해 이야기를 나눈다면 말이야. 네가 이 쪽지를 해석했을 즈음엔 그 사람들의 이야기는 이미 다 끝났을 거야. 그녀를 네 손아귀에서 교묘하게 빼낸 수법이 뭐냐고? 엔진 고장, 화창한 봄날, 수상쩍을 정도로 우수하고 저렴한 원격 접속 소프트웨어 세트야. 병원이 2년 전에 구입한 이 소프트웨어 덕분에 그 선량한 의사는 출근하지 않고 재택근무를 했지. 그리하여 우리는 '시간 가닥 6'을 '시간 가닥 9'에 꼬아서 연결시켰고, 이로써 우리의 영광스럽고 찬란한 미래가 어찌나 밝게 빛나는지 선글라스라도 써야 할 판이야. 예언자들의 표현[1]을 빌리자면 그렇다는 말이야.

지난번 만남을 떠올려 보건대, 네가 목적을 위해 죄 없는 무지렁이 구경꾼들을 끌어들이지 못하도록 확실히 해 두는 게 최선이라는 생각이 들었어. 그래서 병원에 폭탄을 설치했다고 가짜 협박 전화를 한 거야. 조잡한 수법일지언정 효과는 만점이거든.

너의 솜씨가 절묘한 건 나도 인정해. 전투가 다 장렬한 것은 아니고, 무기라고 해서 다 거창한 것도 아니지. 시간을 누비며 전쟁을 하는 우리조차도 가끔은 잊곤 해. 적절한 순간에 던진 말 한마디, 벼르고 있던 자동차의 엔진에서 나는 털털거리는 소리, 표적으로 삼은 말발굽의 못 한개…… 그런 사소한 것들이 지니는 가치를 말이야. 행성 하나를 박살 내는 게 식은 죽 먹기이다 보니, 눈 더미에 대고 속삭인 귀엣말 한마디의 위력을 우습게 여길 만도 하지.

수신인의 호칭을 언급하기, 완료. 공통의 관심사를 의논하기, 완료. 거의.

이 편지를 보고 눈을 의심하며 껄껄 웃을 네 모습이 머릿속에 선히 그려져. 그러고 보니 네가 웃는 모습, 전에 본 적이 있는 것 같아. 그때 넌 상승군(常勝軍)의 대오에 섞여 있었지. 너희 얼간이 군대는 황실의 여름 궁전인 원명원(圓明園)을 불태우고, 나는 황제의 진귀한 시계태엽 기계들을 안전한 곳으로 옮기느라 죽을힘을 다했던 그때. 너는 비웃음을 띤 채 당당히 회랑을 누비며 적 요원의 뒤를 쫓았지. 그 요원이 나라는 건 까맣게 모른 채로.

그래서 내 머릿속에는 입에서 불이 나게 이를 박박 가는 네 모습이 훤히 그려져. 넌 네가 내 안에 알을 깠다고 생각했을 거야. 내 머릿속에 씨앗을 심었다고, 포자를 뿌렸다고…… 네 마음에 드는 식물성 비유가 뭔지는 모르지만,

아무튼 그랬다고. 하지만 난 이렇게 내 편지로 네 편지에 앙갚음하는 중이지. 이제 우리는 서신을 주고받은 셈이야. 그 말은 곧, 혹시라도 이 편지가 네 상관의 눈에 띄면, 답하기 거북한 질문들이 너에게 줄줄이 던져질 거라는 뜻이기도 해. 이렇게 되면 누가 누구를 감염시킨 걸까? 내가 활동하던 시대를 보자면, 말 때문에 말도 못 하게 당한 트로이 사람들의 사례가 참고할 만하지. 자, 답장을 할 거야? 나와 공범이 돼서, 스스로를 무너뜨릴 증거 문서들을 기다랗게 남길 거야? 고작 마지막에 쐐기를 박을 기회를 차지하려고? 아니면 그냥 여기서 끝낼 건가? 내 쪽지가 네 안에서 프랙털이 되어 빙빙 돌며 끝도 없이 반복 증식하게 놔둔 채로? 나도 잘 모르겠어. 어느 쪽이 더 내 마음에 드는지.

마지막으로 한마디 하지. 결정을 내려.

편지 즐거웠어.

돌로 되어 거대하나 몸통이 없는 두 다리[2]에게
안부 전해 주길 바라며
레드

---

1) 장차 벌어질 핵전쟁을 풍자한 미국의 록 밴드 팀벅 3의 히트곡 「미래가 어찌나 밝은지(The Future's So Bright)」(1986)의 가사에서 인용한 구절이다.
2) 앞의 편지와 마찬가지로 셸리의 시 「오지먼디어스」에서 인용한 구절이다.

3

레드는 해골로 지은 미로를 구불구불 나아간다.

다른 순례자들도 이 미로 속에서 헤맨다. 사프란꽃의 색을
닮은 연자줏빛 로브나 수수한 갈색 직물로 만든 옷을 입고서.
샌들이 돌바닥을 스치며 자박거리고, 거센 바람이 동굴 귀퉁이
를 감아 돌며 휘파람 소리를 낸다. 순례자들에게 이 미로가 어
떻게 생겨났느냐고 물으면 저마다 지은 죄만큼이나 가지각색인
대답을 들려준다. 어떤 이는 말하길 거인족이 이 미로를 지었다
고 한다. 신들이 거인족을 몰살하고 지구의 운명을 필멸자들의
손에 내맡기기 전에(그렇다, 이곳은 지구다. 빙하기와 매머드가 등
장하기 이전, 시간 가닥 아래쪽으로 수백 년 후의 과학자들은 이 행성
에 순례자나 미로 같은 것이 출현하려면 까마득히 멀었다고 믿었던 시

대의, 지구). 다른 이가 말하길 최초의 뱀이 이 미로를 지었다고 한다. 태양의 심판을 피해 바위틈을 비집고 지하로 숨어들면서. 또 다른 이가 말하길 미로는 침식 작용과 터무니없이 거대한 지각 운동 때문에 생겨났다고 한다. 너무도 거대해서 바퀴벌레 같은 우리는 감지하지도 못하는, 너무나 느려서 하루살이 같은 우리는 지켜보지도 못하는, 그러한 힘들 때문에.

순례자들은 망자들 사이로 지나간다. 세모꼴 어깨뼈로 만든 샹들리에 아래로, 흉곽으로 테를 두른 장미창 아래로. 동그란 꽃문양의 테두리는 모두 손바닥뼈로 이루어져 있다.

레드는 다른 순례자들에게 아무것도 묻지 않는다. 자신만의 임무를 띠고 있으므로. 그녀는 경계를 늦추지 않는다. 시간의 실 위쪽으로 이토록 멀리 올라와 자그마한 왜곡을 빚을 경우에는, 어떠한 저항에도 부닥치지 말아야 한다. 미로의 중앙부는 커다란 동굴이고 이제 곧 그 동굴에 돌풍이 불 텐데, 만약 피리처럼 홈이 팬 특정한 뼈를 바람이 훑고 가면서 울음소리 같은 바람 소리를 낸다면 어느 순례자가 그 소리를 계시로 여긴 나머지 속세의 재산을 모두 버리고 외딴 산으로 들어가 수도원을 지을 테고, 그 수도원은 200년이 지난 후까지도 남아 있다가 어느 폭풍 부는 날에 아이를 데리고 피신하는 여인에게 쉴 곳을 제공할 것이며, 역사는 계속 그 방향으로 풀려 갈 것이다. 돌멩이 한 개를 굴리면 3세기 후에 산사태가 일어나는 식으로. 이런 임무는 거의 주목받지 못하기에 저항도 적다. 레드가 계획에서 벗어나지만 않으면, 그렇다. 심지어 앞길을 막고 서서 비웃는 자 한 명 나오지 않는다.

레드의 적은, 그러니까 블루는, 레드가 남긴 편지를 읽었을까? 레드는 편지를 쓰는 일이 즐거웠다. 승리의 맛은 달콤했지만 개선 행진을 하며 약을 올리는 맛은 그보다 훨씬 더 감미로웠다. 보복해 보라며 도발하는 맛 또한. 그때 이후 모든 작전에서 레드는 등 뒤를 조심하며 경계에 갑절의 주의를 기울이는 한편으로, 기다렸다. 블루가 보복하기를, 또는 사령관이 자신의 사소한 규정 위반을 눈치채고 징계라는 채찍을 꺼내 들기를. 변명거리는 이미 마련되어 있었다. 자신은 명령에 불복종하기 때문에 더 훌륭한, 더 치밀한 요원이라는 변명이.

그러나 블루에게서는 어떤 형태의 답장도 오지 않았다.

어쩌면 레드가 잘못 짚었는지도 몰랐다. 어쩌면 적은 별 관심이 없는지도 몰랐다. 결국에는.

순례자 행렬은 인도자를 따라 지혜의 통로를 내려간다. 레드는 그 행렬에서 벗어나 어둠 속의 좁고 구불구불한 길을 돌아다닌다.

어둠은 불편하지 않다. 레드의 눈은 평범한 눈과 다르게 작동한다. 레드가 공기의 냄새를 맡으면 후각 분석 정보가 신호로 바뀌어 두뇌로 전달되고, 이 신호가 경로를 제시한다. 특정한 바위틈 앞에 도착한 레드는 메고 있던 걸낭에서 조그마한 튜브를 꺼내어 든 다음, 바위틈 속에 줄줄이 놓인 해골에 붉은빛을 비춘다. 처음에는 아무것도 보이지 않는다. 두 번째 시도에서는 이쪽의 넓적다리뼈와 저쪽의 턱뼈가 레드의 불빛을 받아 번쩍이는 줄무늬 빛을 되비춘다.

흡족한 기분을 느끼며, 레드는 넓적다리뼈와 턱뼈를 걸낭에 넣고 빨간 등을 끈 다음, 더 깊숙한 곳으로 발길을 옮긴다.

한밤 같은 암흑 속, 어둠과 분간되지 않는 레드의 모습을 상상해 보라. 결코 지치지 않는, 동굴 속 흙먼지나 자갈을 밟아도 결코 미끄러지지 않는 발걸음을 상상해 보라. 굵다란 목 위의 머리가 휙휙 돌아가다 멈추는 정확한 각도를, 계산된 길이의 호를 그리며 이쪽저쪽으로 부드럽게 돌아가는 그 모습을 상상해 보라. 들어 보라(당신에게도 들린다, 단번에), 레드의 배 속에서 윙윙거리는 자이로스코프 소리를, 새까만 젤리 같은 위장용 눈알 뒤에서 찰칵거리는 렌즈 소리를.

레드는 할 수 있는 한 빠른 속도로 이동한다. 작전 구역을 벗어나지 않은 채로.

빨간 불빛이 몇 번 더 켜진다. 더욱 많은 인골이 걸낭 속으로 들어간다. 시계를 확인할 필요는 없다. 시야 한쪽 구석에 표시된 타이머가 한 칸씩 줄어들기에.

필요한 뼈를 모두 찾았다는 판단이 들자, 레드는 아래쪽으로 내려간다.

지혜의 통로에서 아득히 멀리 내려온 아래쪽에서, 이 캄캄한 장소의 주인은 주검이 바닥났던 모양이다. 이곳저곳의 바위틈은 여전히 입을 벌린 채, 기다린다. 어쩌면 레드를.

그러다 바위틈조차 보이지 않는다. 결국에는.

이윽고 문지기들이 레드를 덮친다. 날카로운 이를 지닌 이곳의 귀부인들, 그 부인들 손에 자란 눈 없는 거인들이다. 거인의 손톱은 누렇고 두툼하고 갈라졌지만, 숨결에서 풍기는 냄새는 생각만큼 고약하지 않다.

레드는 빠르고 조용하게 이들을 부숴 버린다. 그보다 덜 파괴적인 방식을 사용하기에는 시간이 부족하므로.

문지기들의 신음 소리가 더는 귓가에 닿지 않을 무렵, 레드는 동굴 앞에 도착한다.

발소리의 메아리가 달라진 낌새에서 레드는 목적지에 도착한 것을 알아차린다. 무릎을 꿇고 손을 앞으로 쭉 뻗자 벼랑 끝에 남은 가장자리 10센티미터가, 그 너머의 깊은 구덩이가 느껴진다. 차갑고 거센 바람이 그녀를 스치며 질주한다. 지구 본연의 숨결, 아니면 아득히 깊은 곳에 사는 정체 모를 거대한 괴물의 숨결인지도. 그 숨결의 주인이 울부짖는다. 굉음에 흔들려 절그럭거리는 백골 모빌은 수녀들이 만들어 이 깊은 곳에 달아 놓았다. 육신의 덧없음을 스스로에게 되새겨 주려고. 골수를 꼬아 만든 끈에 매달린 채, 백골은 노래하며 빙빙 돈다.

레드는 벼랑 끄트머리를 따라 더듬더듬 나아가다가 백골 모빌이 걸려 있는 거대한 나무줄기 하나를 발견한다. 버팀목이 떠받친 그 나무 위로 춤추듯 나아가던 레드는 어느 태곳적 수녀의 백골 앞에, 다른 수녀가 걸어 놓은 그 해골 앞에 도착한다.

레드의 눈 속 카운트다운 타이머가 시간이 얼마나 촉박한지 알려 준다.

레드는 금강석처럼 단단하고 예리한 손톱으로 그 오래된 백골 모빌을 끊어 버리고 그 대신 걸어 놓을 뼈들을 걸낭에서 꺼낸다. 골수 끈에 뼈를 한 개 한 개 엮어서 연결한다. 머리뼈와 종아리뼈를, 턱뼈와 가슴뼈를, 꼬리뼈와 가슴뼈 맨 밑의 칼 돌기를 이어 다는 식으로.

타이머 눈금이 째깍째깍 줄어든다. 7. 6.

레드는 골수 끈의 매듭을 재빨리, 손끝의 감촉에 의지하여 묶는다. 두 다리는 까마득히 깊은 구덩이 위의 늙어 꼬부라진 나무줄기를 붙들고 버티기가 얼마나 고통스러운지를 주인에게 알려 준다.

3. 2.

레드는 백골 모빌을 구덩이 속으로 던져 넣는다.

0.

돌풍이, 암흑 속의 포효가 지면을 가르고 질주한다. 레드는 썩어가는 나무줄기를 연인보다 더 세게 끌어안는다. 바람이 절정에 이르러 울부짖으며 백골을 흐트러뜨린다. 동굴 납골당의 해골들이 절그럭거리는 소리 위로 새로운 음률이 울려 퍼진다. 동굴의 바람이 레드가 걸어 놓은 백골에 팬 홈을 정확히 훑으며 깨워 낸 소리이다. 그 음률은 점점 커지며 형태가 바뀌다가 하나의 목소리가 되어 차오른다.

레드는 그 소리에 귀를 기울인다. 이를 드러내며 짓는 표정은, 설령 거울에 비친 모습을 스스로 본다 해도, 이름 붙일 방법이 없다. 그렇다, 거기에는 경외감이 있다. 그리고 분노도. 그리고 또 무엇이?

레드는 칠흑같이 캄캄한 동굴 속을 휘둘러본다. 열 신호는 전혀 감지되지 않는다. 움직임도, 레이다 전파도, 전자기 복사나 연소 가스의 흔적 같은 것도. 당연히 있을 리가 없다. 레드는 무방비한 상태가 주는 장엄함에 젖는다. 총에 맞을 각오, 또는 적이 날리는 최후의 일격에 당할 각오를 하며.

바람은 너무도 빠르게 잦아들고, 목소리도 함께 사그라진다.

레드는 침묵을 향해 욕을 뇌까린다. 이 시대가 어떠했는지 떠올리며, 그녀는 이 지역을 관장하는 다산(多産)의 신들의 이름을 부르고 그 신들을 기발한 방식으로 교미시킨다. 머릿속 어휘 창고의 욕설이 다 떨어진 후에는 말없이 으르렁거리다가, 바닥 없는 구덩이에 대고 침을 뱉는다.

모든 일을 다 마친 후에, 예언에 적힌 대로, 레드는 껄껄 웃는다. 좌절당한 기분은 쓸쓸하지만, 그래도 그 쓸쓸함 속에는 유머가 있다.

그 자리를 떠나기에 앞서 레드는 제 손으로 달아 놓은 백골 모빌을 잘라서 던져 버린다. 레드가 조종하려 했던 순례자는 이미 동굴을 떠났고, 수도원은 지어지지 않을 것이다. 이제 레드는 온 힘을 다해 난장판을 정리해야 한다.

버려진 백골은 구르고 또 구르다가 추락하고 또 추락한다.

그러나 걱정할 필요는 없다. 바닥에 닿기 전에 추적자가 붙잡을 것이므로.

이빨도 발톱도 피로 물든 레드[1]에게

내가 웃을 거라던 네 말이 옳았어. 답장, 참 반갑더군. 그 덕분에 알게 된 게 아주 많아. 넌 내가 이를 갈다 못해 입에서 불을 뿜는 꼴이 눈에 선하다고 했지. 네가 자잘한 구석까지 일일이 신경 쓰는 걸 안 이상, 앞으로는 따끔한 맛을 살짝살짝 섞어 줘야겠어.

어쩌면 사과부터 해야겠군. 안타깝게도, 지금 이건 네가 기대했던 계시가 아니야. 내가 하는 말을 듣는 동안 한번 생각해 보는 것도 좋겠지, 속이 파이고 구멍이 뚫린 백골의 모습으로 지금 이 편지를 낭독하는 신세가 된 자가 과연 누구일지를. 다름 아닌 계시를 들을 수도 있었던 그 가엾은 순례자야! 전술 자산을 파괴하는 수공예 작업에 더해 바람에게 뼈 피리를 연주할 기회까지 주는 상대를 즐거이 구경할 판인데, 내가 뭐 하러 굳이 자폭 방식의 편지를 줄줄이 남기겠어?

안심해. 그 순례자는 생전에 멋진 삶을 누렸으니까. 아마도 네가 그자에게 바랐던 삶은 아닐 거야. 스스로는 불행하지만 후세에는 도움이 되는 삶, 약한 이들의 의지처가 되어,

미래라는 펀치 카드에 새로운 생명의 구멍을 하나씩 뚫어 주는 삶 말이야. 그자는 수도원을 짓지 않았어, 그 대신 사랑에 빠졌지! 그 남자는 동료들과 근사한 음악을 만들고 세상 곳곳을 여행하고, 황제의 눈에서 눈물을 뽑아내어 강철 같은 마음을 녹이고, 이로써 정해진 궤도로부터 역사를 탈선시켜 다른 길로 인도했어. 내가 잘못 본 게 아니라면 '시간 가닥 22'와 '시간 가닥 56'이 교차했고, 그리하여 시간의 실 저 아래쪽 어디쯤에서 입에 넣어도 쓰지 않을 만큼 싱그러운 꽃봉오리가 피어났어.

온통 신경을 곤두세운 네 모습을 보면 난 가슴이 다 뿌듯할 지경이야. 명심해, 네가 나의 조촐한 미술 과제물을 조립할 때, 나는 한참 동안 눈에 불을 켜고 너를 주시하고 있을 테니까. 내가 지켜본다는 사실을 깨달은 너는 태연하게 그곳을 떠날까, 아니면 매섭게 돌아설까? 너는 나를 발견할까? 혹시 안 보이면 상상이라도 해 봐, 너를 향해 손을 흔드는 내 모습을. 입 모양을 읽기에는 내가 너무 멀리 있을 테니까.

농담이야. 바람이 알맞은 세기로 불 때쯤이면 난 이미 한참 전에 떠나고 없을 거야. 그래도 내 말을 듣고 주위를 두리번거리긴 했지, 안 그래?

네가 웃는 모습도 훤히 보이는 것 같아.

답장을 고대하며,

블루

---

1) 앨프레드 테니슨의 시 「A. H. H.를 추모하며」에서 인용한 구절("Red, in tooth, in claw")이지만 관용구로 이해할 경우 '인정사정없는 레드'로 해석할 수도 있다.

4

블루는 순례자로 변장하고 사원으로 다가간다.

바짝 깎은 머리카락 밑으로 반들거리는 회로가 귓가를 구불구불 감고 정수리까지 이어지고, 눈에는 고글을 끼었으며, 입가에는 크롬 광택이 반지르르하고 눈꺼풀 또한 크롬으로 덮여 있다. 손끝에는 위대한 신 해크(Hack)를 기리는 뜻에서 타자기 자판의 키를 달았고, 두 팔에 주렁주렁 낀 황금과 은, 팔라듐 팔찌는 그녀의 검은 피부 위에서 더없이 환하게 반짝인다.

위에서 내려다보면 그녀는 빽빽한 인파 가운데 한 명으로, 사원을 향해 느릿느릿 떠밀려 가는 수많은 몸뚱이들과 분간되지 않는다. 사원은 햇빛으로 달궈진 널따란 경기장의 한복판, 그곳의 지면에 뚫린 시추공 속에 있다. 아무도 그 속으로 들어가지 않는다. 순례자들의 신앙심이 뜨겁다 보니 실리콘 덩굴에 열린 그 사람들의 신이 말라 죽을지도 모르기 때문이다.

그러나 블루가 있어야 할 곳은 바로 그 구멍 속이다.

블루는 키가 달려 달그락거리는 손끝을 무용수처럼 정확하게 연속으로 맞부딪힌다. A, C, G, T, 거꾸로 다시 차례대로, 키들은 떨어졌다가 다시 만난다. 타악기 연주 같은 그 리듬에 실려, 블루가 몇 세대에 걸쳐 길러낸 멀웨어가 대기 중에 전개된다. 그것은 이 순례자 집단의 신경망을 따라 보이지 않는 촉수를 뻗는 하나의 유기체로서, 실행되기 전까지는 어떠한 해도 끼치지 않는다.

블루가 손가락을 맞부딪혀 튕긴다. 손끝에서 불꽃이 솟는다.

순례자들, 1만 명이나 되는 그 많은 순례자들이 바늘 한 개 떨어지는 소리조차 내지 않고 일제히 땅에 쓰러져서, 하나의 거대하고 알록달록한 무더기로 변한다.

수많은 선이 복잡하게 얽힌 두뇌들 속에서 과열된 회로가 구동에 실패하여 내는 쉭쉭 소리와 빠지직 소리를 들으며, 블루는 힘없이 널브러진 순례자들 사이를 느긋하게 걸어간다. 파도처럼 꿈틀거리는 이들의 사지가 블루의 발목을 슬쩍슬쩍 훑는다.

블루는 순례자들의 사원을 무력화하면서, 이 공격을 준비하고 감행하는 과정에서, 자기 스스로도 그 사람들의 신에게 '제물'을 바쳤다는 점에서 무한한 희열을 느낀다.

블루는 10분 안에 사원의 미로를 통과해야 한다. 유지 보수용 사다리를 한 단 한 단 내려간 다음, 건조하고 컴컴한 벽에 한 손을 짚은 채로, 여기저기 끊어진 사다리를 따라 중심부로 향한다. 지하는 싸늘하다. 맨살에 닿은 벽은 더욱 싸늘하고, 깊숙이 내려갈수록 더더욱 싸늘해지지만, 그녀는 냉기에 부르르 몸을 떨지언정 결코 움직임이 느려지지는 않는다.

중심부에는 상자처럼 생긴 모니터가 있다. 블루가 다가가자 모니터 화면이 환해진다.

"안녕하세요, 저는 매킨토시 컴퓨……"

"쉿. 조용히 해, 시리. 난 수수께끼를 풀러 왔어."

눈 두 개와 입 하나로 이루어진, 딱히 얼굴이라 하기는 힘든 형상이 화면에 떠올라 블루를 무덤덤하게 바라본다.

"잘 알겠습니다. 직각 삼각형의 빗변을 구하려면 어떻게 해야 할까요?"

블루는 고개를 갸웃하고는 미동도 않고 서 있다. 다만 허리 옆의 손가락들이 움찔거릴 뿐. 블루가 헛기침을 한다.

"'때는 고굽녁, 끈끈날랜 토브들이 / 먼둘레길에 팽돌며 뚫훍 뚫훍했네'[1]……."

시리가 다시 질문하기 전에 모니터 화면이 지지직거리며 잠시 깜박인다. "소수점 62자리의 원주율 값은 무엇입니까?"

"'호숫가의 물풀은 시들고 / 지저귀는 새 한 마리 없는데.'[2]"

시리의 얼굴 위로 눈송이 한 줌이 빠르게 스쳐 간다. "기차 A가 오후 6시 정각에 토론토를 출발하여 시속 100킬로미터로 동쪽을 향해 이동하고, 기차 B가 오후 7시 정각에 오타와를 출발하여 시속 120킬로미터로 서쪽을 향해 이동한다면, 두 기차가 교차하는 시각은 언제입니까?"

"'오호! 이제 주문이 그대를 둘러싸니, / 절그럭 소리도 안 나는 사슬이 그대를 휘감았구나. / 그대의 심장과 두뇌 모두를 / 통과하는 말이 한마디 있나니…… 자, 시들지어다!'[3]"

빛이 한 차례 번쩍인다. 시리의 전원이 꺼진다.

"그리고 말이지." 블루가 덧붙인다. 상자를 향해 사뿐사뿐 걸어가며, 상자를 옆에 있는 묵직한 가방에 넣으려고 몸을 숙이며. "토론토와 오타와가 있는 온타리오주는 동네가 영 별로야. 예언자들 말마따나.[4]"

모니터 화면이 다시 켜진다. 블루는 흠칫 놀라 뒤로 물러선다. 화면을 가로질러 글자들이 흘러가고, 그러는 동안 블루는 눈이 동그래지고, 화면의 청백색 빛으로 물든 그녀의 크롬 빛깔 입술은 점점 벌어지다가, 천천히, 으르렁거리듯 사나운 미소로 바뀐다.

블루는 손가락 끝에 붙은 자판 키들을 마지막으로 한 번 딸각거린 후에 모조리 바스러뜨린다. 입가의 빛나는 미소도, 두 팔의 번쩍이는 금속 팔찌도 함께. 블루가 옆걸음으로 걸으며 얽히고설킨 미로 속에 발을 들이는 사이, 알록달록한 장신구 무더기는 쪼그라들고 녹슬고 포슬포슬 바스러져 동굴 바닥의 돌가루와 분간이 가지 않는다. 그러나 추적자는, 블루의 뒤를 밟는 그자는, 가루의 알갱이 하나하나를 모두 분간한다.

친애하는 블루다바디에게

지난번 동굴 작전은 대담한 침투였어! 소도구도 엄청나더군. 너의 독특한 서명을 알아보지 못했다면 난 너희 편이 '시간 가닥 8827'을 그렇게 멀리까지 내려갔다고는 도저히 믿지 못했을 거야. 똑같은 급습을 우리 쪽에서 감행했다면 어땠을지, 상상해 보면 몸서리가 다 쳐져. 인과율이 보우하사 우리 사령관이 나를 덩굴과 벌집이 가득한 너희 편의 요정 세계 가운데 한 곳으로 파견할 일은 아마 없을 테지만. 온갖 꽃이 만발하고, 휘늘어진 딱총나무가 사방에 흐드러지고, 신경 독을 품은 꽃가루가 날아다니고, 벌 떼는 눈과 혀로 기억을 모으고, 벌집의 꿀 창고에서는 지식이 뚝 뚝 떨어지는 세계 말이야. 그런 곳에서 내가 임무를 완성할 거라고는 애초에 상상도 하지 않아. 넌 눈 깜짝할 새에 나를 발견할 테고, 그보다 더 빠르게 나를 박살 내 버릴 테니까. 내가 너의 신록을 거닐며 남긴 자취는 낫으로 갉아먹은 자국처럼 듬성듬성할 테고, 디딘 자리마다 부패의 흔적이 보일 거야. 나는 식물을 죽이는 재주로 치면 방사능 무기급이라, 별명이 '체렌코프 레드'거든.

(그래, 알아. 체렌코프 방사[5]의 전자기파는…… 그러니까…… 파란색이지. 블루, 너의 이름처럼. 웃자고 하는 얘기에 정색하고 덤비면 곤란해.)

하지만 넌 용의주도하지. 나로서는 네가 접근하는 낌새조차 알아채기 힘들 정도인데…… 그 낌새가 어떤 건지는 가르쳐 주지 않을 거야. 그러는 이유는 아마 너도 이해하겠지. 혹시 내키면 한번 상상해 봐. 남의 눈을 피해 층계 꼭대기에 무릎을 턱까지 당기고 웅크려 앉아서, 계단을 오르는 도둑의 발소리를 하나하나 세고 있는 내 모습을. 네 솜씨는 나쁘지 않아. 상관들이 이쪽 일을 시킬 목적으로 널 그렇게 기른 건가? 그나저나 너희 편은 이쪽 업계를 어떤 식으로 관리하지? 네가 커서 뭐가 될지 미리 알고 널 잉태했나?

아니면 훈련을 시키고 기량을 꾸준히 실험한 결과인가. 나로서는 늘 벙글벙글 웃는 자상한 선생님이 주의 깊게 지켜보는 끔찍한 여름 캠프 같은 걸로밖에 상상할 길이 없는 시설을 차려 놓고서?

네 상관들이 널 이리로 파견했어? 너한테 상관이 있기는 해? 아니면 왕 같은 존재는? 혹시 너희 편 지휘 체계에서 너의 위쪽에 있는 어떤 자가 너를 해치고 싶어서 이 임무를 맡긴 건 아닐까?

내가 이렇게 묻는 까닭은, 우리 편이 널 여기서 붙잡을 수도 있었기 때문이야. 이 시간 가닥은 눈에 잘 띄는 지류야. 그 말은 곧 우리 사령관님으로서는 인과율의 위험을 크게 감수하지 않고도 요원들을 잔뜩 배치하는 게 가능했다는 뜻이지. 이 편지를 읽으며 우리 편 요원들을 다 따돌렸을 거라 생각하는 네 모습이 눈에 선해. 어쩌면 실제로 다 따돌렸는지도 모르고.

하지만 그 요원들은 다른 곳을 정신없이 헤매는 중이니, 이제 와서 모두를 소집하고 재배치하는 건 시간 낭비겠지(시간이라니, 하!). 난 내 힘으로 너끈히 처리하는 일을 가지고 사령관님을 귀찮게 하느니, 차라리 직접 중재에 나서기로 했어. 그러는 쪽이 우리 둘 모두에게 더 편하니까.

당연한 얘기지만, 난 네가 가엾은 이곳 사람들의 신을 훔쳐 가도록 놔둘 순 없었어. 우리 편이 이 장소를 꼭 차지해야 하는 건 아니지만, 그래도 이 비슷한 곳이 필요하긴 하거든. 황무지를 이런 낙원으로 재건하는 게 (하다못해 잔해 속에 남은 희미한 빛이라도 되살리는 게) 얼마나 힘든 일인지 너라면 잘 알 거야. 잠깐만 시간을 내서 생각해 봐. 만약 네가 임무 수행에 성공하면, 만약 네가 훔친 물리 객체의 저속 양자 분해가 정말로 이 시간 가닥의 난수 발생 알고리즘을 좌우한다면, 그래서 네가 한 짓 때문에 암호 체계에 위기가 닥친다면, 만약 그 위기 때문에 사람들이 음식 프린터를 불신하기에 이른다면, 그래서 굶주린 군중이 폭동을 일으킨다면, 만약 폭동이 불씨가 되어 전쟁이라는 큰불이 일어난다면, 그렇다면 우리는 다시 시작해야 하는데…… 시작하는 방법은 다른 시간 가닥을 풀어서 우리 가닥을 새로 꼬는 것일 테고, 그 가닥은 십중팔구 너희 시간 타래에서 뽑아 온 것일 테지. 그렇게 되면 우리는 서로의 숨통을 더욱 모질게 물고 늘어질 거야.

게다가, 이로써 난 네가 납골당 동굴에서 써먹었던 속임수를 되갚아 주는 셈이야…… 나만의 방식으로 편지를 남겨서! 그런데 편지지에 남은 자리가 얼마 안 되는군. 넌 '시간 가닥 6'의 19세기를 좋아했지. 흠, 『리빗 부인의 사교 예절 및 서신 교환법 안내서』('시간 가닥 61'의 런던 소재 구스넥 출판사)에 따르면, 편지의 말미에는 위에 적은 내용의 요지를 한 번 더 간략하게 언급해야 한다는데, '요지'란 게 뭔지는 모르겠지만 아무튼, 자, 여기 이렇게 적을게. '하하, 가엾은 패배자 같으니, 이름뿐 아니라 얼굴까지 파랗게 질렸군. 네 임무의 표적은 여기 말고 다른 성에 있어.[6]'

포옹과 입맞춤을 함께 보내며

레드

추신. 자판의 키에는 느리게 활성화되는 접촉 반응형 독극물이 도포되어 있어. 네 목숨은 앞으로 한 시간도 안 남았다는 뜻이지.

추추신. 그냥 농담한 거야! 그런데 과연…… 농담일까?

추추추신. 장난 좀 쳐 봤어. 그나저나 추신이란 건 참 재미있군!

---

1) 루이스 캐럴의 소설 『거울 나라의 앨리스』에 나오는 시 「재버워키」에서 인용한 구절이다.

2) 존 키츠의 시 「잔인한 미녀(La Belle Dame sans Merci)」에서 인용한 구절이다.

3) 조지 고든 바이런의 시극 「만프레드(Manfred)」에서 인용한 구절이다.

4) 캐나다의 코미디언 그룹 '3 데드 트롤스 인 어 배기'가 부른 익살스러운 노래 「토론토의 노래 (The Toronto Song)」에서 인용한 구절이다.

5) 전하를 띤 입자가 투명한 물질 속을 빛보다 빠른 속도로 이동할 때 생기는 빛.

6) 고전 비디오 게임 「슈퍼 마리오 브라더스」의 유명한 대사인 "하지만 공주님은 다른 성에 있어 요."를 패러디한 구절이다.

5

숲속에서 나무가 하나둘 쓰러지며 소리가 퍼져 나간다.

군단은 그 소리에 섞여 이동하며 그때그때 판단에 따라 도끼를 휘두르기도 하고, 톱으로 소나무 밑동을 썰어 현악기의 저음 같은 소리를 내기도 한다. 5년 전으로만 거슬러 올라가도 이 전사들 가운데 누구도 이런 삼림을 본 적이 없었다. 전사들의 고향에 있는 신성한 수풀은 존모드라는 이름으로 불리었는데 이는 '100그루 나무'라는 뜻으로, 이들 생각에는 한 곳에 모아 놓을 수 있는 가장 많은 나무가 100그루이기 때문이었다.

이 숲에는 100그루보다 훨씬 더 많은, 누구도 세어 볼 엄두조차 내지 못할 만큼 많은 나무가 있다. 축축하고 차가운 바람이 산자락을 타고 흘러내리면 나뭇가지가 메뚜기 날개처럼 잘그락대는 소리를 낸다. 전사들은 바늘처럼 뾰족뾰족한 나뭇잎 그늘 속을 살금살금 걸으며 임무를 수행한다.

아름드리나무가 베어져 줄줄이 쓰러지면서 고드름이 떨어져 부러지고, 쓰러진 나무가 빽빽한 초록에 남긴 틈새로 차갑고 하얀 하늘이 슬며시 드러난다. 전사들은 숲속의 어둠보다 그 틈새로 보이는 얄따란 구름을 좋아하지만, 그래 봐야 고향의 푸른 하늘만큼은 아니다. 이들은 쓰러진 나무줄기에 밧줄을 묶고는 납작하게 밟힌 잔가지 위로 질질 끌며 숙영지로 돌아간다. 나무는 그곳에서 껍질이 벗겨지고 매끈하게 대패질 되어 위대한 칸의 전쟁 도구를 짓는 데에 쓰일 것이다.

군단의 변신을 기묘하게 여기는 사람도 있을 것이다. 어릴 적에 이들은 태어나 처음 겪은 전투에서 활을 쏘아 승리했다. 말을 탄 채로, 20명이 30명을, 200명이 300명을 상대하면서. 그러다가 더 자라서는 강물을 끌어다가 적을 공격하는 법과 성벽에 갈고리를 걸어 무너뜨리는 법을 배웠다. 요즘 들어 군단은 이 마을 저 마을을 누비고 다니며 학자와 성직자, 기술자처럼 글을 읽고 쓸 줄 아는 사람과 기술을 익힌 사람을 모아들인 다음, 그 사람들에게 임무를 맡긴다. '식량과 물, 휴식, 그 밖에 기마 군대가 줄 수 있는 모든 편의를 다 제공하마, 그 대신 너희는 적군이 우리에게 낸 문제를 풀어라'라는 식으로.

한때 기마병들은 절벽에 몰아치는 파도처럼 성채에 들이쳤다
(군단에 파도나 바닷가 절벽을 본 사람은 거의 없었지만, 먼 땅의 이야
기를 품고 돌아오는 여행자들은 있었다.). 이제 그 기마병들은 적군
을 도륙하다가 이내 성 안으로 몰아넣고 항복을 요구하고, 적이
항복하지 않을 경우에는 도시의 기능을 와해시킬 목적으로 공
성용 기계를 지어 올린다.

그러나 그런 기계를 만들려면 통나무가 필요하기에, 전사들
이 파견된다. 유령들에게서 나무를 훔치는 임무를 띠고서.

며칠 동안 고되게 말을 달린 레드는 숲에 들어선 후에 말에
서 내린다. 두툼한 회색 천으로 지은 전통 외투인 델을 입고 허
리에는 비단 띠를 맸고, 추위로부터 두피를 지키려고 쓴 털가죽
모자가 머리카락을 덮고 있다. 그녀는 한 발 한 발 힘주어 걷는
다. 어깨는 쭉 펴고서. 지금 이 모습으로 행세한 지 이미 10년이
넘었다. 여성들도 기마 군단과 함께 말을 달리지만…… 지금 레
드는 남자이다. 그녀에게 명령을 내리는 이들, 또 그녀에게서 명
령을 받는 이들이 아는 한은.

레드는 나중에 쓸 보고서를 위해 자신의 모험을 기억에 새
긴다. 내쉰 숨은 연기처럼 짙게 뿜어 나오고, 얼음 결정이 맺히
면서 반짝반짝 빛난다. 그녀는 증기난방을 그리워할까? 벽으로
둘러싸이고 지붕이 있는 공간도? 팔다리 속에 기다랗게 매설되

어 있고 가슴 속에도 구불구불 묻혀 있지만 지금은 작동을 멈춘 임플랜트도 그리워할까? 이 추위를 견디도록 감각을 차단시키고 피부 주위로 역장(力場)을 발생시켜서, 자신이 파견된 이 거친 시대로부터 몸을 지켜 줄 그 장치도?

그다지.

레드는 나무의 짙은 초록빛을 눈여겨본다. 나무가 쓰러지는 순간을 가늠한다. 하늘의 하얀빛과 물어뜯듯이 매서운 바람의 세기를 기록한다. 남자들 곁을 지나며 한 명 한 명의 이름을 떠올린다(전사들은 대부분 남자이다.). 신분을 철저히 위장한 채 군단에 몸을 담고 자신의 실력을 입증한 지 10년, 그리하여 갈망하던 지위를 손에 넣은 지금, 그녀는 자신과 이 전쟁이 잘 어울린다는 느낌이 든다.

그녀는 스스로를 이 전쟁에 어울리도록 바꾸었다.

레드가 통나무 더미를 살피며 혹시 썩은 자리가 있는지 점검하는 동안, 동료 전사들은 존경심과 두려움에 젖어 그녀로부터 물러선다. 밤색 바탕에 흰 털이 고르게 섞인 그녀의 말은 푸륵거리며 땅에 발을 구른다. 레드는 장갑을 벗고 손끝으로 통나무를 어루만진다. 하나씩 차례로, 나이테 한 칸 한 칸을 어루만지며, 나무 한 그루 한 그루의 나이를 느낀다.

그러다가 편지를 발견한 순간 손을 멈추고.

무릎을 꿇는다.

다른 이들이 모여든다. 그녀는 무엇 때문에 그토록 당황할까? 무슨 계시라도 보았을까? 아니면 저주? 부하들이 나무를 베면서 무슨 실수라도 했을까?

편지는 나무의 가장 깊은 심에서 시작한다. 테가, 이쪽은 굵다랗고 저쪽은 가느다란 나이테가, 이 자리에 있는 이들 가운데 오직 레드만 알아보는 언어의 문자를 형성하고 있다. 조그마한 글씨이고 군데군데 뭉개지기도 했지만, 그럼에도. 한 줄을 적는 데에 걸린 시간은 십 년, 그렇게 적은 편지의 글줄이 기다랗게 이어진다. 뿌리의 방향을 설정하고 해마다 영양분을 저장하거나 더 많이 빨아들이는 식으로 편지글을 적는 데에 분명 100년은 족히 걸렸을 것이다. 어쩌면 이 지역 전설에는 이 숲에 요정이나 얼음의 여왕이 살면서 잠시 모습을 나타냈다가 사라지곤 한다는 이야기가 전해질지도 모른다. 레드는 그녀가 바늘을 놀려 편지를 적으며 어떤 표정을 지었을지 궁금하다.

레드는 편지에 적힌 말들을 외운다. 나이테의 볼록한 등성이 하나하나, 테 한 칸 한 칸을 음미하며, 거기에 깃든 세월을 천천히 헤아려 본다.

레드의 눈빛이 변한다. 가까이에 있던 남자들은 그녀를 십 년 동안 알고 지냈건만 지금 같은 표정은 본 적이 없다.

누군가 묻는다. "이건 그냥 버릴까요?"

레드는 고개를 가로젓는다. 이 통나무는 반드시 사용해야 한다. 그녀가 소리 내어 말하지 않은 생각은 이러하다. 쓰지 않고 뒀다간 다른 자가 이 나무를 발견하고 내가 읽은 편지를 읽겠지.

일행은 통나무를 끌고 숙영지로 돌아간다. 통나무를 쪼개고, 다듬고, 반질반질하게 대패질하고 연결해서 거대한 전쟁 무기로 변신시킨다. 2주 후, 그 아름드리 목재들은 무너진 성벽 주위에 부러진 채 흩어져 있고 성벽 안의 도시는 여전히 불타며, 여전히 흐느낀다. 정복군은 질풍 같은 속도로 전진하고 뒤에는 핏자국이 남는다.

독수리 떼가 하늘을 빙빙 돌며 날지만, 이곳에서 그들의 잔치는 일찌감치 끝났다.

추적자는 황량한 대지를, 무너진 도시를 가로지른다. 그녀는 공성용 기계의 잔해에서 나뭇조각을 모으고, 해가 저무는 사이, 그 조각들을 자기 손가락에 하나씩 꽂아 넣는다.

그녀의 입이 스르르 벌어지지만, 거기서는 어떤 소리도 나오지 않는다.

나의 완벽한 빨강에게

옹골찬 몽골 군단이 도시 하나를 들어먹는 동안 헌걸찬 몽골 기마병은 도시락을 몇 개나 까먹을까? 그 답은 아마도 네가 이번 시간 가닥의 임무를 마무리 짓고 나서 가르쳐 주려나.

네가 놓은 함정에 하마터면 걸릴 뻔했다는 생각은 어쩌나 달콤한지(시간이라는 실로 내 발을 묶으려고 했겠지, 아마도? 이거 참, 안 미안해서 어떡한담), 나도 모르게 압도되고 말았다는 걸 고백해야겠어. 그러니까 너는, '안전제일'이 모토인 거야? 숫자를 더없이 꼼꼼하게 돌려 보고 예상 성공률이 80퍼센트를 밑도는 작전 시나리오는 즉시 폐기해 버리는 식으로? 포커판에서 따분하게 카드를 치는 네 모습을 상상하니 가슴이 미어지는군.

하지만 속임수를 쓰는 네 모습이 뒤이어 떠오르면, 나는 그 덕분에 마음이 편해져.

(네가 나한테 저 주기를 바라는 마음은 털끝만큼도 없어. 아무렴, 그럴 리야 없지!)

그때 난 고글을 쓰고 있었으니 어차피 잘 안 보였을 테지

만, 그래도 부탁이니까 한번 상상해 봐, '시간 가닥 8827'
에서 너의 다정한 심문을 마주했을 때 내 눈이 얼마나 동
그래졌을지 말이야. 내 상관이 나를 그리로 파견했냐고 했
지! 나한테 상관이 있기는 하냐고 했고! 우리 편 지휘 체
계에 부패한 자가 있을지도 모른다는 암시까지! 내 안부를
어쩌나 걱정해 주는지, 아주 솔깃하더군! 지금 날 포섭하려
고 이러는 거야, 친애하는 코치닐?

'그렇게 되면 우리는 서로의 숨통을 더욱 모질게 물고 늘
어질 거야'라니. 아아, 나의 꽃잎. 넌 그게 꼭 나쁜 일인 것
처럼 말하지.

난 이따금 곰곰이 궁리하곤 해. 너와 나, 우리 둘은 어쩌면
그렇게도 이 전쟁이라는 커다란 전체의 축소판일까 하는
생각을. 우리 둘 사이의 물리 법칙을. 한쪽의 작용, 그리고
크기는 똑같지만 방향은 정반대인 다른 쪽의 반작용을. 네
말마따나 덩굴과 벌집이 가득한 우리 편 요정 세계 대 기
술과 기계로 이루어진 너희 편 디스토피아를. 우리 둘 다
알다시피 그렇게 간단한 문제는 결코 아니야, 어떤 편지의
답장이 원래 보낸 편지가 아닌 것처럼 분명하게 말이야. 하
지만 오리너구리의 생김새를 보고 어떻게 생긴 알에서 부
화했는지 과연 알 수 있을까? 우리 목적이 반드시 우리가

쓰는 수단을 닮는 것은 아니야.

하지만 궤변은 이 정도면 충분하겠지. 이제 네가 나한테 들려준 이야기를 내가 너한테 들려줄게, 그것도 분명한 언어로. 너는 나를 죽일 수도 있었지만 그러지 않았어. 너희 에이전시에 알리지 않은 채로, 또는 에이전시의 승인을 받지 않은 채로 행동했고. 네가 상상으로 그린 우리 가든의 삶은 우스꽝스러운 고정관념으로 가득해서 우리를 방심시키고 가시 돋친 반응을 이끌어내려고 정교하게 계산한 도발로 보이기에 충분하지만(참 우습지, 내가 나무의 나이테로 이 편지를 쓰느라 얼마나 오랜 시간이 걸렸는지 생각해 보면), 그러면서도 편지에 적은 표현이 어찌나 선연하고 아름답던지, 정말이지 흥미로울 정도로 무지하다는 사실을 토로하는 것처럼 보이기도 해.

(우리 땅에 최상급 꿀이 있는 건 사실이야. 그 꿀은 두툼한 밀랍 덩어리에 들어 있는 채로 맛보는 게 최고지. 볕이 아직 뜨겁지 않을 때, 부드러운 치즈와 함께 따뜻한 빵에 발라서 먹으면. 너의 동족들은 지금도 뭘 먹는 행위를 해? 아니면 치렁치렁한 튜브와 정맥 주사를 통해 영양을 공급받나? 신진대사는 먼 시간 가닥의 음식물에 최적화시키고? 레드, 넌 잠을 자? 혹시 꿈은 꿔?)

남은 용건도 분명히 말해 둘게. 이 나무의 나이테가 다 닳기 전에, 또 네 휘하의 충직한 부하들이 내 편지로 공성용 기계를 만들기 전에. 레드, 넌 이런 식의 편지 교환을 통해 뭘 원하는 거지? 넌 여기서 뭘 하고 있는 거야?

나한테는 진실을 얘기해 줘. 아니면 아무 말도 하지 말고.

좋은 일만 생기길 바라며
블루가

추신. 네가 나를 위해 열심히 조사한 걸 보고 감동했어. 『리빗 부인의 사교 예절 및 서신 교환법 안내서』는 훌륭한 책이야. 이제 너도 추신이 뭔지 알았으니, 앞으로 가향 잉크와 봉인용 밀랍으로 뭘 보여 줄지 기대되는걸!

추추신. 이 편지엔 어떤 속임수도 함정도 들어 있지 않아. 이 시간 가닥의 칭기즈칸에게 안부 전해 줘. 나하고는 어릴 적 나란히 누워 구름을 올려다 보던 친구 사이니까.

6

블루는 자신이 택한 이름의 빛이 주위 사방에 산란하는 것을 본다. 달빛에 매끈하게 물든 빙원에, 두꺼운 유빙으로 덮인 바다에, 창유리에 부딪혀 부서지는 물결에. 배의 선원들이 잠든 사이에 그녀는 갑판에 나와 딱딱한 비스킷을 우적우적 씹다가 두툼한 엄지장갑에 묻은 비스킷 부스러기를 털어 버리고는, 하얀 거품을 싣고 높이 몰아치는 파도 속으로 떨어지는 그 부스러기들을 가만히 내려다본다.

이름이 '퀸 오브 페리랜드'인 이 범선에 정원을 한도까지 채워 승선한 사냥꾼 무리는 선창을 짐승 가죽으로 채울 생각에 들떠 있고, 털가죽과 고기와 지방을 팔아 번 돈으로 휴가 기간에 누릴 것들을 상상하며 몸이 달아 있다. 블루는 석유에도 조금 관심을 두기는 하지만, 그보다는 최신 증기기관 기술이 어떻게 전개될지가 주된 관심사이다. 진보의 성과에는 시차가 존재한다. 이는 산업이 돌이킬 수 없는 다음 단계로 넘어가는 분수령이자 하나의 파멸과 다른 파멸 사이에서 길을 찾기 위한 방향타이며, 이로써 시간 속을 나아가는 저 많은 배들은 가든으로 이어지는 항로에 접어든다.

이번 항해의 성패에 무려 일곱 줄이나 되는 시간 가닥의 운명이 얽혀 있다. 어떤 이들에게는 하찮게 보일 테지만, 다른 이들에게는 전부가 걸린 일이다. 블루는 이따금 '일곱'처럼 작은 수를 뭐 하러 굳이 만들었을까 하는 생각이 들지만, 또 어떤 날에는 어딘가 다른 곳에서 아예 무한대의 시간 가닥이 만들어져야 하는 게 아닐까 하는 생각도 한다.

그런 날은 임무 수행 중에는 좀처럼 찾아오지 않는다.

임무를 수행하는 동안 블루가 무슨 생각을 하는지 과연 누가 알까? 마치기까지 걸핏하면 평생이 걸리는 임무인데, 그녀가 사냥용 갈고리 몽둥이를 휘두르는 장면의 이야기를 준비하는 데만도 몇 년이라는 세월이 걸렸는데? 그토록 여러 번 변장을 하고 드레스를 갈아입고 파티에 나가고 남장을 하고 내밀한 관계까지 맺으며 수고한 끝에 얻은 결실이란, 기껏해야 범선 객창에 간신히 잡은 좁다란 침상 하나와 캐나다 동남부 뉴펀들랜드

주의 매서운 겨울 추위를 막으려고 겹겹이 껴입은 볼품없는 옷가지였다.

수평선이 감았던 눈을 껌벅 뜨는가 싶더니 뒤이어 아침 해가 하품하듯 입을 떡 벌린다. 범선의 뱃전을 통해 사냥꾼 패거리가 쏟아져 나오고, 그중에는 블루도 섞여 있다. 패거리는 연장을 손에 쥐고서 빙판을 누비며, 껄껄 웃으며, 노래를 흥얼거리며, 동물들의 두개골을 박살 내고 가죽을 찢는다.

배 위까지 간신히 옮겨다가 쌓아 놓은 가죽이 세 장에 이를 즈음, 덩치가 큼지막하고 기운이 팔팔한 하프물범 한 마리가 블루의 눈에 띈다. 그 물범은 위협하는 자세로 고개를 번쩍 쳐들고는 눈 깜짝할 새에 바닷물 쪽으로 부리나케 달아난다. 블루가 더 빠르다. 하프물범의 두개골은 그녀가 휘두른 갈고리 몽둥이에 맞아 달걀 껍데기처럼 바스라진다. 그녀는 죽은 물범 곁에 털퍼덕 무릎을 꿇고 털가죽을 샅샅이 살핀다.

시야에 펼쳐진 광경이 갈고리 몽둥이처럼 블루를 후려친다. 눈앞에, 얼음 낀 털가죽에, 손으로 뜬 종이처럼 반점과 잡티가 가득한 그 가죽의 바탕에, 점과 얼룩이 모이고 섞여 그녀가 읽을 줄 아는 말을 이룬다. 블루에게.

물범의 가죽을 벗기는 동안 블루는 손을 떨지 않는다. 호흡도 고르게 가라앉는다. 이때껏 깨끗했던 장갑을, 보통은 그랬던 장갑을, 이제 그녀는 어떤 이의 이름처럼 붉게 물들인다.

물범의 반들거리는 내장 깊숙이 묻혀 있는 것은 마른 대구의 잔해. 그 생선은 아직 소화가 안 된 상태이고, 살을 긁고 파서 적은 글씨가 남아 있다. 블루는 자신이 몸을 붙인 곳이 빙판 위인 줄도 모른 채 앉아 있다. 책상다리를 하고 편안하게, 흡사 하프물범 내장이 아니라 홍차 주전자가 곁에서 짙은 김을 내뿜고 향기로운 냄새를 풍기는 것처럼.

털가죽은 챙겨 놓을 것이다. 대구는 빻아서 가루로 만든 다음 버터를 바른 군내 나는 비스킷에 뿌려 저녁으로 먹을 것이다. 물범의 주검은 평소 하던 대로 그냥 이곳에 버려둘 것이다.

추적자가 블루의 뒤를 빠르고 거침없이 쫓아 이곳에 도착했을 때, 남은 것은 파랗게 빛나는 눈 위의 검붉은 자국뿐이다. 넙죽 엎드려 손을 짚은 채로, 추적자는 모든 색이 사라질 때까지 그 자리를 핥고 빨고 씹는다.

나의 친애하는 무드 인디고에게

사과할게. 그러니까, 이것저것 전부 다. 네 편지를 받고 나
서 이 답장을 쓰기까지 내 관점에서 보면 오랜 시간이 걸
렸는데, 아마 네 관점에서도 마찬가지겠지. 그동안 나는 칭
기즈칸 곁에서 한 10년을 더 머물다가(참, 칭기즈칸이 안부
전해 달라더군…… 그 친구한테서 네가 나오는 아주 재미난 이야
기를 들었는데, 주인공이 너라는 건 그냥 내 짐작인지도 모르지.),
에이전시로 귀환한 후에는 작전 사후 보고서를 썼고, 그
일이 끝난 후에는 평소와 다름없이 우리 편 시간 가닥과
재결합하는 복잡한 과정을 거쳤어. 이 과정에서는 나의 모
든 면을 종합해서 평가해. 평가 결과는 '합격'이었어……
늘 그랬던 것처럼. 평소와 다름없는 헛수고였지. 내 생각엔
너희 편에도 비슷한 과정이 있을 것 같아. 우리 에이전시는
시간 가닥의 까마득히 먼 아래쪽을 차지하고 앉아서, 가
닥 위쪽으로 요원들을 파견해. 그리고 사령관은 임무를 마
치고 귀환한 요원들을 의심하지. 맞아, 우리는 여행을 하는
동안 진영을 갈아타기도 해. 그래, 우리에게는 어두운 구석
이 하나둘 생겨. 우리는 귓속말을 나누고, 반사회적으로 행

동하기도 해. 승리를 거두려면 적응이라는 대가를 치러야 하니까. 너한테는 우리 편도 그 사실을 이해하는 것처럼 보일지도 모르겠군.

나는 네가 보여 준 이른바 '유머 감각'이라는 것에서 회복하느라 반년이 넘게 걸렸어. 옹골차고 헌걸차고 어쩌고저쩌고, 나 참!

네가 편지에서 얘기했던 향기 나는 잉크와 봉인용 밀랍이 뭔지 궁금해서 문헌을 찾아봤어. 열등한 물질을 통해 소통하는 행위란 하나같이 직관을 거스르는 구석이 있더군. 편지를, 그러니까 클라우드에 백업 이미지조차 존재하지 않는 물리 대상이자, 방대한 데이터를 연약한 종이 한 장에다 담은 편지라는 걸 쓰는데, 하고많은 재료 중에 하필이면 종이보다 모양이 훨씬 더 잘 변하는 밀랍이라는 재료를 골라서, 거기에 표의 문자로 만든 인장을 찍어 끝마무리를 하다니! 모든 전달자에게 메시지를 보내는 이의 이름과 그녀의 정체를, 어쩌면 심지어 그녀의 목적까지 고스란히 알려 주다니! 아주 미친 짓이지…… 작전 보안의 관점에서 보면 말이야. 하지만 예언자들이 말했듯이 세상에 넘지 못할 만큼 높은 산이란 없는 법[1]이니까…… 나도 여기 이렇게, 한번 시도해 보기로 했어. 인장[seal] 대신 몽둥이로 찍은 물범^{seal}이지만 아무쪼록 네 마음에 들었으면 좋겠군. 따로 향을 입히지는 않았지만, 이 전달 매체도 제 나름의 운치가 있으니까.

편지는 시간 여행과 비슷한 구석이 있어, 안 그래? 난 내가 던진 사소한 농담에 웃는 네 모습을 상상하곤 해. 분해서 구시렁거리는 네 모습도 상상하고. 내가 적은 말들을 그냥 버리는 네 모습을 그려 볼 때도 있어. 네가 아직 내 편지를 읽고 있을까? 내가 혹시 허공과 이 물범의 주검 위를 왱왱 도는 파리 떼한테 말하고 있는 건 아닐까? 넌 5년 동안 답장을 안 보낸 채 나를 기다리게 할 수도 있고, 아예 영영 답장을 안 쓸 수도 있어…… 그런데도 나는 네가 어떻게 나올지 모르는 채로 이 답장에 남은 사연을 다 적는 수밖에 없지.

아무리 생각해도 난 읽음 표시 메시지가 더 마음에 들어. 그건 우리가 전파를 통해 느린 텔레파시로 나누는 인스턴트 악수 같은 거니까. 하지만 이 편지라는 것도 그 나름의 한계 안에서 멋진 기술이야.

지난번 편지에서 넌 우리도 음식을 먹느냐고 물었지.

답하기 어려운 질문이야. 단일한 '우리'는 존재하지 않거든. 그 대신 수많은 '우리들'이 있지. 우리들은 모습을 바꾸면서 서로의 사이사이에 끼어들어. 혹시 시계의 내부가 어떻게 돌아가는지 들여다본 적 있어? 여기서 시계란 아주, 아주 훌륭한 기계 작품을 말하는 거야. 그게 뭔지 궁금하다면 시간의 실 아래쪽으로 내려가서 서기 33세기의 가나에 한번 가 봐. 수도인 아크라에 있는 '리미티드 언리미티드'라는 회사에서 반투명 나노 톱니바퀴로 멋진 시계를 만드는데 크기는 모래알 한 개보다 작고, 톱니는 안 보일 정도로 미세하고, 작용과 반작용과 시간 표시 이상의 다양한 복합 기능을 모두 수행하지. 그 시계는 빛을 비추면 만화경처럼 찬란하게 산란시켜. 그리고 시간도 아주 정확하고. 너는 하나지만, 우리는 너무나 많아. 일부가 다른 일부 위에 포개진 채 저마다 자기 나름의 특질과 욕망과 목적을 지니는 식으로. 한 개인은 서로 다른 공간에서 다른 얼굴을 착용할 수도 있어. 의식은 유지한 채 재미 삼아 육체를 바꾸기도 하고. 모두가 자기 마음대로 무엇이든 되는 게 가능해. 에이전시는 거기에 아주 약간의 질서만 부여할 뿐이야. 자, 그렇다면 우리는 음식을 먹을까?

나는 먹어.

꼭 먹어야 하는 건 아니야. 우리는 인공 자궁 속에서 성장하면서 기초 지식은 단위 별로 묶어서 전송받고, 영양 균형은 젤 상태의 배양액으로 유지하거든. 우리 중 다수는 그 자궁 속에 머물고 의식만 육체를 벗어나 우주의 공허 속을 누비며 이 별 저 별로 돌아다니지. 그러니까 우리는 리모컨을 통해 살아가고, 드론을 통해 탐험하는 셈이야. 실제 세계는 여러 세계들 가운데 딱 하나뿐인데 다른 대다수의 세계보다 따분하거든. 몇몇은 육체를 지닌 채로 바깥에 나와 돌아다니기도 하는데 몇 달 정도는 충전지를 달고 자력으로 생명 활동을 지속할 수 있고, 원할 때면 언제든 자궁으로 돌아가는 것도 가능해.

물론 이 모든 설명은 주로 민간인에게 해당돼. 요원들에게는 더 독립적인 행동 방식이 필요하니까. 우리는 집단과 별개이고, 저마다 육체를 지닌 채로 움직여. 그렇게 하는 게 더 수월하거든.

먹는다는 행위는 끔찍하지 않아? 그러니까, 관념 차원에서 보면 말이야. 초공간 충전소와 태양광과 우주선(線) 같은 것에 익숙해지면, 또 자라면서 아름답다고 배운 것들이 대부분 멋진 기계의 심장부에 도사리고 있다면, 그렇다면 타액이 분비되는 치육(齒肉) 부위에 돌출된 뼈들을 사용하여 흙에서 자라는 것들을 짓이겨서 입부터 심장 아래의 산(酸) 주머니까지 이어진 축축한 관을 내려가기 쉽게 곤죽으로 만드는 행위에 매력을 느끼기가 힘들겠지. 그렇다 보니 인공 자궁 바깥으로 나온 신입 요원이 그 행위에 익숙해지려면 오랜 시간이 걸리게 마련이야.

하지만 요즘 들어 나는 먹는 일이 즐거워. 드러내 놓고 인정하지는 않아도 그렇게 느끼는 사람이 우리 가운데 여럿 있어. 나는 먹는 걸 대단히 즐기는데, 사람이란 원래 꼭 추구하지 않아도 되는 것만을 탐닉의 대상으로 삼게 마련이니까. 달리기 선수는 사자를 피해 달아날 필요가 없어도 달리기를 즐기지. 표현이 좀 그렇긴 하지만, 섹스 역시 동물적이고 다급한 생식 의지와 결별할 때 질이 더 향상되고 말이지(또는 오랫동안 섹스를 못 한 다급함 때문에 오히려 더 향상되기도 하는데, 그건 내가 최근 20년에 걸친 외부 체류 경험과 그에 따른 금욕 기간 덕분에 깨달은 사실이야.).

난 블루베리 팬케이크에 메이플 시럽을 흥건히 끼얹었고 버터를 추가로 발라서 덥석 베어 물어. 폭신하게 퍼지는 팬케이크의 감촉, 톡 하고 입에 씹히는 블루베리의 느낌, 입속에서 활짝 피어나는 버터의 풍미. 나는 달콤한 맛과 식감을 탐구해. 허기를 느끼는 일은 절대 없다 보니 서둘러 한입 더 베어 물거나 하지는 않아. 난 유리도 먹어. 그래서 유리 조각에 잇몸을 베일 때면 광물과 금속과 불순물의 맛을 음미하지. 눈앞에는 어느 망할 놈이 그 유리를 만들려고 모래를 싹 쓸어가 버린 백사장이 선히 보이고. 조약돌에서는 강물의 맛, 문질러서 벗긴 생선 비늘의 맛, 아득히 오래전에 녹아 버린 빙하의 맛이 느껴져. 오도독거리고 아사삭거리는 게 꼭 셀러리 같아. 나는 그 감각을 나의 동료 애호가들과 공유해. 그들도 자기네 감각을 나와 공유하지만 시차도 있고, 감각의 선명도 또한 좀처럼 해결하기 힘든 문제야.

그러니까, 에둘러 말했지만 이런 얘기야. 난 먹는 게 정말 좋아.

아마 지나치게 좋아하는 거겠지. 에이전시에 있을 땐 그 사실을 공공연히 밝히지 못해. 밝혔다가는 사령관이 이것저것 캐묻기 시작하거든. 그래서 시간의 실 위쪽, 그러니까 사람들이 쉴 새 없이 먹고 마시는 곳에 잠시 들르러 갈 때면 타락한 기분마저 들 정도야.

넌 어때? 너희는 어떤 식생활을 영위하느냐고 콕 집어서 물을 생각은 없어. 하지만 네가 알려 주고 싶다면, 얼마든지 경청할게. (지난번 편지에서 묘사해 준 꿀과 빵 이야기…… 그 부분 고맙게 잘 읽었어.) 앞서 내가 우리 편의 중첩 모델을 조금 설명해 줬지. 공적이면서 한편으로 사적인 공동체들, 공동 관심사, 공유 감각. 너희 편의 일원으로 사는 건 어떤 기분이야? 블루, 너는 친구가 있어? 있다면 어떻게 사귀어?

나한테 진실을 말해 달라고 부탁했지. 난 네 부탁대로 했어. 내가 원하는 게 뭐냐고? 이해야. 대화야. 승리야. 그리고…… 게임이야. 숨바꼭질이라는 게임. 블루, 넌 날쌘 상대야. 승산이 희박한 도박을 즐기지. 차례가 오면 단번에 휘몰아치고. 어차피 전쟁을 치러야 할 처지라면, 차라리 서로를 즐겁게 해 주는 게 더 나아. 그게 아니라면 처음에 날 조롱한 이유가 뭐야?

너의 벗,

레드

추신. 코치닐! 무슨 색을 내는 색소인지 이제 나도 알아.

---

1) 미국의 소울 음악 가수 마빈 게이와 타미 테렐이 부른 히트곡 「산이 아무리 높다 해도(Ain't No Mountain High Enough)」(1967)의 가사에서 따온 구절이다.

7

아틀란티스 섬이 가라앉는다.

이 섬은 가라앉아도 싸다. 레드는 이곳이 싫다. 우선 아틀란
티스라는 섬은 수가 너무나 많고, 너무나 많은 시간 가닥에서
늘 가라앉는 중이다. 그리스 앞바다에 있는 섬, 대서양 한복판
에 있는 대륙, 크레타섬에서 미노스 문명보다 앞서 출현한 선진
문명, 이집트 북부에 떠 있던 우주선, 기타 등등. 다만 대다수
시간의 실에서 아틀란티스섬은 아예 존재하지 않고 그저 몽상
과 미친 시인들의 황당무계한 속삭임을 통해 알려졌을 뿐이다.

아틀란티스섬이 너무나 많다 보니 레드는 단 한 곳을 확정
할 엄두를 내지 못한다. 또는, 확정하지만 실패한다. 가끔은 시
간 가닥들이 레드를 좌절시키려고 아틀란티스를 만들어 내는

것도 같다. 시간 가닥들이 서로 공모해서, 역사의 흐름이 레드의 적들과 힘을 합치는 것이다. 이 일을 시작한 이후로 레드는 불타며 침몰하는 어느 섬에서 걸어 나온 적이 서른 번, 마흔 번이나 되고, 그때마다 그걸로 끝이라는 생각을 했다. 지령은 서른 번, 마흔 번이나 내려왔다. 다시 돌아가라는 지령이었다.

화산의 기슭에서, 피부가 검은 아틀란티스인들이 배를 찾아 헤맨다. 아이 어머니 한 명은 엉엉 우는 아들을 한쪽 팔에 안고서 반대편 손으로 딸을 꼭 잡고 있다. 아이들 아버지가 그 뒤를 따른다. 아버지의 품에는 집에서 모시는 신상들이 안겨 있다. 화산재로 덮인 뺨에 눈물이 흘러내리며 기다랗게 길을 튼다. 여성 사제 한 명과 남성 사제 한 명은 자신들의 신전에 남기를 택했다. 둘 다 불타 사그라질 것이다. 그 사람들은 평생을 희생하며 살아왔는데…… 그런데 누구를 위해 희생했더라? 레드는 자신이 무슨 생각을 하던 중이었는지 잊어버렸다. 그 사실 때문에 불쾌하다.

그 사람들은 평생을 희생하며 살아왔다.

신과 아이들 먼저. 그것이 피난선에 오르는 순서였다. 땅이 흔들리고 하늘이 불타자 가장 용감하고 고집 센 이들마저도 일터를 등졌다. 뒤에는 메모와 계산식과 신형 엔진이 남았다. 그들은 사람과 예술품을 지키기로 했다. 수학은 불타 버릴 테고, 엔

진은 녹아 버릴 테고, 아치는 무너져 먼지가 될 것이다.

이곳은 아틀란티스들 가운데 딱히 이상한 축에 드는 곳도 아니었다. 수정 구슬도, 날아다니는 자동차도, 흠잡을 데 없이 돌아가는 정부도, 초능력 같은 것도 없었다(마지막 두 가지는 애초에 존재하지 않는다.). 그럼에도. 저기 있는 저 남자는 평균치보다 6세기나 더 일찍 구동축이 달린 증기기관을 만들었다. 저기 저 여자는 비록 추론과 명상 도중의 황홀경을 통하기는 했지만, 수학 계산에서 0이 지니는 유용성을 발견했다. 여기 이 목동은 자기 집 벽에 버팀대 없는 아치문을 뚫었다. 사소한 덧손질, 너무도 근원적이라서 언뜻 쓸모없어 보이는 아이디어들이다. 이곳에는 그런 아이디어의 가치를 아는 이가 한 명도 없다. 아직은. 그러나 이 섬에서 사라져 버리지 않으면 누군가 그 진가를 몇백 년 일찍 알아볼지도 모르고, 그 덕분에 모든 것이 바뀔지도 모른다.

그래서 레드는 이들에게 시간을 주고자 애쓴다.

레드의 몸에 장착된 여러 임플랜트가 선홍색으로 빛나며 열을 내뿜는다. 그 열기에 살이 그을린다. 레드는 땀을 비처럼 흘린다. 그러면서 으르렁거린다. 눈을 부라리며 사람들을 쏘아본다. 그녀는 이곳에서 스스로를 채찍질하는 중이다. 섬 하나를 구하는 것은 여자 혼자 할 수 있는 일이 아니기에, 그녀는 한 여자의 힘으로 가능한 것보다 더 많은 일을 한다.

레드는 이쪽으로 다가오는 용암의 흐름을 막으려고 거대한 바위를 굴린다. 용암이 흘러갈 임시 수로를 맨손으로 뚝딱 파 놓는다. 두 손처럼 익숙한 장비들을 이용하여 바위를 쪼개고 그 조각들을 변형시켜 다른 곳에 새 바위를 만들어 둔다. 화산이 진동하다가 갈라지며 공중에 돌멩이를 토해낸다. 분화구에서 검댕이 뿜어 나오는 모습은 가지가 우산처럼 퍼진 소나무를 닮았다. 레드는 산기슭을 달려 올라간다. 검은 피부색과 붉은빛으로 이루어진 기다란 띠로 보일 만큼 빠르게.

용암이 이글거리다가, 부글거리다가, 퍽 하며 터진다. 일부는 바로 옆까지 날아와 떨어진다. 레드는 옆으로 훌쩍 비켜난다.

회녹색 바다의 수면에 시커멓게 일렁거리는 하늘이 비친다. 마지막 남은 가마우지 떼가 날아가면서 어두운 수면에 어두운 깃털 빛이 비친 것이다. 레드는 계시를 찾아 두리번거린다. 무언가 놓친 것이 있다. 그게 뭔지는 알지 못한다. 그녀는 하늘과 바다를 잠시 곰곰이 생각하며, 자신이 무엇을 놓쳤을지 궁리한다.

그러다가 고개를 돌리는 순간, 부글거리다가 터진 용암이 레드의 얼굴 쪽으로 휙 튄다. 그녀는 용암 쪽을 보지도 않은 채 손으로 냉큼 잡아챈다. 그녀의 살갗은, 만약 저 아래쪽에서 우왕좌왕하는 주민들이 살 위에 두른 것과 똑같은 살갗이라면, 지글지글 구워져야 마땅하다. 그러나 똑같지 않고, 그래서 구워지지 않는다.

살펴보는 시간이 너무 길었다. 그녀는 분화구 쪽으로 다시 방향을 튼다. 솟구쳐 나오는 용암 쪽을 향하여.

그러다가 우뚝 멈춰 선다.

솟구치는 용암의 붉은색 속으로 검은색과 황금색이 잎맥처럼 뻗어나간다. 태양들 가운데 표면이 이렇게 생긴 곳이 몇 군데 있었다. 레드가 착륙 허가를 받고 방문한 별들이었다. 레드의 관심을 끈 것은 그 잎맥 모양 자체가 아니다.

쉬지 않고 변하는 색깔들이 이루는 문장은 아주 잠깐씩만 형태가 유지된다. 이제는 눈에 익은 글씨체로. 용암이 흐르면서 문장들은 변화한다.

레드는 그 문장들을 읽는다. 입술 모양이 음절 하나하나의 소리를 따라 차례로 변한다. 그녀는 불이 나타내는 글씨들을 낡은 방식으로 기억해 둔다. 그녀의 눈 속에는 카메라가 있지만 이 일을 위해 사용하지는 않는다. 언뜻 보면 시신경으로 착각할 만한 두개골 속의 신경 섬유 한 올을, 녹화 장치가 단단히 휘감고 있기 때문이다. 레드는 그 장치를 꺼 버린다. 에이전시에서는 상상도 못 할 일이다. 용암이 가장자리를 넘어 부글거린다. 지금 서 있는 이 높다란 곳을 무너뜨리는 것, 그리하여 녹은 암석이 분수처럼 솟구쳐 미리 파 놓은 통로를 따라 다른 쪽으로 흘러내리도록 하는 것이 레드의 원래 의도였다. 그러나 그렇게 하기는커녕, 레드는 가만히 서서 물끄러미 지켜보기만 한다.

아래쪽에서는 마을이 불탄다. 분화구에 뚜껑을 덮으려는 노력을 하지 않은 탓에 레드가 만들어 둔 도랑과 보루는 제 몫을 다하지 못하지만, 그래도 앞서 보았던 수학자는 아직 계산식이 적힌 자신의 밀랍판을 챙길 시간은 있다. 피난선들이 출발한다. 정든 집이 하나둘 바다에 삼켜지는 동안 사람들은 지진의 충격파로부터 안전할 만큼 멀리 피신한다.

레드가 아주 실패한 것은 아니다. 그녀는 고개를 절레절레 젓고는 터덜터덜 걸어 그 자리를 떠나며 속으로 바란다. 부디 자신이 파견되어 구해야 하는 아틀란티스는 이곳이 마지막이기를. 그 기억을 가슴에 새긴다.

화산이 조용해진다. 때마침 바람이 구름을 가르면서 하늘이 파랗게 펼쳐진다.

매끈하고 휑뎅그렁한 비탈길을 추적자가 재빨리 올라온다. 식어 가는 용암의 가장자리를 빙 둘러 머리카락처럼 가느다랗고 반들거리는 유리질 용암이 자라 있다. 다른 시간대의 다른 장소에서는 화산모(火山毛)라는 이름으로 불리는 부산물이다. 추적자는 화산모를 손으로 따 모은다. 꽃을 따는 사람처럼, 콧

노래를 흥얼거리며.

___

나의 조심성 많은 홍관조에게

비밀을 하나 가르쳐 줄게. 나는 아틀란티스를 치가 떨리게
싫어해. 모든 시간 가닥을 통틀어 마지막 하나 남은 아틀
란티스까지, 철저하게. 그 섬이 끼어 있는 시간의 실이라면
아주 구역질이 날 정도야. 너는 아마도 가든과 내 소속 부
대에 관해 습득한 정보 때문에 우리가 그 섬을 빛나는 업
적의 보루이자, 문명 본연의 모습을 제시하는 플라톤 철학
의 원형적 이상향으로 떠받들 거라 여기겠지. 뜨거운 영혼
을 바쳐 가며 그 섬의 생활상을 상상으로 그렸던 총기 넘
치는 아이들은 또 얼마나 많았을까? 마법! 무한한 지혜! 유
니콘! 스스로 필멸자의 형상을 택한 신들! 우리가 이런 식
의 관념을 유지시키려고 행하는 공작은 네 짐작보다는 더
교묘해. 열 개쯤 되는 시간 가닥의 20세기에 나온 엉터리
출판물들을 보면 그렇다는 말이야. 전생에 아틀란티스의
신전에서 일생을 바쳤다는 성실한 청년들이 그렇게 많은
걸 보면 그 섬은 틀림없이 사제들로 만원이었겠지!

하지만 어쩌나 따분한 곳인지. 썩어가는, 공기를 빨아들이는 상처 구멍처럼 역겨운 곳이야. 성공한 실험이 만들어 낸 구역질 나는 결과였지. 화산 폭발은 아틀란티스에 일어난 일 중에 가장 멋진 거였어. 이제 그 섬은 전설이자 가능성, 신비가 됐어. 그곳에서 수천 년에 걸쳐 쌓아 올린 어떤 업적보다 훨씬 더 생산적인 동력원이 됐다는 뜻이지.

우리가 귀하게 여기는 게 바로 그거야. 그리고 그게 우리 방식이지, 언제나. 화산을 터뜨리고, 해일로 덮치고.

지난번 편지에 먹는 이야기 들려줘서 고마웠어. 몇 주 동안 배에서 주는 비스킷만 먹다가 그 이야기를 읽으니까 더욱 각별하더군. 리빗 부인의 안내서에도 나와 있다시피 인장^{seal}을 훼손하지 않고도 개봉할 수 있는 편지를 보내는 게 관례이긴 하지만, 그래도 네가 보여 준 혁신적인 편지 쓰기는 이루 말할 수 없을 만큼 감탄스러웠다는 얘기를 꼭 해 두고 싶어.

말로 할 수 있는 얘기는 이런 거야. 그 빙판 위가 몹시 추웠다는 것. 그런데 네 편지가 나를 따뜻하게 덥혀 줬다는 것. 네가 표의 문자 인장과 작전 보안에 관해 적은 걸 읽다가 떠올랐는데, 나는 시간의 실 몇 가닥과 맞먹을 만큼 귀중한 엘리자베스 하드윅의 식물학자들 틈에서 마부로 일한 적이 있어. 그곳에 머무는 동안 식물학자들과 고용주인 귀부인 사이의 서신 왕래를 구경했던 게 나한테는 사는 낙이었어. 단순한 말 한마디가 얼마나 다층적이고 복잡해질 수 있는지, 진심(여러 시간대의 16세기에 공통적으로 발명된 단어야)이라는 미명 속에 감춰진 비밀은 또 얼마나 많은지. 물론 네가 말한 표의 문자 양식의 인장으로 거짓말을 하는 것 또한 식은 죽 먹기야. 압인을 위조하고, 봉인된 편지를 별도의 봉투 속에 숨기고, 봉인용 밀랍이나 명주실의 색을 일부러 틀리게 쓰는 식으로 말이야. 스코틀랜드의 메리 여왕이 하드윅의 저택에 머무는 동안 그 지붕 아래서 태연하게 오갔던 황홀한 이중 의미의 편지는 얼마나 많았을까! 장담하는데 거기에 비하면 암호 통신도 별것 아니야. 한번 상상해 봐, 환경 자극에 반응하여 계속 변하면서 연동하는 분위기들이 하나의 암호 체계를 구성한다고 말이야.

게다가 당시에는 표준 철자법이 아직 영어의 특징도 아니었어. 어떤 이의 글씨체를 위조할 때 그 사람 특유의 철자법까지 똑같이 흉내 내지 않으면 헛수고로 끝나기 십상이었지. 바로 그 점이 훗날의 위조범들이 실패한 원인이었다니, 웃지 않고는 못 배길 일이야. '천재 소년'으로 불렸던 토머스 채터턴[1]이나, 뭐 그런 위조범들.

우리는 편지 쓰기라는 행위를 너무 고지식하게 실천하는 것 같지 않아? 몽둥이로 후려갈긴 물범은 제쳐 놓고 말이야. 우리는 시간 여행으로서의 편지, 시간을 여행하는 편지를 써. 겉으로는 안 보이는 의미를 담아서.

난 네가 이 글을 읽으며 무슨 생각을 할지 궁금해.

지난번에 네가 적은 음식 이야기는 정말로 감미롭고 군침이 돌았지만, 빠진 게 있었어. 허기 자체에 관해서는 조금도 언급하질 않았거든. 그래, 넌 욕구의 부재에 관해서는 이야기했어. 뒤에서 쫓아오는 사자나 '동물적이고 다급한 생식 의지' 같은 게 없는 상태가 쾌락으로 이어진다고 했는데, 그건 옳은 말이야. 하지만 허기는 눈부시게 반짝이는 조그만 매력들을 지녔어. 그걸 꼭 생물학의 관점에서, 즉 인간의 기본 욕구를 관장하는 대뇌변연계와 연계해서 생각할 필요는 없어. 레드, 허기란 건 말이야…… 허기를 채우기, 허기를 더 부추기기, 허기를 용광로 같은 것으로 여기기, 이빨처럼 날카로운 허기의 가장자리를 살짝 만져 보기…… 그런 것들이 어떤 건지 너는, 개별자로서의 너는, 알아? 네가 준 먹이를 받아서 스스로를 연마한 허기, 너무나 예리하고 눈부시게 벼려져서 네 몸을 가르고 새로운 것을 분출시킬지도 모르는 허기를, 너는 가져 본 적이 있어?

가끔은 내가 친구 대신 가진 것이 그 허기라는 생각이 들곤 해.

이 편지를 읽기가 너무 고생스럽지 않아야 할 텐데. 시간이 촉박해서 나로서는 이게 최선이었어…… 주위의 땅이 무너지고 섬이 가라앉기 전에 이 편지가 네게 닿기를 바랄게.

답장은 런던 넥스트에 있는 나에게 보내줘.

블루

---

1) 18세기 영국의 소년 시인. 중세 영어에 통달, 자신이 지은 시를 가상의 15세기 시인의 작품으로 속여 발표하곤 했다. 위작 행각이 들통 난 이후 생활고를 겪다가 17세라는 어린 나이에 스스로 삶을 버렸다.

8

같은 해의 같은 달, 같은 날이지만 시간 가닥이 한 가닥 다음
인 런던 넥스트는 다른 런던들이 꿈꾸는 이상적인 런던이다. 세
피아 색조로 물들어 있고, 하늘에는 동력 비행선이 둥둥 떠 있
고, 제국의 포악성은 단지 향신료나 이국의 꽃 모양 사탕을 연
상시키는 장밋빛 배경 광채 정도로만 여겨지는 곳. 소설의 형식
을 띠고 있으나 이야기 전개상 꼭 필요한 지점에서만 지저분해
지는, 귀족과 군주가 모든 것을 지배하는 곳…… 이곳은 블루가
사랑하는 곳이자, 자신이 사랑한다는 이유로 스스로를 싫어하
게 되는 곳이기도 하다.

블루는 메이페어 찻집에 앉아 있다. 한쪽 구석에 벽을 등지
고 앉아서, 한쪽 눈으로는 출입문을 주시하고(스파이 활동의 요령

중에는 시공간을 모두 초월하여 변치 않는 것도 있기에) 반대쪽 눈으로는 특이하게 그린 *신대륙*의 지도를 보고 있다. 이 찻집은 실내 장식에 동양풍 분위기가 뚜렷한 곳이다 보니 조금은 안 어울리는 지도 같기도 하지만, 블루가 이 특정한 시간 가닥의 섬유 한 올 한 올을 소중히 여기는 많은 까닭 중에는 절충주의 또한 포함된다.

이곳의 블루는 머리카락이 검고 숱도 많고 기다란데, 그 머리카락을 맵시 있게 틀어 올려 높이 쪽을 지고 구불구불 땋은 타래로 주위를 빙 두른 머리모양을 하고 있다. 세심하게 말아 놓은 퀼이 뒷덜미에 치렁치렁 늘어져서 기다랗게 경사진 목덜미에 사람들의 시선을 집중시킨다. 드레스는 점잖고 단정해서 최신 유행하고는 거리가 있다. 봉제선이 세로로 길게 들어가는 '프린세스 라인'은 이미 몇 년 된 디자인이지만, 블루는 암회색 드레스로 이 디자인을 멋지게 소화한다. 그녀가 이곳을 찾은 목적은 어떤 역할을 연기하는 것이 아니다. 그녀는 남의 눈에 띄지 않으려고 이곳에 왔다.

블루는 이 가게가 자랑하는 최고급 도자기 찻잔을 기꺼운 마음으로 살펴보았다. 마이센 채색 자기의 명나라 용 문양은 윤곽선이 핏줄처럼 구불구불하고, 백골처럼 하얀 바탕과 도금한 테두리에 대비되게 선명한 감빛이다. 주문한 찻주전자가 도착하기를 기다리며 블루는 자신이 고른 차가 설탕에 절인 장미와 섬세한 베르가모트, 샴페인, 머스캣, 제비꽃 등의 향 사이로 짙은 훈향과 맥아 향으로 수놓인 길을 펼쳐 주기를 기대한다.

종업원은 소리 없이 테이블 앞에 도착하여 마이센 자기인 케이크 스탠드와 찻주전자, 설탕 그릇을 눈에 띄지 않는 동작으로 내려놓는다. 그러나 찻잔을 잔 받침에 내려놓는 순간, 블루가 손을 휙 뻗어 종업원 여성의 손목을 덥석 잡는다. 종업원은 겁먹은 표정이다.

"이 자기 세트는." 블루는 눈빛을 조정하여 친절한 느낌이 나도록 누그러뜨리며, 또 손의 힘도 어루만지는 수준으로 늦추며 말한다. "짝이 안 맞는걸."

"정말 죄송합니다, 손님." 종업원이 말한다. 입술을 깨물며. "찻주전자에 이미 차를 우려 놨는데, 잔에 금이 간 걸 나중에야 발견했지 뭡니까. 더 기다리는 건 손님께서 원치 않으실 것 같고, 마침 붐비는 시간대라 다른 세트는 모두 사용 중이다 보니 그만. 혹시 조금 더 기다려도 괜찮으시다면 제가 가서……"

"아니." 블루는 그렇게 말하며 살며시, 마치 갈라지는 구름 사이로 드러나는 해처럼 미소 짓는다. 손을 무릎 위로 다시 거두는 동작은 일종의 흔적, 종업원에게 이 여자 손님을 완벽한 귀부인의 표상으로 확신시키는 증거이다. "아주 아름다운 찻잔

이야. 고마워."

종업원은 고개를 숙여 인사하고 주방으로 돌아간다. 블루는 찻잔과 거기에 딸린 잔 받침과 스푼을 뚫어져라 들여다본다. 스포드의 블루 이탈리안 컬렉션. 찻잔 테두리 아래로 고전 회화에 나올 법한 인물들이 영원토록 곡식을 수확하고 물을 길어 나르고 있다.

블루는 차를 따른다. 조심스레, 찻잎 거름망을 받치지 않은 채로. 뒤이어 티스푼을 들어서 불빛에 비춰 본다. 시간의 실 아래쪽에서 온 물질이 발라진 것을 알 수 있고 어떤 물질인지도 짐작이 가지만, 그래도 확실히 하려고 냄새를 맡아 본다. 그녀는 주위를 두리번거리지 않으려고 의지력을 발휘한다. 온몸의 세포 하나하나에 가만히 있으라는 명령을 내리고, 주방으로 뛰어들어 이 일을 꾸민 자가 누구인지 족치고 추적하고 붙잡고 싶은 욕구를 억누르다가……

끝까지 평정을 지킨 채로, 블루는 티스푼을, 설탕 없이, 찻잔에 담가 휘휘 저으며, 찻잎이 스르르 풀려 빙빙 돌다가 구불구불한 글자로 변해 가는 광경을 지켜본다. 찻잎은 매번 느리게 회전하고, 블루는 차를 한 모금씩 홀짝일 때마다 문단이 바뀌는 것을 알아차린다. 한 모금 마실 때마다 형체를 잃어버리는 편지는 블루가 티스푼으로 젓고 나서야 다시 의미를 지닌다.

아주 잠깐, 블루는 궁금해한다. 목이 뻣뻣해지는 느낌이 혹시 독 때문인지, 그 느낌 때문에 차를 삼키지 못하는 이 상태가 혹시 아나필락시스 반응인지를. 그 생각 때문에 두렵지는 않다.

블루는 또 다른 가능성을 지우고 싶어 눈을 감는다. 그 또 다른 가능성은, 두렵기 때문이다.

차가 바닥나고 편지도 끝났지만, 찻잎 덩어리는 남아 있다. 블루는 그 찌꺼기를 추신 삼아 읽는다. 해독하기가 식은 죽 먹기인 까닭은 신대륙 지도가 찌꺼기 모양과 너무나 닮았기 때문이다. 그 둘 사이의 차이가 곧 지시 사항인 것을 거뜬히 알아차릴 정도로.

블루는 입가를 살짝 두드려 물기를 닦고 나서, 찻잔을 들어 구두 뒷굽 아래에 놓은 다음, 밟아서 가루로 만들어 버린다. 너무나 강하고 신속해서 부서지는 소리조차 들리지 않는다.

블루가 찻집을 떠난 후, 추적자는 청소부로 변장하고서, 쓰레받기와 빗자루로 무장하고서, 찻잔의 잔해를 모은다. 장미꽃 봉오리를 모으듯이 소중하게. 남들 눈에 띄지 않을 곳으로 숨은 후, 추적자는 쓰레받기에 뒤섞인 점토와 소뼈와 찻잎의 혼합물을 성분에 따라 세 줄로 깔끔하게 분류하고, 지폐를 단단히 말아 대롱으로 만들어 콧구멍에 댄 다음, 눈 뒤에 연기가 자욱이 끼는 느낌이 들 정도로 급하게 들이마신다.

내가 가장 아끼는 색상 코드 0000FF에게

우리가 같은 임무를 띠고 아틀란티스에 있었다니…… 상
상도 못 할 일이로군. 내 생각에 외따로 존재하는 시간의
실은 단 한 가닥도 없어. 우리 진영에서는 요원이 그 사실
을 철저히 믿도록 훈련시켜. 가닥마다 갖가지 면모와 매력
과 자극이 있고, 연결하는 방식에 따라 저마다 다른 방식
으로 쓸모가 있다고 말이야. 신참은 한 가지 변화가 시간의
실을 이런 식으로, 또는 저런 식으로 바꿀 거라고 믿지. 하
나의 사건, 그러니까 침공이나 발작, 한숨 한 번 같은 것이
장도리와 같다고 믿는 거야. 한쪽은 뭉뚝해서 못을 박기에
딱 맞고, 반대쪽은 끝이 갈라져서 못을 뽑기에 적당하다
고. 게다가 장도리와 마찬가지로, 아틀란티스도 사용하지
않을 때는 다른 곳에 보관해 놓게 마련이지. 다음에 쓸 일
이 생길 때까지 어느 서랍 속에 안전하게 처박아 두는 식
으로.

그렇게 생각하다 보면 궁금해지곤 해. 너의 임무가 나한테
얼마만큼 도움이 됐고, 또 그 반대는 얼마만큼인지. 그건
내 계산 능력의 한계를 초월한 질문이야. 카오스 오라클한

테 물어보고 싶지만, 지금 당장은 내가 상사들 눈에 찍힐 만큼 찍힌 신세라서. 난 너의 지난번 편지에 허를 찔린 다음부터 서둘러 행동해야 했어. 아틀란티스섬이 수많은 보물과 함께 가라앉고 나서, 사령관은 여느 때처럼 나의 해명을 듣고 싶어 하더군. 그 건은 에이전시의 예상 모델과 비교하면 효율 면에서 조금 미진한 점이 있기는 했지만, 내 실적을 감안하면 충분히 봐줄 만한 실수였어. 하지만 너희 편이 여기저기 침투한 상황에서 우리 편 위장조가 적잖이 발각된 데다…… 아니, 일 얘기는 그만해야지. 메이페어 찻집의 네 친구들이라면 이렇게 말할 테니까. '어쩜 저렇게 지루한 분이 계실까.'

한마디로 요약하자면, 내가 지난번 답장 이후 너무 오랫동안 너한테 편지를 안 썼다는 말이야.

'시간 가닥 233'의 아틀란티스는 같은 부류들 중에 가장 공격적인 장소는 아니었어. 그래서 내가 머문 시간도 잠깐이면 충분했지. 농담 삼아 말하자면, 이제 나도 그 섬의 가치를 알 것 같아. 인간에게는 노력의 목표로 삼을 표식이 필요하지만…… 불완전한 체제는 부패하게 마련이야. 그래서 우리가 인간들에게 이상(理想)을 만들어 주는 거지. 변화 담당 요원들은 시간의 실을 위쪽으로 거슬러 올라가서 쓸 만한 시간 가닥을 찾은 다음, 중요한 것은 보존하고 별 볼 일 없는 것은 먼지로 사라지게 내버려 둬. 나중에 더 완벽한 미래의 씨앗을 위한 뿌리 덮개가 되도록.

리빗 부인의 안내서를 보면 편지를 쓸 때는 수신인(너를 말하는 거겠지, 아마도?)이 이해하기 쉬운 은유를 사용하라고 나와 있어. 고백하건대 난 네가 의미를 느끼는 대상이 뭔지 완전히 알지는 못해. 그래서 결국에는 추측에 의존하지. 씨앗과 풀, 작물 기르기 같은 것들이 아닐까 하는 식으로. 그렇게 고정관념으로 기울어 가는 거야. 너 역시 나한테 답장을 쓸 때 이글거리는 용광로와 불길 속에 글을 적고.

넌 나한테 허기를 느끼느냐고 물었어.

정확히는, 나의 허기에 관해 물었지.

짧은 대답은 이거야. '안 느껴.'

긴 대답은 이거고. '아마 안 느낄걸?'

우리는 욕구가 일어나기 전에 미리 충족시켜. 지금 내가 쓰는 이 육체의 경우에는 복부 위쪽 어디쯤에 특정한 장기(인공적으로 설계하고 이식하고 철저하게 실험한 장기)가 자리 잡고 있어서 내 신진대사에 연료가 필요한 순간을 고지하고, 또 파충류 시절에 만들어진 오래된 뇌의 하부 체계를 정지시켜 내 신경이 예민해지고 불안해지고 생각이 둔해지는 사태를 막아 줘. 진화라는 어머니가 우리를 사냥꾼이자 살인자, 추적자, 발견자, 대식가로 만들려고 부리는 속임수를 방해하는 거야. 꼭 필요할 때는 그 장기를 무력화할 수도 있지만, 그래도 약해진 느낌이 드는 것보다는 그 장기로부터 나의 상태를 계속 보고받는 편이 훨씬 더 안심이 돼.

하지만 네가 말한 허기는…… 살갗에서 돋아난 그 칼날은, 툭하면 폭풍이 휩쓰는 산비탈에 일어나는 것과 같은 그 풍화 작용은, 그 공허감은…… 왠지 아름답고 익숙한 말처럼 들려.

어릴 적에 나는 책 읽기를 좋아했어. 알아, 케케묵은 취미란 거. 색인을 뒤져 다운로드 하는 게 더 빠르고 효율적이고 지식의 습득 및 유지 면에서도 가장 뛰어나지. 하지만 나는 읽어. 대를 이어 전해 내려온 골동품 도서와 새로이 복제된 책들을 읽는다는 말이야. 세상을 순서에 따라 파악해 나가는 건 너무나 신기한 일이거든! 한번은 만화책을 읽은 적이 있는데, 소크라테스에 관한 책이었어. 그 만화책에서 소크라테스는 군인으로 나왔는데, 본인한테 직접 물어봤더니 그 부분은 사실이라더군. 그런데 어느 날 밤, 동료들이 누워 잠을 자는 사이에 소크라테스는 뭔가 골똘히 생각하기 시작했어. 그러다가 일어나서 우뚝 선 채 생각에 잠겨 그대로 새벽을 맞았지. 동이 트는 순간, 그는 자신이 품었던 의문의 답을 찾았어.

그 시절 나한테는 그 모든 게 몹시도 낭만적으로 보였어. 그래서 나는 내가 머물던 인공 자궁을 떠나 시간의 실 위쪽 머나먼 곳으로 떠났어. 시끄러운 수다와 상호 감시로부터 멀어지려고. 그러다가 조그마한 세계의 산꼭대기를 한 곳 찾았지. 숨 쉴 산소는 있지만 황량하기 짝이 없는 그곳에 만화책 속의 소크라테스처럼 서서, 멍하니 생각에 잠긴 채, 한쪽 발에 기우뚱 체중을 실은 상태로, 나는 미동도 하지 않았어.

해가 졌어. 별이 넝쿨 위의 장미들처럼 총총히 떴고. (별은 장미야, 그렇지? 아니면 다른 거였나? 단테가 한 말일 텐데.) 귀가 고요에 익숙해지면서 난 깨달았어, 다른 이들의 목소리가 여전히 들리는 걸 말이야. '우리들'의 수다 소리가 천상을 가득 메웠던 거야. 우리 목소리는 별에 부딪혀 메아리쳤고. 그건 소크라테스가 홀로 섰던 방식이 아니었어. 이백(李白)이나 굴원(屈原)이 섰던 방식도 아니었고. 내가 택한 고립, 내가 행한 실험 때문에, 나를 아끼던 이들이자 한편으로는 내가 아끼던 이들 사이에 자그마한 소란이 일었고, 그 소란이 널리 확산됐던 거야. 수많은 렌즈와 눈이 내 쪽으로 향했어.

그때 나는, 아마 열세 살이었을 거야.

나는 이런저런 것들을 추천받았어. 철학 교과서, 명상 안내서, 함께 수행하고 연대하자는 제안도 받았지. 다들 모여서 나를 빙 둘러싸더군. 내 귀에는 속삭이는 소리가 들렸어. *괜찮은 거니? 좀 도와줄까? 우리한테는 뭐든지 털어놔도 돼. 언제든지.*

눈물이 났어. 다른 신체 기관도 그 작용을, 그러니까 울음을 일으키는 경우가 있어. 우리 눈을 깨끗하게, 또 의식을 예민하게 유지하기 위해서 말이야. 그래도 화학은 어디까지나 화학이라, 스트레스 호르몬인 코르티솔이 나오는 것까지 막지는 못하지.

지금 이 편지를 쓰는 게 필요 이상으로 힘들게 느껴져. 한편으로는 생각보다 더 쉽게 느껴지기도 하고. 내가 자기모순을 일으키고 있네. 고작 편지를 쓰다가 모순을 일으키다니, 유클리드 기하학에서 모순을 도출하려고 머리를 싸맨 기하학자들은 부끄러운 줄 알아야겠군.

그때 나는 내게 찾아온 우리 편을 돌려보냈어.

각각의 존재는 자기 나름의 은밀성을 누릴 권리가 있기에, 나는 그들이 나를 보지 못하도록 막았어. 그 조그만 돌산

위에 사람은 나 혼자뿐이었고, 나는 그 세계를 어둠 속에 잠기게 했어.

바람이 불었어. 고도가 높은 곳은 밤이면 추워져. 뾰족한 돌이 발을 찌르더군. 13년 만에 처음으로 나는 혼자였어. 나는, 내가 무엇이었든 간에, 지금 무엇이든 간에, 먼저 별들 사이로 솟아올랐다가, 이내 갈라진 땅으로 굴러떨어졌어. 그러고는 흙 속으로 파고 들어갔지. 밤새가 울더군. 늑대와 비슷하지만 홀로 움직이고 덩치도 더 커다란, 다리는 여섯이고 눈은 두 줄로 박힌 짐승이, 내 곁을 타박타박 지나갔어.

눈물이 마르더군.

그러다가 쓸쓸한 느낌이 들었어. 앞서 들리던 목소리들이 그리워졌지. 목소리 뒤의 의식들도 그리웠고. 나는 눈에 보이는 존재가 되고 싶었어. 그 욕구가 내 심장을 파고들었어. 멋진 느낌이더군. 그 느낌을 네가 알 만한 것에 비유해서 설명할 방법은 잘 떠오르지 않지만, 이렇게 한번 상상해 봐. 하나의 물체와 결합된 사람이 있어. 그 물체란 크기가 산만 한 인공 신인데, 우주의 아득한 끄트머리에서 전쟁을 할 목적으로 만들어졌어. 그 거대하고 육중한 금속 덩어리가 그녀를 온통 감싼 채로, 그녀를 옥죄면서, 그녀에게 강대한 힘을 준다고 상상해 봐. 치렁치렁한 호스를 통해 그녀의 살과 단단히 결합된 상태로. 상상해 봐, 그녀가 그 호스를 다 잘라 버리고, 걸어 나오는 모습을. 녹초가 돼서, 배양액에 흠뻑 젖어서, 연약하고, 자유롭게.

나는 깃털처럼 가벼웠고, 텅 비었고, 굶주려 있었어. 해가 뜨더군. 계시 같은 건 하나도 보이지 않았어. 난 소크라테스가 아니니까. (난 소크라테스와 아는 사이야, 그 사람하고 같이 군인으로 복무했으니까. 하지만 의원님, 당신은 절대 소크라테스가 아닌데…… 이런, 내가 옆길로 새고 있군.) 그래도 나는 계속 걸었어. 그곳에서 다른 곳으로, 그다음에는 또 다른 곳으로. 그렇게 몇 년이 흐른 후에 집으로 돌아갔지.

그러다가 사령관이 나를 발견하고 내 안으로 미끄러져 들어와서는, 말했어. 나 같은 이들에게 딱 어울리는 일이 있다고. 난 에이전시의 요원들이 다 나와 비슷한 경험을 했는지 궁금했는데…… 그렇지는 않더군. 나중에야 안 사실이지만. 하지만 우린 누구나 제 나름의 방식으로 일탈하게 마련이니까.

그것도 허기일까? 잘 모르겠어.

그나저나, 친구가 하나도 없다고? 블루! 난 네가 그런 줄은 꿈에도 몰랐어. 뭐랄까…… 내 생각에 우리 편은 너희가 캠프파이어 앞에 둘러앉아 옛날 군가를 부른다고 상상하는 것 같아.

넌 외로웠던 적이 있어?

차가 맛있으면 좋겠는데. 괜찮았어? 뭐, 좋아. 다음번엔 사람이 더 많은 곳에서 널 찾아볼게.

너의 충실한 벗
레드

추신. 이 말을 적으려니 망설여지지만, 그래도…… 생각해 보니 내 편지가 장황한 것 같아. 더 짧게 적기를 바란다면, 그렇게 할게. 눈치 없이 굴긴 싫으니까.

추추신. 인사말의 수신인 호칭을 애매하게 적어서 미안해. 리빗 부인의 안내서에서는 편지의 첫 문장이 곧 인사말이라고 나와 있던데, 맞지? '시간 가닥 8'의 19세기 런던 사람들이 수입 도자기의 파란 색조에 무슨 이름을 붙였는지 잊어버렸지 뭐야. 기억했더라면 색상 코드가 아니라 그 색의 이름을 적었을 텐데.

추추추신. 그래도 우리 편이 이길 거야.

9

예언자가 말했듯이, 모두가 자기 몫의 크고 작은 배를 짓는 다.[1]

황제는 높은 산 위에 군림하고, 궁전 양옆에는 미라가 된 공동 통치자의 신전이 우뚝 서서 저마다 제사장의 시중을 받는다. 돌로 된 층계와 구름다리가 능선을 따라 봉우리와 봉우리를 잇는다. 광대한 도시들은 점점 자라나 환하게 빛난다. 산비탈을 따라 농장이 펼쳐지고 그 아래에, 해안선 가까이에, 이 대륙에서는 석류와 마찬가지로 생각지도 못했던, 항구가 자리 잡고 있다.

물론 연안 무역도 이루어지고, 고지대의 호수에는 갈대배가 오간다. 케추아족 선원과 어부는 바람의 형상을 알기 때문에 어떤 폭풍도 너끈히 뚫고 배를 몰고, 어떤 파도 앞에서도 스스로 몸을 낮추지 않는다. 서쪽 대양의 수평선은 그들에게 언제나 벽처럼 느껴졌다. 그 너머에는 세상의 끝이 도사리고 있었다. 그러나 평생을 바쳐 별의 운행을 계산하고 태풍이 휩쓸고 간 해변에 버려진 나무와 물풀을 모은 현자는, 그 대양 너머에 미지의 땅이 기다리고 있으리라는 가설을 세웠다. 그녀보다 나이가 열 살 더 많은 또 다른 현자는 갈대를 어떤 어머니가 엮은 것보다 더욱 질기고 오래가게 엮는 비결을 터득했다. 그녀가 지휘하는 집단은 그 비결을 이용하여 마을 하나를 통째로 실어 나를 만큼 커다란 갈대배를 지었다.

바다 건너에 땅이 있어 봐야 무슨 소용인가요. 거기까지 갈 방법이 없는데? 젊은이들이 첫째 현자에게 물었다. 손으로 달을 쥐는 것만큼이나 헛수고잖습니까.

배가 마을 하나를 실어 나를 만큼 커 봐야 무슨 소용인가요. 젊은이들이 둘째 현자에게 물었다. 고기잡이는 앞바다에서나 하는데?

다행히도 현자들은 잘 알고 있었다. 젊은이들은 이따금 천치같이 굴 때가 있다는 것을.

그래서 현자들은 세상에 알려진 가장 현명한 이를 찾아갔다. 한 명씩, 따로따로, 산봉우리로 향하는 계단 수천 단을 올라가서, 알현의 날을 맞아 황제의 고조부 앞에, 미라가 된 후에도 금은보화로 꾸민 옥좌에 앉아 관록과 권능을 내뿜는 그 오래전의 황제 앞에 무릎을 꿇고서, 자신들이 준비한 선물을 진상했다. 그런데 선대 황제의 옥좌 뒤에서 대기하는 비밀 사제들은 젊은이가 아니고, 모두 남자인 것도 아니며, 점 두 개를 보면 선 하나로 이을 줄 알 만큼 지혜로운 이들이다.

그리하여 고조 황제의 말씀이 널리 퍼졌고, 이로써 항구가 세워졌으며, 모험에 이끌린 선원들이 모여들었다. (모험은 어떤 시간 가닥에서도 통한다. 목숨보다 사는 재미를 더 중시하는 이들은 모험에 매력을 느끼므로.) 그들은 함께 항해에 나설 것이다. 신세계를 향하여. 함께 배를 몰 것이다. 괴물과 기적이 있는 땅을 향하여. 선미가 꼬리지느러미처럼 생긴 그들의 거대한 배는 해류를 타고 나아갈 것이다. 은괴와 태피스트리를 가득 싣고서, 갈대 공예품과 숙명도 함께 싣고서.

레드는 못이 박여 나무처럼 단단해진 손가락으로 갈대를 엮는다. 그녀는 둘째 현자가 가장 먼저 받은 제자 가운데 하나로, 현자로 하여금 고조 황제의 힘을 빌리도록 넌지시 유도했을 뿐 아니라 신전의 계단을 오를 때 팔을 잡고 부축하기도 했다. 이곳에서 레드는 전사도, 장군도 아니다. 그녀는 평균보다 키가 큰 여성으로, 어느 날 벌거벗은 모습으로 혼자 숲에서 나타나 이곳

사람들에게 거두어졌다. 갈대를 꼬고 엮는 솜씨가 훌륭한 것은 그녀가 잘 배우고 익혔기 때문이다. 적어도 마을 두 곳을 통째로 실어 나를 만큼 커다란 이 배, 장차 만들어질 똑같은 배들의 본이 될 이 배를 그녀가 다 지으면…… 그러면 배는 항해에 나설 테고, 그녀도 그 배를 타고 떠날 것이다. 갈대의 매듭이 풀리면 손볼 사람이 필요하므로.

이 시간 가닥에서 레드는 보잘것없는 배역을 연기한다. 갈대를 엮으며 혼자 생각에 빠져 있는 동안, 그녀는 바둑에서 쓰는 말을 빌려다가 자신의 임무를 묘사하기로 마음먹는다. 기사는 돌 한 개 한 개를 바둑판에 놓으며 그 돌이 많은 것을 행하기를 바란다. 공격은 방어이자 또 다른 공격이다. 고백은 도발이면서 강요이기도 하다.

타완틴수유 제국의 사람들은 자신들을 도살한 무리가 훗날 태평양이라 이름 지은 그 바다를 용감하게 마주하려 할까? 그리하여 대양에 흐르는 급류를 발견하고 필리핀 제도까지, 아니면 그들보다 앞서 다른 이들이 그랬던 것처럼 필리핀보다 더 먼 곳까지 도달할까? 그들은, 사람의 그물이 닿은 적이 너무도 드문 나머지 식량이 떨어진 여자가 할 일이라고는 그저 파도 아래로 손을 뻗어 꿈틀거리는 은빛 물고기를 붙잡아 올리는 것뿐인 바다를 건너, 새로운 문명을 발견하고 정복하거나, 동맹을 맺을까? 그렇게 태평양 너머 멀리까지 동맹을 맺고 교역을 하면, 타완틴수유 제국은 훗날 프란시스코 피사로의 괴물 같은 선단이 남쪽으로부터 침입할 때 무사히 버틸까? 하다못해 타완틴수유 사람들이 유라시아 대륙의 역병이라도 일찍 접하면, 훗날 피사로 패거리가 옮겨 올 전염병을 버틸 면역이 생길까?

또는. 그 갈대배에 탄 상인들은 명(明) 왕조가 지배하는 중국까지, 머잖아 극심한 통화 위기 때문에 흔들리다가 결국은 붕괴할 그 제국까지 도착할까? 그 통화 위기란 동전과 은의 교환 비율이 불안정한 데서 비롯되는데 마침 은은 타완틴수유 사람들이 어마어마하게 보유한 물자가 아니던가? 이 만남을 통해 안정을 얻는다면, 명나라는 4세기마다 흥망을 반복하는 중국 왕조의 운명을 피한 후에 굳세게 성장하고, 변모하고, 이로써 서양이 더디게 일군 계몽주의와 그 오만한 산물인 산업 혁명에 뒤지지 않을 만큼 팽창하게 될까?

어쩌면. 가능성은 사소하지만…… 기회란 보일 때마다 잡아야 하는 법. 에이전시는 심사가 편치 않다. 다른 요원들은 붙잡히거나, 살해당하거나, 교차하는 시간의 짜임새 속에서 지워지거나, 떠올리지 않는 편이 차라리 나은 시간 가닥 속에서 고립됐다. 레드는 그렇지 않다. 아직은. 그러나 서둘러 행동에 나서야 한다.

갈대를 엮던 레드의 손이 매듭지을 자리를 건너뛴다. 그녀는 홀로 생각에 잠겨 있지 않다. 실은 설명을 하고 있다. 그런데 누구에게 설명하는 중일까? 글쎄.

레드는 하늘과 바다가 만나는 선을 바라본다.

일어선다.

걸어 나간다.

누가 지켜보는 느낌이 든다. 사령관이 감시하는 중일까? 만약 그렇다면, 무슨 까닭으로? 레드는 조심 또 조심했다. 심지어 하늘의 색을 가리키는 단어조차 떠올리지 않았다. 자주는.

바닷가를 거니는 레드를 웬 노인이 멈춰 세우더니 돛으로 쓸 천을 내민다. 견본을 몇 가지나 들고 왔다. 레드는 천을 척척 넘기며 살펴본다. 이건 너무 얇고, 이것도 너무 얇고, 이건 너무 거칠거칠하고, 이건…… 이 천은 도대체 뭘까? 매듭진 부분이 많아 울퉁불퉁하고, 손으로 엮었다기보다 코바늘로 뜬 것 같다.

"이걸로 할게요." 레드가 말한다.

해가 서쪽으로 저물어 가는 동안 레드는 바위에 걸터앉아, 참나무처럼 단단한 손가락으로 천을 훑어 내려가며 매듭으로 이루어진 언어를 어루만진다. 글자와 단어를 하나하나 느끼며 궁금해 한다. 하늘과 바다가 이 기나긴 매듭글자 편지를 꼬느라 얼마나 오랜 시간이 걸렸을지, 애초에 그녀에게 매듭 암호를 가르쳐 준 이가 누구일지, 붓꽃이 힘든 길을 꿋꿋이 나아가는 동안 혹시 마음이 꺾여 입술을 깨물지는 않았을지.

해가 다 저물자 레드는 천을 풀어서 실로 만들어 기다랗게 자른 다음, 기다란 가닥 한 올 한 올을 물가로부터 멀어지는 파도에 던져 버린다.

별이 초롱초롱 빛난다. 달도. 환한 파도를 타고 검은 형상 하나가 스르르 미끄러져 오다가 바닷속으로 사라진다. 한 가닥 한 가닥, 추적자는 레드가 버린 실을 모아 손목에 감는데 어찌나 꽉 감는지, 손끝이 하얗게 변해 딱딱해질 지경이다. 그녀는 주먹을 쥔다. 힘을 꽉 준다. 실 아래의 살갗이 갈라지더니 실을 덮고 나서 다시 합쳐진다.

레드는, 해가 지고부터 줄곧 바닷가에 꼼짝 않고 서 있다가, 환하게 빛나는 파도를 배경으로 물범처럼 보이는 어떤 형상을 응시하며, 그것의 정체를 궁금해한다.

아침의 붉은 하늘에게

편지 짧게 줄이지 마.

내가 외로웠던 적이 있냐고 물었지. 어떻게 대답해야 좋을
지 도통 모르겠어. 내가 우정을 보는 관점은 다른 이들이
신나는 축제일을 보는 관점과 비슷해. 놀랄 만큼 짧고, 친
밀해지려는 시도를 정신없이 계속하고, 미친 듯이 술을 퍼
마시고, 음식과 와인과 꿀을 나누어 먹는 시간 말이야. 언
제나 꽉 찬 상태인 그런 시간은 찾아오기가 무섭게 떠나
버리곤 하지. 상대에게 확신을 주는 애정 관계에 빠지는 게
임무인 경우도 드물지 않은데, 그럴 때 나는 불만을 산 적
이 한 번도 없어. 하지만 그건 일이니까. 편지에는 다른 내
용을 적는 게 더 낫겠지.

넌 그때 네가 열세 살이었다고 했지. 아니야, 너는…… 나한
테 넌 지금도 너무나 어려 보여. 너한테 그때가 아무리 오
래전으로 여겨진다고 해도.

내 부모는 훌륭한 정원사였어. 우리 편의 작전은 길고 느리
게 진행되기 때문에, 우리가 성숙하는 속도도 그와 마찬가
지야. 가든은 우리를 과거와 함께 심어. 너희 사령관은 이

미 아는 사실이지. 네가 꼭 알아야 할 지식으로 간주되든, 아니든 간에. 그리고 우리는 과거의 실로부터 배우고 또 그 속으로 자라나. 우리는 과거를 과일나무의 격자 지지대처 럼 여기며 그 틈새로 또 주위로 포도원을 가꾸는데, 수확 은 서두를 일이 아니야. 미래가 우리를 수확하고, 우리를 짓이겨 와인으로 만들고, 신에게 바치는 애정 어린 술처럼 뿌리 조직 속으로 다시 부어 주면 우리는 다 함께 더 강한 힘과 더 많은 가능성을 얻게 돼.

나는 새였던 적도 있고 나뭇가지였던 적도 있어. 벌이었던 적도, 늑대였던 적도 있고. 별과 별 사이의 공허를 가득 메 운 창공이 되어 그들의 숨결을 엮은 그물로 노래를 지은 적 도 있지. 한때는 물고기였고 플랑크톤이었고 부엽토였어. 그 모든 게 다 나였어.

하지만 그런 식으로 하나가 되어 얽혀 있었던 적이 있으면 서도…… 그것들은 나의 전체가 아니야.

육체와 분리되어 있는 너희 편의 관계망은 생각만 해도 혐 오스럽지만, 그런데도 레드, 나는 너를 보면서 나와 많이 닮았다는 생각을 해. 이따금 고립되고 싶은 욕망이, 타인 없이 내가 어떤 존재인지 이해하고 싶은 욕망이 보이거든. 그리고 내가 거듭 떠올리는 것은, 내가 순수하고 결코 벗어날 수 없는 자아로 여기는 나다움이란…… 바로 허기야. 욕망이고. 갈망이기도 해. 무언가 소유하고 싶은, 무언가 되고 싶은, 바위에 부딪히는 파도처럼 부서졌다가 다시 모습을 갖추고 싶은, 그리고 다시 부서졌다가 씻겨 흘러가고 싶은, 갈망. 그건 어느 생태계에나 꼭 필요한 일부이지만 다른 이들은 그걸 불편하게 여겨. 채워지지 않는 그 무력감을. 어려운 문제야. 정말로 어려워. 네가 짓밟아 버리고 싶은 장소와 친해지기란, 지금도 *날 사랑하나요*라고 묻는 이들과 편지 맨 마지막에 나는 *당신의 것*이라고 적는 이들 가운데 진실로 그렇게 말하고 쓰는 상대를 찾기란.

그래서 나는 떠나. 다른 많은 이들보다 더 멀리, 더 빨리, 더 열심히 여행을 하고, 책을 읽고, 글을 쓰고, 도시에 애착을 느끼지. 군중 속에서 혼자가 되려고, 따로 떨어진 채로 소속감을 느끼려고, 내가 보는 풍경과 나 자신이라는 존재 사이에 거리를 두려고.

네가 독서를 좋아한다니 기뻐. 다음번 답장은 도서관에서 써 보는 것도 좋을 거야. 내가 추천하고 싶은 것들이 잔뜩 있는 곳이니까.

행복을 빌며

블루

추신. 소크라테스라니! 여러 소크라테스들 중에 우리 둘 다 아는 사람이 있었을지 궁금하네.

추추신. 네 이름을 의미하는 매듭글자는 다 밤에 묶었지만, 편지 첫 줄의 호칭은 저렇게 적는 편이 더 현명할 것 같았어. 나는 즐거울 때 더 조심해야 한다는 교훈을 일찍이 배웠거든.

추추추신. 그래도 당연히 우리 편이 이길 거야.

---

1) 밥 딜런의 노래 「대단한 이누이트 퀸(Mighty Quinn)」(1970)의 가사에서 따온 구절이다.

10

블루는 밤이 내린 고지대에 있다.

바람이 분다. 대기는 차갑지만, 그녀는 그렇지 않다. 뾰족한 돌은 그녀의 발을 찌르지 않는다. 그녀의 임무는 자라나는 중인 어떤 것을 지키는 일이다. 그것은 다 자라기까지 수천 년이 걸리는 씨앗으로서 행성의 심장에 우묵하게 파인 이글거리는 잿불 속에 심겨 있으며, 검은 석판 같은 돌로 덮인 이 심장의 표면은 넝쿨 같기도 하고 수액 같기도 하고 피 같기도 한 물질로 빈틈없이 덮여 있다. 그 표면 바로 아래에서, 씨앗은 그저 기다린다.

씨앗은 머잖아 꽃을 피울 것이다.

블루는 이따금 그 씨앗에 필요한 만큼의 양분을 주었다. 그것의 용도는 처음부터 알고 있었다. 먹잇감을 기다리는 사자, 튀어 오를 준비가 된 행성 크기의 덫. 시간의 실 아래쪽에 대한 불간섭 조약을 맺기 오래전에 이미 심어 놓은 씨앗들이었다. 블루의 임무는 그 씨앗이 싹틀 때까지 지켜보다가, 싹튼 씨앗이 목표를 달성하면 뿌리 조직까지 철저히 파괴하고 상대편의 눈에 띄거나 이용될 만한 흔적을 모조리 지우는 것이었다. 가든은 식물계 특유의 느긋한 인내심을 발휘하여 적 진영의 요원을 시간 선에서 가지치기하듯 쳐내는 방법을 터득했다. 적이 보낸 진딧물에는 무당벌레를, 장구벌레에는 잠자리를 파견하여 대응하는 식으로.

블루는 레드를 발견하고도 장구벌레일 거라 생각한다.

시간이 멈춘다.

블루는 시간 가닥을 넘나들 때 아무것도 소지하지 않는다. 오로지 지식과 임무, 전술, 그리고 레드의 편지만 지니고 다닌다. 기억은 가든이라는 그릇 속으로 따라지고 부어져서 이 삶에서 저 삶으로 다시 다른 삶으로 전해지고, 그러면서 어김없이 깊어지고, 진해지고, 새 뿌리를 뻗으며 효율성을 키운다. 그러나 레드가 보낸 편지를 블루는 자기 몸속에 보관한다. 돌돌 말아서 혀 밑에 동전처럼 물거나, 손톱 속 아니면 손금 사이사이에 인쇄하는 식으로. 그러고는 서명한 곳에 입을 맞추기 전에 그 편지를 이로 꾹 물고, 오토바이 핸들의 가속 그립을 당기면서 편지를 거듭 읽어 보고, 술집에서 싸움을 하거나 막사에서 도박을 할 때면 편지로 다른 군인의 턱을 강타하기도 한다. 그녀는 걸핏하면 자신도 모르게 생각에 빠져 다음번 편지에서는 레드를 어떤 호칭으로 부를지 궁리한다. 이름이 담긴 목록은 들키지 않고 거뜬히 넘어갈 만한 꿈속의 정경에, 박주가리 이파리의 아랫면에, 곤충이 벗어 놓은 허물과 새의 날개 끄트머리 속에 감추어 둔다. 새빨간 거짓말. 붉은 풍금새. 파르티아 궁수의 핏빛 화살 깃.[1] 나의 붉고 붉은 장미.

블루는 레드를 가만히 본다. 레드는 열세 살이고, 외톨이이며, 믿기 힘들 정도로 연약하고 조그맣다. 그러자 편지 한 통이 쓰디쓴 담즙처럼 목구멍으로 치오른다.

나는 눈에 보이는 존재가 되고 싶었어.

블루는 레드를 보고 파도처럼 부서진다.

블루는 이것과 비슷한 상황의 시나리오를 돌려보지 않는다. 다음과 같은 생각을 떠올리지도 않는다. 혹시 가든이 충성을 시험할 목적으로 나를 이곳에 파견했을까? 가든이 아는 걸까? 가든은 그녀가 죽는 걸 나더러 지켜보게 할 작정일까? 씨앗의 뿌리가 팽팽하게 긴장해서 꿈틀거리는 동안, 마치 꽃봉오리가 벌어지듯 행성에 입이, 얼굴이, 몸이 생기는 동안, 그리하여 칠흑

같은 어둠 속을 비행하는 올빼미처럼 소리 없이 몸을 일으키는 거대한 존재가, 눈과 이빨이 달린 허기가 행성 표면에 생겨나는 동안, 블루는 아무 생각도 떠오르지 않는다. 침묵 속에서 키워진 그 거대한 존재는 크기가 나노 단위인 특정한 단 한 가지 임플랜트의 냄새를 맡으려고, 씨앗으로부터 싹을 틔운 후에 주위에 있는 단 하나의 붉은색 요소를 먹어치우려고 오랜 세월을 기다렸다. 솔직히 말하면 그것은 사자와 조금 비슷하게 생겼다. 미세한 연푸른색 솜털은 갈기 같고, 소리가 들릴 일은 결코 없을 테지만 그래도 커다랗게 벌어진 주둥이에서는 우렁찬 포효가 흘러나올 것만 같다. 다른 점이 있다면 크기, 다리 개수, 그리고 날개가 여럿 달렸다는 사실.

그것은 차갑고 뾰족뾰족한 땅 위로 걸어 나온다. 공기의 냄새를 맡고는, 레드가 있는 쪽으로 머리를 기울인다.

블루는 그것의 목을 물어뜯어 버린다.

블루의 이빨은 몹시도 날카롭다. 그녀의 이빨은 네 줄이다. 두 줄로 박힌 눈은 어둠 속에서도 환히 볼 수 있다. 다리 여섯 개의 끄트머리에는 날카로운 발톱이 달려 있어서, 그녀는 이 발톱으로 소리 낼 줄 모르는 그 괴물을 찢어발겨 꿈틀거리는 뜨거운 고깃덩이로 만든다. 괴물도 자기 나름의 반격을 하다 보니 (이건 무용담으로 써먹어야겠다고 그녀는 나중에 생각할 것이다, 생각을 할 수 있을 만큼 회복했을 때, 몸을 피해야 한다는 순수한 욕구 이외의 다른 이유로 행동하는 것이 가능해질 때) 늑대 형상을 한 블루역시 다쳐서 피를 흘리지만, 그러면서도 소리는 조금도 내지 않는다. 레드의 주의를 분산시켜 계시가 부재하는 상태로부터, 다른 공허를 위해 자리를 내주는 공허로부터, 그녀가 블루의 것이 되는 순간으로부터 이탈시킬 만한 짓은 아무것도 하지 않는다.

블루는 괴물의 주검을 먹어 치운다. 이빨과 독주머니만 빼고 모조리. 그 부위는 바위 위에 조심스레 펼쳐 놓은 다음, 괴물이 자라서 기어 나온 구멍 속으로 몇 방울 떨어뜨린다. 뿌리는 그 독을 냉큼 받아 마시고 시들어 죽을 것이다. 블루는 그 괴물이 상태가 안 좋아진 나머지 적이 아니라 아군인 자신을 공격했다고 이야기할 것이다. 보나 마나 적의 공작이라고, 적이 괴물의 뿌리 조직을 발견하고 시간의 실 위쪽 어디서 손을 썼다고.

이해는 가지만 당혹스러운 실수이다. 그 실수 때문에 블루는 혼자 힘으로는 다 회복하지 못할 부상을 입었지만, 어차피 이런 경우를 위해 접근 금지 조약이 존재했다. 시간의 실 아래쪽으로 그토록 아슬아슬하게 내려간 시점에서 양 진영의 요원이 직접 충돌했다가는 주위의 카오스 등급에 치명적인 영향을 미칠 우려가 있으므로.

이야기는 앞뒤가 맞아떨어진다. 블루는 피로 얼룩진 자신의 주둥이와 앞발을, 살이 움푹 팬 어깨를 핥는다. 그러고도 할 일이 한 가지 더 있다.

천천히, 다친 곳이 안 보이도록 움직이며, 블루는 레드의 눈에 띄는 곳으로 걸어간다. 물론 거리는 유지한 채로 움직이는데, 머릿속 어딘가 어둑한 곳에 언젠가 들었던 내 곁을 타박타박 지나갔어라는 말이 떠오른다. 겉으로는 다친 것처럼 보이지 않는다. 블루는 그렇게 확신한다.

블루는 레드를 돌아보고 그녀의 뺨에 흐르는 눈물을 본다.

블루는 뛰고 싶은 충동을 억누른다. 레드를 향해, 또는 레드에게서 멀리. 블루는 자신의 허기를 지도 한구석의 장미꽃 모양 방위 표시처럼 몸에 지닌 채로(별은 장미…… 별은 장미야, 그렇지?), 허기가 가리키는 북쪽을 등지고 남쪽을 향해 똑바로 걸어간다. 레드의 시야에서 벗어나기가 무섭게 블루는 야트막한 동굴로 들어가 허물어지듯 주저앉아서, 부들부들 떨다가, 인간의 모습으로 변신하여 두 다리와 살갗과 다친 곳을 살펴본다. 상처는 아까보다 더 넓고 끔찍하게 벌어진 것이 아마도 감염되어 치료가 필요한 모양이다. 그녀는 울퉁불퉁한 돌 벽에 등을 기댄 채 눈을 감고서, 몸을 더 단단히 지탱하려고 동굴 바닥에 양 손바닥을 짚는다.

한쪽 손에 편지가 닿는다.

리빗 부인이 보면 뿌듯해할 편지이다. 아름다운 파란색 편지지에는 라벤더 봉오리와 엉겅퀴 꽃잎이 점점이 뿌려져 있고, 편지를 담은 파란색 봉투는 조그마한 빨간색 밀랍으로 봉해져 있다. 봉인은, 그러니까 인장은, 찍히지 않았다. 그저 붉은색, 그녀의 어깨에서 흐르는 피처럼 붉은색뿐.

블루는 편지를 응시한다. 그러다가 웃음을 터뜨린다. 헛헛하고 밋밋하게. 그러고는 흐느끼다가, 편지를 심장 위에 대고 끌어안은 채 한참 동안 뜯지 않는다.

그러나 결국에는 봉투를 뜯는다. 편지를 읽는다. 몸이 차츰 더워지고 이마에 땀이 맺히는데도 블루는 편지를 읽고 또 읽고 다시 읽고 거듭 읽는다.

한참이 지난 후에, 추적자가 나타난다. 그녀는 배가 갈라진 괴물의 주검에서 이빨을 찾는다. 그중 제일 큰 송곳니 두 개를 뽑아 자기 입속에 박아 넣은 다음, 동굴 쪽으로 향한다.

그녀가 그곳에서 발견할 거라고는 피밖에 없다.

블루에게

나는……

무슨 말을 해야 좋을지 모르겠어. 명철하고 거의 선견지명까지 있는 리빗 부인조차도 이런 경우의 예문은 보여 주지 못했으니까. 생일 축하 카드, 책에 있어(그건 그렇고 오늘이 내 생일이야. 생일 정도는 나도 있어.). 장례식 조문 편지, 있고. 결혼 축하 편지, 당연히 있지. 하지만 적이 내 목숨을 구해 줬을 때 쓰는 편지의 예문은 어째선지 부인조차도 미처 준비를……

젠장. 미안해. 내 재주로 농담을 이어가는 건 무리야. 너를 적이라 부르는 것도 옳지 않은 일 같아.

고마워.

우선 분명한 것부터 말하자면, 넌 나를 구해 줬어. 네가 시간 타래를 내려오는 기척은 나도 느꼈어. 내 생각에, 살아 있는 사람 가운데 가장 예민하게 너의 발소리를 알아차리는 사람은 나일 거야. (그런데 누구나 시간의 어딘가에서는 살아 있는 상태지. 이런 여담조차 시들한 느낌이 드는군. 난 보통은 좋아하는 편이야. 내가 하는 농담 말이야. 당면한 문제에서 멀어지는 게 아니라 오히려 문제에 더 가까이 다가가는 느낌이 들거든. 지금은 좀 덜하지만.) 난 너의 뒤를 밟았어. 그 점은 사과할게. 네가 전쟁에서 이기기 위해 어쩔 수 없이 변신한 모습으로 혼자 보내던 사적인 시간을 방해한 점 말이야.

나 혼자 힘으로는 그 괴물을 물리치지 못했을 거야. 너, 나보다 더 사납던데.

지금 이 편지를 읽으면서 주위를 두리번거리고 있어? 나를 찾으려고? 난 이미 그곳에 없어, 친애하는 블루. 난 시간의 실 위쪽에 와 있어. 너 역시 일찌감치 그곳을 떠났어야 해. 그곳에서는 우리 둘 다 안전하지 않아. 우린 그곳에 오래 머물수록 더 위험해져. 이유는 너도 알 거야. 여행자가 발을 디디면 미세한 떨림이 퍼져나가게 마련이고, 너의 발소리에 익숙해진 나머지 네 기척을 금세 알아차리는 거미는 나뿐이라고 해도 다른 거미들이 귀까지 먹은 것은 아니니까. 너의 눈이 어떻게 생겼는지는 나중에 따로 기회가 있을 때 봐야겠군. 너한테 편지를 한 통 남겨 뒀어. 밀랍으로 봉하고, 향수도 살짝 뿌려서.

나한테 향기는 곧 매개체야. 단장할 목적으로 향기를 이용하는 경우는 거의 없어. 내가 고른 향수가 네 취향에 맞으면 좋겠는데. 난 런던 넥스트의 종업원 보조한테서 네가 일

전에 보낸 답장에서 언급한 차의 견본을 좀 얻은 다음, 프놈펜에 있는 향수 공방으로 보냈어(혹시 마음에 들까 해서 알려 주는데 '시간 가닥 7922'의 33세기 프놈펜이야. 주소는 아래에 적어 둘게.). 그러고는 몇 년 동안 공방과 연락을 주고받으며 향수의 적절한 배합 비율을 찾았지.

아무튼. 향은 간직하도록 해. 그건 네 거니까. 이 편지는 네가 맨 밑의 서명을 읽는 순간 불타 사라지지 않을 테고, 네가 아껴 마지않는 '시간 가닥 6'의 19세기 런던에 사는 여성이 다른 여성에게 보내는 편지보다 더 빠르게 부패하지도 않을 거야. 편지지는 송(宋)나라 시대 무한(武漢)에서 수작업으로 만들었어. 습한 곳에 두면 알아서 부패할 거야. 물에 담가 휘저으면 펄프가 될 테고. 그러니까 혹시 없애고 싶거든 원하는 방식으로 알아서 없애 버려. 난 괜찮아. 우리 모두 감시당하는 중이니까. 그리고 이 편지는 내 목에 들이댄 칼이지. 너한테 벨 마음이 있다면.

이곳에서 작전을 수행하는 동시에 너의 지난번 편지에 답장을 하려니, 보통 힘든 게 아니야. 내 기분은…… 정확히 어떻게 표현해야 좋을지 모르겠군. 난 충격을 받았어. 오래된 지도의 가장자리를 보면 괴물과 인어가 나오는 곳이 표시되어 있잖아? 여기저기 용도 나온다고 하고.

어떤 길이 앞으로 나아가는 길인지 나는 알지 못해. 하지만 네 편지는 답장을 간절히 원하지.

난 네가 가장 최근에 보낸 편지를 읽고 또 읽었어. 네가 경고했던 대로 편지를 기억 속에 간직해 둔 채로 말이야. 그러면서 낙하할 준비를 했어. 나는 파도에서, 새에게서, 늑대에게서 너를 봐(나의 늑대, 다리는 여섯 개고 눈은 두 줄인 너.). 한편으로는 너를 똑같은 모습으로 두 번 생각하지 않으려고 애쓰기도 해. 생각을 하다 보면 두뇌 속에 하나의 유형이 만들어지는데, 전의가 충만한 사람은 그 유형을 눈치채기도 하거든. 그리고 사령관은 가끔 전의가 충만해지곤 하지…… 내가 보기엔 너도 그녀를 좋아할 것 같아. 그래서 나는 너를 다른 모습으로 바꾸어 상상해. 세상에 파랑이 얼마나 많은지 찾아보면 정말 놀라워. 넌 불꽃 색깔도 달라. 비스무트 같은 금속은 불탈 때 파란 불꽃을 내지. 세륨과 게르마늄, 비소도 그렇고. 알겠어? 난 온갖 것에 네 이름을 붙여.

난 지금쯤 네가 나의 본모습을 간파하지 않았을까 하는 생각이 들어. 내가 흔들리는 모습을 한번 상상해 봐. 안절부절못하는 상태로, 비밀이 다 탄로 난 연약한 상태로 말이야. 내 방식은 언제나 곧장 밀어붙이는 거였어. 한 방향으로, 망설이거나 자제하는 법 없이. 난 그저 나의 긴 편지들이 네 눈에는 어리석거나 망가질 대로 망가진 정신의 증거로 비치지 않을까 하고 걱정했어. 너는 웃을지도 모르지만, 네가 마지못해 나한테 답장을 쓰는 건 아닌가 하는 걱정도 했고.

그러니까. 딱 부러지게 얘기할게.

난 너한테 편지를 쓰는 게 좋아. 네 편지를 읽는 것도 좋고. 네 편지를 다 읽으면 나는 남들 몰래 몇 시간을 흥분한 채 보내곤 해. 너한테 답장을 쓰면서, 또 그 답장을 어떻게 부칠지 궁리하면서. 나는 단어를 세심하게 골라 지은 문장 한 줄로 흥분제와 진정제를 조합한 것 같은 효과를 자유자재로 낼 수 있어. 내 몸속의 공장은 내가 찾는 약물은 어떤 것이든 제련해 주니까. 하지만 편지를 읽고 또 부치는 행위에는 어떤 약물도 필적하지 못할 격정이 있단 말이지.

'탄로'라는 말이 나왔으니 얘긴데! 혹시 너한테 원대한 전략 같은 게 있거나, 네 상관들이 어릴 적의 나를 위해 마련한 죽음이 너무 금세 끝나는 게 아쉬워서 내 육체를 조각조각 해체하고 싶다면, 넌 그냥 이 편지를 우리 편의 다른 요원이 발견할 만한 곳에다 놔두기만 하면 돼. 난 그래도 끄떡없이 살 수 있으니까. (뭐, 고통을 견디며 너무 오랫동안 살지는 않겠지만. 그게 무슨 말인지는 너도 알겠지.)

그러니까 이 편지 속에서 나는 너의 것이야. 가든의 표적도, 네 임무의 일부도 아닌, 오로지, 너의 것.

나는 다른 방식으로도 너의 것이야. 너의 기척을 찾아 세상을 주시하는 동안, 동물의 내장을 보고 점을 치는 점쟁이처럼 상관도 없는 것에서 너와 연관된 점을 찾는 동안, 너의 것이야. 편지를 부칠 방법과 이유와 기회를 골똘히 생각하는 동안, 너의 것이고. 네가 적은 말들을 순서에 따라, 소리에 따라, 냄새에 따라, 맛에 따라 음미하는 동안, 그 기억들 가운데 어느 것 하나도 너무 바래지 않도록 보살피는 동안, 나는 너의 것이야.

다음번엔 도서관에 들러 볼게. 작전 변경을 간절히 원하는 내 마음을 네가 부디 이해해 주면 좋겠어.

너의 것
레드

---

1) 지금의 이란 땅을 지배한 고대 유목민 파르티아인은 말 타기에 능했는데 특히 말을 몰면서 상반신을 뒤로 틀어 활을 쏘는 재주로 유명했다. 전속으로 퇴각하는 척하면서 뒤에 쫓아오는 적에게 치명타를 날린다는 뜻에서 '파르티아 궁수의 화살(Parthian shot)'은 오늘날 '헤어지는 자리에서 보이는 모진 말이나 행동'을 가리키는 관용구로 쓰인다.

11

레드는 곳곳을 휩쓸며 연승을 거둔다. 스스로를 생각에 빠지지 못하게 하려고.

'시간 가닥 622'의 19세기 베이징. 레드는 몸에 너무 꼭 끼어서 불편한 전통 비단 드레스 차림으로 운하 건설을 둘러싼 회의를 시작하는데 이 회의는 당시 청나라의 공중도덕에 대한 토론으로 이어지고, 이를 계기로 성이 임(林) 씨인 강직하고 청렴한 관료가 황제의 격려에 힘입어 개혁의 의지를 불태우게 된다. 만약 광저우에서 외국인 아편 밀수꾼을 모조리 소탕하면, 임은 사회 기반 시설의 건설 예산을 따낼 것이다. 임이 광저우에 부임하여 아편 무역을 분쇄하려 애쓰는 사이에 전쟁이 일어나고, 레드는 그 시간 가닥에서 빠져나간다.

'시간 가닥 3329'의 14세기 악숨. 이슬람교가 지배하는 에티오피아의 이 강대한 수도에서, 레드는 으슥한 곳을 노려 한 남자를 찌르는데 그 남자는 머잖아 떠돌이로 살면서 에스프레소와 설탕과 수학 지식을 멀리까지 전파할 수학자 한 명을 찌를 운명이었다. 레드가 찌른 남자는 숨을 거둔다. 수학자는 이튿날 잠에서 깨어 어떤 유형의 생각을 떠올리는데 이는 먼 훗날 다른 시간 가닥에서 쌍곡 기하학으로 불린다. 이때쯤 레드는 이미 사라지고 없다.

9세기의 알안달루스 지역. 레드는 적절한 시점에 적절한 조치를 취하며 돌아다닌다. 아프리카 동남 해안의 잔지에서는 비단 끈으로 어떤 남자의 목을 졸라 숨을 끊는다. 한편 '시간 가닥 9'의 아마존 분지에는 실제 역사상의 최초 접촉이 일어나기 10세기 전에 병원성을 제거한 각종 유럽산 세균을 미리 심어 둔다. 이로써 훗날 신대륙에 도착한 콩키스타도르 무리는 수백만 명이 건강하게 살아가는 강대한 선주민 공동체 여럿을 마주할 것이며, 이들 공동체가 바다 건너편의 세계와 접촉한 것만으로 멸망할 일은 없을 것이다. 레드는 죽이고 또 죽이고 더 죽인다. 걸핏하면 죽이지만 반드시 누구를 살릴 목적으로 다른 누구를 죽이는 것은 아니다.

그러면서 자기 등 뒤를 유심히 살핀다.

그림자 하나가 뒤를 밟는다. 증거는 없지만 레드는 안다. 얼마만큼의 하중을 받으면 자신이 부러지는지를 뼈가 알듯이.

분명 사령관이 의심을 품었다. 수완 좋은 레드로서는 한 번의 실수조차도 적에게 넘어간 것으로 보이기 십상이다. 그래서 레드는 임무에 온 몸을 던지다시피 한다. 사령관이 부여하는 것보다 더 위험한 임무에 지원하여 아름답게, 잔혹하게 성공한다. 승리는 몇 번이고, 허망하게, 이어진다.

레드는 시간의 실을 위쪽으로 아래쪽으로 누빈다. 역사의 머리카락을 꼬았다가 다시 풀어 헤친다.

레드는 잠을 거의 자지 않지만 그래도 잘 때면 어둠 속에 꼼짝 않고 누워 두 눈을 감고서, 눈앞에 떠오르는 청금석을 보고, 혀끝에 느껴지는 붓꽃 꽃잎과 얼음을 맛보고, 귓가에서 지저귀는 파랑 어치의 노래를 듣는다. 레드는 그렇게 파랑을 수집하여 간직한다.

아무도 감시하지 않는다는 확신이 들 때면 레드는 자기 몸에 새겨 넣은 편지들을 다시 읽는다.

이렇게 동분서주하며 살인을 저지르는 삶은 그저 시간 때우기일 뿐이다. 레드는 기다리고 또 기다린다. 자신이 단두대에 오를 날을. 함정에 빠진 것이다. 레드가 기다리는 편지의 발신자가 실은 레드에게서 받은 편지를 사령관에게 꼬박꼬박 넘겨주었고, 사령관은 지금 레드를 골탕 먹이고 있을 뿐이다. 카오스 오라클에게서 레드는 분쇄해 버려도 별 손해가 아니라는 통지가 올 때까지.

나의 코치닐……

그게 아니라면. 블루(레드는 그 이름을 만월이 두 번 뜨는 달이 다 지나도록 딱 한 번 떠올린다)가 레드의 편지를 읽고 겁에 질린 것이다. 레드가 편지를 너무 길게, 또 너무 자주 써서. 레드가 사용한 펜은 속에 심장이 들어 있었고 펜촉은 핏줄에 난 상처였다. 레드는 편지지를 자기 자신으로 흠뻑 물들였다. 가끔은 전에 적은 내용이 진실이라는 것만 기억날 뿐 뭐라고 적었는지 잊어버릴 때도 있었고, 그럴 때면 글을 쓰기가 고통스러웠다. 하지만 나비의 날개는 건드리면 부스러지게 마련이다. 레드는 자신의 약점을 다른 누구보다 잘 안다. 레드는 무엇이든 너무 꽉 쥐고, 무언가 끌어안으면 부서뜨리고, 이를 댄 것은 어김없이 갈가리 찢어 놓는다.

레드의 꿈에는 푸르스름하게 빛나는 날개를 세상만큼이나 널따랗게 펼친 모르포 나비가 나온다.

레드는 목을 조르고, 사랑을 나누고, 건물을 짓는다. 임무를 수행한다.

레드는 새를 관찰한다.

세상에는 새가 너무나 많다. 전에는 관심도 없던 대상이었다. 새에 관한 지식(지금 지저귀는 저 새는 무엇인지, 어느 쪽이 암컷이고 어느 쪽이 수컷인지, 머리가 선녹색인 그 오릿과 물새의 이름이 무엇인지)은 색인에 모두 저장되어 있지만, 그런 게 필요한 적이 있었던가? 레드는 언젠가 그 부분을 찾아볼 예정이었다. 모든 것을 언젠가는 찾아볼 예정이다.

그러나 당장은 책을 보고 새들의 이름을 배운다. 책이 무겁기도 하거니와 시간도 절약되다 보니 몇몇은 색인에서 찾아 다운로드하지만, 클라우드에 그런 지식을 남기지는 않는다. 레드는 속으로 새들의 이름을 되뇐다. 새들의 생김새를 눈에 새긴다.

레드는 로켓 조종석에 앉은 우주비행사 세 명을 발사대에서 대기하는 상태로 불살라 버린다. 모든 대의에는 희생이 따르게 마련이다. 돼지고기를 석쇠에 구울 때 나는 매캐한 냄새와 고무 타는 시큼한 냄새가 폐에 흘러들고, 레드는 시간의 실 위쪽으로 탈출한다. 흐느끼는 모습을 아무에게도 들키지 않으려고. 오하이오강 기슭에 허물어지듯 쓰러져서, 허리를 푹 숙인 채 수풀에 대고 구역질을 하다가 엉금엉금 기어 그 자리를 떠나며, 고무 탄내와 비명을 울음과 함께 토해낸다. 옷을 벗는다. 그러고는 강물로 비틀비틀 들어가 머리가 잠기는 곳까지 이른다. 북쪽에서 캐나다 기러기 한 무리가 날아와 점점 모습이 또렷해지더니 날개를 퍼덕여 하늘을 암녹색으로 물들인다.

레드의 입에서 부글부글 뿜어 나오던 거품이 뚝 끊긴다.

기러기 떼가 강물 위에 내려앉는다. 새들의 발이 물을 휘젓는다. 기러기 떼는 고작 반 시간쯤 머물다가 깃털로 천둥 치는 소리를 만들어 내며 날아오른다.

레드는 수면 위로 고개를 내민다.

기러기 한 마리가 강기슭에서 기다린다. 레드를.

레드는 무릎을 꿇는다.

기러기가 레드의 어깨에 대가리를 기댄다.

그러고는 날아가 버린다. 깃털 두 장을 남겨 두고.

레드는 그 깃털을 한참 동안 꼭 쥐고 있다가 읽기 시작한다.

나중에, 남쪽 멀리서, 커다란 수리부엉이가 그 기러기를 붙잡고, 이로써 추적자는 울면서, 기러기의 심장을 먹는다.

레드가 남쪽 멀리 있는 숲속 공터에 들어섰을 때는 발자국과 배 속이 다 파헤쳐진 기러기의 주검만이 남아 있다.

나의 소중한 미스코완제[1]에게

나는 동트기 전의 어둠 속에서 너한테 편지를 쓰고 있어. 천천히, 손으로 직접, 흑판에 분필로. 이 문장들을 나중에 새 깃털의 무늬로 번역할 거야. 오타와강 근처에는 강물 위로 저무는 해를 지켜볼 수 있는 야트막한 언덕이 하나 있어. 나는 저녁마다 그곳의 파란 강물 위로 피를 흘리는 붉은 하늘을 보며 우리를 생각해. 넌 그런 노을을 본 적 있어? 색채들이 서로 섞이지 않는 노을. 우리가 해로부터 멀어질수록 하늘은 더욱 붉어지고, 강물은 더욱 파래지는 노을 말이야.

나는 지금 가든이 애지중지하는 시간 가닥에 파견을 나와 있어. 시점상으로는 우리 부대에 적대적인 철학과 생산 양식을 지닌 이주민들이 이 신대륙을 장악하다시피 하기 전, 그 무렵의 시간 가닥 가운데 한 곳이지. 난 조사 임무를 수행하는 중인데, 한 시간 가닥을 다른 시간 가닥으로 엮어넣기 편하게 시간의 섬유를 당기고 꼬는 게 내가 할 일이야. 물론 언제나 그렇듯이 치우침 없이 균형을 잡아야 해. 져 주지 않으면서 베풀고, 섬약해지게 놔두지 않으면서 뒤

125

를 봐주는 식으로. 세상 모든 것은 엮기 나름이니까.

내 생각에 나는, 요양을 하라고 이곳에 배치된 것 같아. 가든이 늘 딱 부러지게 설명해 주는 건 아니지만, 그래도 내가 벌새와 기러기를 좋아하는 건 이미 잘 알려졌으니까. 나도 고맙게 생각해. 한가하게 편지를 쓰고 있으면 기분이 참 좋거든. 여기 머무는 동안 편지 부치는 횟수를 줄일 수 있으면 좋겠는데, 그건 그저 편지들이 살아 있는 생물의 속도로 너한테 닿아야 하기 때문이야. 내가 다시 시간 타래를 누비기까지는 오랜 시간이 걸릴 테고.

이곳에서 난 결혼한 몸이라, 이제 곧 장미 열매 차를 끓여서 남편에게 갖다주며 잠을 깨우고, 아침을 차려 주고, 그 다음엔 훈련하러 집을 나서는 남편을 배웅할 거야. 남편은 좋은 사람이야. 군대에서 전령 겸 정찰병으로 복무 중인데, 날씨가 점점 서늘해지다 보니 이제 집에 틀어박혀 담요를 두르고 두런두런 이야기를 나누는 계절이 코앞이라, 요즘은 사람들이 주고받는 편지와 물자가 아주 많아.

이렇게 자잘한 것까지 시시콜콜 편지에 적을 수 있는 건 정말 굉장한 호사야. 그렇게 적어서 너와 함께 나누는 것 말이야. 나는 그러고 싶어, 레드. 너한테 이런저런 것들을 주고 싶어.

넌 장미 열매를 맛본 적이 있어? 차로든, 아니면 잼으로든? 시금떨떨한 신맛은 이를 깨끗하게 씻어 주고, 정신을 맑게 깨우고, 상쾌한 아침 같은 냄새를 풍겨. 으깬 장미 열매와 박하를 먹은 날이면 나는 양손 끄트머리를 맞붙여 첨탑 모양을 만든 채 하루를 꼬박 보내곤 해. 그 향기를 머릿속에서 계속 떠올리고 싶어서 말이지. 붉나무도 마찬가지야. 넌 아마 붉나무도 좋아할 거야.

그러고 보니 내가 지금 단맛이 안 나는 붉은 것들의 이름을 늘어놓고 있군.

너의 편지…… 네가 마지막으로 보낸 편지 말이야. 혹시라도 네 동료 중에 누가 보고 읽을 만한 곳에 내가 그 편지를 흘리는 일은 절대 없을 거야. 그건 내 거니까. 난 내 소유물을 주의 깊게 챙기는 편이야.

그게, 얼마 안 되기는 해도 분명히 있어. 내 소유물 말이야. 가든에서 우리는 '소유'라는 말이 무색한 방식으로 서로가 서로에게 속해 있어. 우리는 줄어들고 부풀고 봉오리를 맺고 피어나는 일을 모두가 함께해. 우리는 가든에 속속들이 스며들고, 가든은 우리를 통해 퍼져나가는 거야. 하지만 가든은 말을 싫어해. 말은 관념이자, 초록으로부터 분리된 것이거든. 말은 울타리나 도랑과 같은 방식으로 작동하는 패턴이야. 말은 상처를 입히기도 하지. 그런 말이라도 내 몸 속 곳곳에 흩뿌려 놓기만 하면, 나는 그 속에 숨을 수 있어. 그러니까 네 편지를 읽는 건 내 안에서 꽃을 모으는 거나 마찬가지야. 여기서 꽃봉오리를 하나 따고, 저기서는 고비 가지 하나를 따서 볕이 잘 드는 방에 어울리도록 이렇게도 꽂아 보고, 저렇게도 꽂아 보는 거지.

너희 사령관이 내 마음에 들 거라고 상상하면 흐뭇해져. 그렇게 되면 정말이지 해괴한 시간 가닥이 하나 나오겠는걸. 난 네 편지 이야기를 꺼내지 않으려고 자꾸만 말을 돌리는 중이야. 나는…… 그 얘기를 입 밖에 꺼내면 네 편지가 내 안에서 일으키는 일이 억제되고, 네 편지가 하찮은 것이 되어 버리는 느낌이 들어. 난 그게 싫어. 어떤 면에서 나는 가든이 아는 것보다 더 그녀의 자식인 것 같아. 시만 해도 그래. 언어를 부서뜨려 의미로 만드는 시. 시는 시간이 흐르면 단단하게 굳어져. 그건 나무와 똑같은 방식이지. 유연하고 탄력 있고 여리고 파릇하던 것이 단단하게 자라서, 갑옷을 입는 거야. 만약 내가 너를 만질 수 있다면, 네 이마에 손끝을 대고 가든이 그러듯이 너를 내 안에 푹 잠기게 할 수 있다면…… 아마도 그때는 너의 편지에 관해 이야기할 수 있겠지. 하지만 그런 날은 영영 안 올 것 같아.

그래서 그 대신 이 편지를 쓰는 거야.

어둠을 마주한 채 손으로 편지를 쓰다 보면 아무 말이나 지껄이게 되는 것 같아. 어찌나 당혹스러운지. 단언컨대 난 태어나서 이때껏 횡설수설해 본 적이 한 번도 없단 말이지. 너한테 줄 것이 또 하나 생긴 셈이야. 나에게는 처음인, 이 경험.

너의 것

블루 보냄

추신. 혹시 이 편지를 도서관 근처에서 발견하면 나오미 미치슨의 『빈손으로 여행하라(*Travel Light*)』를 읽어 봐. 그 책은 존재하는 모든 시간 가닥에서 내용이 다 똑같아. 이동하는 동안 그 책이 너한테 위안이 될지도 몰라. 지금 너는 틀림없이 이곳저곳 이동하느라 바쁠 테니까.

추추신. 고마워. 편지 보내 줘서.

---

1) 북아메리카 원주민인 오지브와족 말로 '붉은 빛'을 의미한다.

12

블루는 동트기 전의 어슴푸레한 빛 속을 걸으며 어떤 흔적을 찾는다.

이곳에서 맡은 임무는 속도가 느리기는 해도 결코 지루하지 않다. 블루가 요원으로서 지닌 장점 하나는 어떤 삶을 맡아도 철저하게 수행한다는 점이다. 그녀의 남편은 훗날 자기 경쟁자의 친구의 딸에게 중요한 인물이 되는데, 블루가 남편과 나눈 대화나 남편에게 만들어 준 선물, 잠자리에서 불어넣어 준 꿈 등은 이 시간 가닥에서 다른 시간 가닥으로 가능성의 촉수가 구불구불 자라게 하고, 잔잔한 진동을 일으켜 미래의 가지가 가든이 원하는 방향으로 흔들리고 휘어지도록 한다.

블루가 이곳에서 맡은 배역이 그토록 철저하고 용의주도할 정도로 한 곳에 붙어 지낸다는 설정은 가든이 준 선물이다. 블루는 근처의 숲속을 거닐며 새와 나무와 색채 따위를 생각하는 사람으로 여겨지는데, 이 활동이 곧 임무의 결정적인 요소이다. 블루는 도시를 사랑한다. 도시의 익명성과 냄새와 소리를 사랑하지만, 숲 또한 사랑한다. 다른 이들은 조용한 곳으로 여기지만 결코 조용하지 않은 장소인 숲을. 블루는 어치나 딱따구리, 찌르레기 따위의 울음소리를 가만히 듣기도 하고, 자그마한 날개를 열심히 파닥이며 결투하는 벌새들을 보고 소리 내어 웃기도 한다. 손을 뻗어 동고비와 박새와 알락솔새에게 내밀면 새들은 포르르 날아와 그녀의 손가락을 나뭇가지 삼아 앉는다. 오색딱따구리의 머리 깃을 다독이며 그녀는 그 깃의 색깔을 떠올리지 않는다. 그 대신 그 깃을 만질 때 느낀 짜릿한 긴장감을 바늘로 또 실로 삼아서, 가든이 보기에 그녀가 숲에서 느낄 법한 즐거움으로 엮어 낸다.

이제 블루는 어떤 모습으로 변신해도 어깨에 흉터가 있다. 주름이 자글자글한 그 흉터는 고통이 꾸며 놓고 간 창살 장식이다. 늑대들은 그녀를 피해 다니고, 멀찍이서 그녀를 연모한다.

평소 이런 식으로 숲을 거니는 사람으로 여겨지기 때문에, 블루는 비교적 손쉽게 자신의 탐색 작업을 위장한다. 그녀는 이때껏 지난 계절의 낙엽을 파헤치거나 까마귀 해골과 말라서 벨벳처럼 보드라워진 사슴뿔 허물, 여우 이빨 따위를 주워 모으며 돌아다녔기 때문에, 이제 커다란 수리부엉이 앞을 먹잇감처럼 얌전히 지나간다고 해도 전혀 이상할 것이 없다. 부엉이가 현자 같은 얼굴을 그녀 쪽으로 돌린다. 윤기 나는 깃털에 반지르르하게 흐르는 색은 후퇴하는 밤을 닮았다.

수리부엉이는 속이 빈 참나무 줄기 안쪽에 조용하고 당당하게 서서, 블루를 바라본다.

그러다가 큼지막한 갈색 덩어리를 토하더니, 제풀에 몸을 부르르 떨고는 날아가 버린다.

블루는 웃음을 터뜨린다. 갑작스레, 날카롭게. 그러고는 허리를 굽히고 갈색 덩어리를 주워서 주머니에 넣는다. 그녀는 한쪽 손의 손끝으로 그것을 빙글빙글 돌릴 뿐, 주머니 쪽으로는 눈길도 주지 않는다. 그저 컬렉션에 들어갈 진귀한 물건이 또 한 개생겼을 뿐이다. 그녀는 집에 돌아올 때까지 내내 그 덩어리에서 손을 떼지 않는다. 그러고는 해가 저물 때까지 기다린다. 덩어리를 조심스레 갈라서 그 안에 숨겨진 읽을 것을 발견하는 사이에 하늘이 핏빛으로 물들어가는 그때를.

몇 년 후, 추적자는 음속에 조금 못 미치는 속도로, 눈에 보였다 안 보였다 하는 희읍스름한 형체로 그 지역을 정찰하다가,

아주 자잘한 뼛조각 여러 개를 챙겨 시간 타래로 돌아간다.

내가 가장 아끼는 청금석에게

네 말이 맞아! 나는 그간 바쁘게 움직였어. 요즘은 에이전시에서 우리를…… 아니, '나'를 붙잡고 놔주질 않거든. 시간의 실 위쪽에서도 아래쪽에서도 새 임무가 분 단위로 밀려드는 지경이야. 너희 편의 속임수와 함정이 효과를 톡톡히 거두는 이상, 그 피해를 메꾸려면 우리 임무가 곱절로 늘 수밖에. 하지만 전쟁은 그 정도면 충분해. 그 얘기는 여기까지만 할게. 시간에 쫓기며 편지를 쓰는 중이라서.

난 너에게 편지를 짧게 써서 미안하다고 사과하려고 했어. 그런데 그 말을 적으려고 하던 참에, 그러지 말라고 고개를 젓는 네 모습이 보이더군. 돌이켜보면 그때 네가 적었던 말이 옳았어…… 나는 이미 내 안에 너를 하나 만든 거야. 아니면 네가 네 안에 나를 하나 만들었거나. 난 네 안의 내가 나의 어딜 닮았는지 궁금해.

편지 보내 줘서 고마워. 말로는 다할 수 없을 정도로 고마워. 네 답장은 내가 허기로 고통받던 순간에 도착했어.

전에 적었듯이 말은 사람에게 상처를 주지만…… 한편으로 말은 곧 다리이기도 해. (칭기즈칸의 유산 중에 유일하게 형태가 남아 있는 그 교량들처럼 말이야.) 하지만 어쩌면 다리가 곧 상처일 수도 있지 않을까? 예언자의 말을 빌려서 바꾸어 표현하자면, 편지는 구조물이지 사건이 아니니까.[1] 네 편지는 나에게 들어가서 살 곳을 마련해 줬어.

내 안에 있는 너의 기억은 수천 년에 걸쳐 퍼져 있어. 그리고 그 기억 하나하나가 늘 움직이고 있는 너를 환하게 비춰 줘. 집에 있는 너를 찍은 이 사진, 남편이 있고, 장미 열매차가 있고, 노을과 강이 있는 집에서 찍은 이 사진을 보면 나는 가슴이 벅차올라. 아롱거리는 해수면을 보고 그 아래 물속에 고래가 있는 것을 알듯이, 또는 점점이 반짝이는 별 몇 개로 폭이 몇 광년에 이르는 커다란 곰의 모습을 유추하듯이, 이제는 나도 사진 속의 단서들을 통해 네 삶의 자취를 따라가고 있어. 나는 네가 잠에서 깨는 모습, 잠들어 있는 모습, 기러기를 구경하는 모습, 들에 나가서 팔과 허리와 다리의 힘과 당대의 기술력을 이용하여 고되게 일하는 모습 같은 걸 상상해. 다음번에 붉나무가 자라는 곳에 가면 한번 찾아볼게. 솔직히 나는 그 나무의 친척뻘이자 독이 있는 옻나무밖에 모르는데, 네가 말하는 건 옻나무가 아닌 것 같아.

어쩌면 언젠가는 우리가 나란히 임무에 투입될지도 모르지. 시간의 실 위쪽으로 한참 올라간 곳의 어느 작은 마을에서, 정체를 철저히 감춘 채 서로가 서로를 감시하는 거야. 함께 차를 마시고 책을 빌려주면서, 고향에 보내는 보고서에는 상대방의 행동을 고의로 빠트리고 적지 않는 거지. 그때도 난 편지를 쓸 것 같아. 만약 그런 날이 온다고 해도.

미치슨의 책은 읽었어. 무척 좋더군. (써 놓고 보니 대뜸 결론부터 요약한 것 같지만…… 지난번 편지에서 네가 말에 관해 무슨 이야기를 하려고 했는지 나도 이해가 가. 이제는.) 나한테는 책 내용이 충격적이었어. 특히 용과 오딘과 결말 부분이 그랬어. 주인공이 콘스탄티노플에 도착하는 부분은 이해하기가 좀 힘들더군…… 아마 내가 몇 가지 맥락을 놓쳐서 그랬겠지. 그래도 그 부분이 책에서 어떤 의미를 지니는지는 이해가 가고, 작가가 사용한 수법 중에는 『돈키호테』가 떠오르는 것도 있었어. 그런데 비밀이 밝혀지는 마지막 순간은, 왕과 용의 정체는…… 정말 놀랐어. 그러고 보면 우리가 늘 기사를 용과 싸우는 존재로 생각하는 건 우스운 일이야. 사실 기사는 용을 위해 일하는 존재인데 말이지.

가든은 뿌리를 좋아하는 모양인데, 그 책은 근본 없음에 근본을 둔 이야기잖아. 그럼 넌 뭐야, 회전초 같은 건가? 아니면 민들레 홀씨?

너는 너야. 앞으로도 그렇게 남아 줘. 나도 그럴 테니까.

너의 것

레드

추신. 부엉이는 매혹적인 생물이지만, 녀석들을 설득해서 뭘 먹게 하기는 생각보다 힘들었어. 아마 이 부엉이는 나를 신뢰하지 않았나 봐.

추추신. 너를 불안에 빠뜨리고 싶진 않지만…… 너 혹시 요즘 뒤를 밟는 그림자가 보이지 않아? 나는 한 녀석을 확인한 것 같아. 아직 증거는 못 잡았고 십중팔구는 내가 신경과민일 테지만, 그래도 신경과민이 곧 내가 잘못 짚었다는 뜻은 아니니까. 사령관은 뭔가 의심하는 낌새를 보인 적이 없어. 적어도 아직까지는. 아무쪼록 조심해.

추추추신. 정말 굉장해. 그 책 말이야. 한순간의 객기 덕분에 나는 '시간 가닥 623'의 유명한 평론가 몇 명에게 그 책을 읽어 보라고 추천했어. 추진력을 만들어 내는 건 쉬운 일이 아니지만, 앞일은 모르는 거니까. 새로운 시간 가닥은 늘 생겨나게 마련이고. 다음에 다른 책도 추천해 줘.

---

1) 오스트레일리아의 작가이자 역사학자인 패트릭 울프의 책『정착형 식민주의와 인류학의 변용 (Settler Colonialism and the Transformation of Anthropology)』(1999)에 나오는 유명한 구절("개척민들은 정착할 목적으로 건너온다. 침략은 하나의 구조이지 (일회적) 사건이 아니다.")에서 따온 문장이다.

13

레드는 '시간 가닥 2218'의 먼 미래에서 우주 함대 간의 전투를 승리로 이끈다. 거대한 전함 '갤리모프리'가 행성 쪽으로 기울며 구명정을 비처럼 쏟아내는 사이에, 공격 기지 여러 곳이 불길에 던져진 꽃처럼 사그라지는 사이에, 무전 주파수가 지지직거리며 승전보를 알리고 고속 전투기 편대가 달아나는 수송 선단을 쫓아 급강하하는 사이에, 함포가 소리 없는 공간에 대고 마지막 주장을 펼치는 사이에, 레드는 전장을 빠져나간다. 승리는 진부하고 신속한 느낌이 난다. 전에는 그녀도 이런 식의 포격전을 사랑했다. 지금은 그저 그곳에 없는 어떤 이가 떠오를 뿐이다.

그녀는 시간의 실 위쪽으로 올라간다. 과거에서 위안을 얻으려고.

레드는 자신과 같은 부류인 동료와 친하게 지내는 경우가 드물다. 그들은 하나같이 괴짜이다. 성장기의 어느 시점에 발탁되어 인공 자궁에서 다른 곳으로 옮겨진, 말하자면 일탈한 존재들이다. 또는, 그중 가장 일탈적인 존재, 스스로 다른 곳으로 옮겨 간 이들이다. 그들은 평화로이 지내는 법을 모른 채 장미 모양 성운 속을 노닌다. 그들은 자기 몸을 잘라 던져 버리고, 우주에 불균형을 일으킨다.

그 녀석들은 제 손으로 이 전쟁을 일으켰을 거야. 레드는 속으로 생각한다. 자기네가 활약할 전쟁이 이미 일어나 있지 않았다면.

그러나 이제는 레드도 친구를 사귀려 한다. 언제든 친구를 만들 수 있는 장소 가운데 한 곳에서.

따가운 햇살이 로마의 거리를 두들긴다. 폭이 좁은 얼굴에 콧날이 가늘고 월계관을 쓴 남자가 수행원을 대동하고 폼페이우스 극장 앞을 걸어간다. 다른 무리가 남자의 앞길을 막고 극장으로 불러들인다. 그곳에는 수많은 사람이, 컴컴한 그늘 속에서 기다리고 있다. 원로원 의원들과 그 하인들, 그 밖의 다른 이들이다.

"혹시 너." 레드는 다른 이들 가운데 한 명에게 묻는다. "미행당하는 느낌 받은 적 있어? 사령관이 널 몰래 감시하는 느낌이라든가."

한 상원의원이 카이사르에게 청원을 한다.

"미행?" 레드의 왼쪽에 있는 코뼈가 부러진 남자가 말한다. "적한테 당한 경우는 있어, 가끔. 하지만 에이전시가 나를? 만약 사령관이 우릴 염탐하기로 마음먹는다면 아예 우리 마음을 읽는 것도 가능한데."

카이사르는 방금 들은 청원을 기각하지만, 의원들은 그를 빙 둘러싸고 모여든다.

"누군가 내 뒤를 졸졸 따라왔어." 레드가 말한다. "그런데 내가 잡아야겠다고 마음먹으면 곧바로 사라져 버린단 말이지."

"적군 측 요원이로군." 레드 오른쪽에 있는 여성이 말한다.

"난 내 의지로 짧은 여행을 하는 중이야. 조사 여행이라고, 방첩 작전이 아니라. 저쪽 요원이 내 목적지를 무슨 수로 알아내겠어?"

의원 한 명이 단검을 꺼낸다. 그러고는 카이사르의 등을 찌르려 하지만, 카이사르가 그의 손을 붙들고 버틴다.

"만약 사령관이 그러는 거라면." 코뼈가 부러진 남자가 말한다. "걱정할 필요 없잖아?"

레드는 표정을 찡그린다.

"내가 충성심을 시험당하는 건지 알고 싶어서 그래."

카이사르에게 손을 붙들린 남자가 그리스어로 도와 달라고 외친다. 의원들이 하나둘 칼집에서 칼을 뽑아 든다.

"그걸 알아 버리면 시험하는 보람이 없잖아." 여성이 말한다. "가자. 이러다가 좋은 구경 다 놓치겠어."

그녀의 웃음은 입이 귀에 걸리도록 헤벌쭉하고 그녀가 든 칼은 날이 기다랗다.

카이사르는 몇 마디 고함을 지르지만 암살자들이 덤벼들면서 그 고함은 소음 속에 묻히고 만다. 레드는 별수 없다는 듯 어깨를 으쓱하고는 한숨을 쉬며 암살자 무리에 섞여든다. 그들의 전쟁에는 들떠서 신나게 즐길 기회가 너무나 적기 때문에, 레드로서는 이런 기회를 그냥 흘려보내는 모습이 남의 눈에 띄어서는 안 된다. 양손이 피로 얼룩진다. 그녀는 나중에 가서야 손을 씻는다. 멀리 떨어진 다른 곳의 강에서.

기러기 떼가 내려앉을 무렵이면 북아메리카의 오하이오주에는 단풍이 든다. 기러기 한 마리가 무리에서 떨어져 나와 이쪽으로 다가온다. 레드는 지난번에 자신에게 편지를 전하러 왔던 기러기의 운명을 생각하며 아주 잠깐 죄책감을 느낀다.

기러기 목에 노끈이 감겨 있고, 노끈에는 얄따란 가죽으로 지은 주머니가 묶여 있다.

주머니를 여는 동안 레드는 손이 떨린다. 주머니 속에는 씨앗 여섯 개가 들어 있다. 조그마한 눈물 모양에 피처럼 붉은 씨앗의 표면에는 씨앗보다 더 조그만 숫자가 1부터 6까지, 하나씩 새겨져 있다. 주머니의 가죽 겉면에는 이 대륙 또는 이 시간 가닥의 것이라기에는 너무나 새파란 잉크로, 레드가 잘 아는, 고작 한 번 보았을 뿐인데도 잘 아는 글씨체로, 이렇게 적은 흔적이 보인다. 넌 나를 믿어?

레드는 숲속 땅바닥에 앉는다. 혼자서.

그녀는 믿는다.

블루를 뼛속 깊숙이 너무도 철저히 믿기에 레드는 이 상황에서 불신이 무엇을 의미할지 한참 동안 생각해 봐야 한다. 이 씨앗들의 정체가 무엇일지, 만에 하나 잘못 판단했다가는 어떤 결과를 불러올지.

레드는 숫자가 작은 순서로 앞쪽에 해당하는 씨앗 세 개를 하나씩 차례로 먹는다. 지금쯤 그녀는 거대한 바오바브나무 아래에 앉아 있어야 하지만, 그 대신 오하이오주에 흔한 칠엽수 아래에 쓰러지듯 주저앉아 있다. 돌기가 뾰족뾰족 돋은 열매에 둘러싸인 채로.

블루의 편지 한 통 한 통이 머릿속에 펼쳐지는 동안 레드는 편지들을 액자로 만들어 기억의 궁전 안에 건다. 코발트와 라피

스라줄리를 그물 삼아 편지 속 단어들을 묶은 다음, 산마르코 대성당에 있는 성모 마리아 모자이크의 로브에 입히고, 도자기 표면에 그림을 그리고, 빙하의 틈새 깊숙한 곳을 물들인다. 레드는 블루를 보내줄 생각이 없다.

세 번째 씨앗, 세 번째 편지를 담은 그 씨앗 때문에, 레드는 실신한다.

칠엽수 열매가 바스락거리는 소리에 정신을 차려 보니 남은 씨앗 세 개는 꽉 쥔 손 안에 그대로 있지만, 가죽 주머니가 보이지 않는다. 레드는 숲속에서 나는 발소리를 듣고 그 뒤를 쫓는다. 앞쪽에 검은 사람 형상 하나가 쏜살같이, 결코 잡을 틈을 주지 않고 뛰어가다가 이내 사라지고, 레드는 휑뎅그렁한 숲속에 무릎을 털썩 꿇고 숨을 헐떡인다.

진주보다 훨씬 더 값진 현숙한 빨강[1]에게

나는 얼마 전부터 내 연인의 누이의 아이들한테 줄 양모 펠트 인형을 만들었어. 한 아이한테는 새끼 부엉이 인형, 다른 아이한테는 새끼 사슴 인형을 선물할 거야. 이렇게 섬세한 도구를 이토록 야만적인 작업에 이용하다니, 참 흥미로워. 살을 찔러도 느끼기 힘들 만큼 가느다란 바늘로 양털실 뭉치를 수없이 여러 번 찔러서 섬유 조직이 마침내 모양을 갖추게 하다니 말이야.

나는 거기서 너를 느껴. 너라는 바늘이, 시간의 실 위쪽과 아래쪽을 숨 가쁠 정도로 분방하게 춤추며 누비는 느낌이 들거든. 나는 내가 건드린 곳에서 너의 손길을 느껴. 너는 너무나 빠르고 너무나 격렬하게 움직이기 때문에 네가 지나간 곳에서는 시간 타래가 굵어지고 시간 가닥의 수가 점점 줄어들지. 그러는 동안 가든은 불호령이 들릴 것만 같은 눈빛으로 나를 쏘아보며 내게 임무를 더 충실히 수행하라는 명령을 내리고.

너를 저지할 수도 있었던 수많은 방법을 떠올리면 나는 흐뭇해져. 물론 나한테 그럴 의도가 있었을 때의 얘기지만.

가끔은 그러고 싶어질 때가 있어. 가끔 내가 이곳에 붙박인 듯이 앉아 있을 때, 그런데 너는 그토록 빠르고 거침없이 활약한다는 걸 알 때, 나는 생각하곤 해. 내가 블루에게 뒤지지 않는 걸 다시금 입증해야 하는데. ……그럴 때 나를 인정하는 네 모습이 보고 싶다는 이유만으로 너를 방해하고 싶어지는 날카롭고 찌릿한 충동 또한, 일종의 바늘이야.

이 편지를 너한테 부치려면 앞으로도 반년을 더 버텨야 해서, 난 편지를 조각조각 적고 있어. 네 손에 닿기를 바라는 말들을 편지 여러 통에 나누어 담는 거지. 너야 물론 받기가 무섭게 한꺼번에 다 읽어 버리겠지만. 아니면 다른 방식으로 읽을까? 넌 어쩌면 이 씨앗들을 느긋하게 읽으려고 아껴 두거나, 아예 내가 쓴 속도에 맞추어 읽으려고 할지도 모르지. 하지만 그렇게 시간을 낭비할 필요가 있을까? 수중에 간직하고 있으면 더 위험해질 뿐이잖아. 갖고 있다가 들킬지도 모르니까. 차라리 한꺼번에 다 읽어 버리는 게 낫지.

그건 그렇고, 이 편지지는 미국붉나무의 씨앗이야. 독성은 없고 고기나 샐러드, 담배에 섞으면 맛이 기가 막혀. 얼마나 새콤하고 알싸한지 한번 먹어 보면 알 거야. 빻아서 향신료로 만들어 음식에 뿌리거나 향초 대신 태워도 좋고, 통째로 물에 불려서 레모네이드처럼 만들어 마셔도 좋아. 네 경우에 이 씨앗은 한 번에 한 알만 먹는 게 가장 좋아. 혀 위에 올려놓고 굴리다가 이로 깨물어 터뜨리는 거야.

너의 것
블루

추신. 뒷맛의 여운으로 편지를 쓰는 건 즐거운 일이야.
추추신. 이 붉나무와 독이 있는 옻나무의 차이를 네가 알아주면 좋을 텐데. 둘 중 하나만 붉은색이거든.

———

내 소중한 사탕단풍에게

여기 사람들은 요즘 나무의 수액을 받는 중이야. 그 수액을 끓이고 졸여서 시럽과 사탕을 만들거든. 나는 네가 내 편지를 입속에 머금을 때 알아줬으면 좋겠어. 내가 네 생각을 어디서, 어떤 방식으로 떠올렸는지를 말이야. 서로 베푸는 사이라는 건 참 흐뭇하지. 내가 보낸 나의 일부를 네가 먹는 동안 나는 네 안 깊숙이 대롱을 꽂고, 달콤한 것을 뽑아내니까.

가끔은 내가 너를 좀 덜 격하게 대할 수 있으면 좋겠어. 아니…… 가끔은 너와 조금 덜 격한 사이가 되려고 애써야 한다는 느낌이 들어. 왜냐면 지금 우리가 하는 이 행위는, 이게 뭐든 간에, 부드럽게 해야 더 잘될 것 같아서 그래. 온화하고 상냥하게. 그러기는커녕 나는 네 몸속에 대롱을 꽂아 수액을 뽑아낸다는 소리나 적고 있지. 아무쪼록 네가 용서해 주면 좋겠어. 내 경우에는 부드럽게 굴려면 가식을 떨어야 할 때가 너무 많은데, 너한테 편지를 쓸 때는 가식을 떨기가 힘들거든.

지난번 편지에 시간의 실 위쪽에서 나와 함께 살면 어떨지 적었지. 친구나 이웃끼리 함께 사는 식으로. 그 생각을 어찌나 간절히 했던지, 내가 사는 이 골짜기를 통째로 삼켜도 허기가 가시지 않을 것 같아. 그 대신 나는 내가 느끼는 갈망을 실로 자아서 너라는 바늘의 눈에 끼우고, 내 살갗 아래 어딘가 꿰매어 감춰 뒀어. 너에게 쓰는 다음번 답장을 그 실로 한 땀씩 수놓으려고.

너의 것
블루

———

뱃사람의 기쁨인 저물녘 서쪽의 하늘빛에게

눈은 다 사라지고 온 사방이 사르르 녹고 있어. 마치 태양이 양 주먹으로 지구를 두들기고 주물러서 반죽으로 짜낸 것처럼. 이제 씨를 뿌릴 시간이 지평선 저 멀리 보이는데…… 이 말을 곰곰이 생각해 보면 슬며시 웃음이 나와. 가든이 시간이라는 씨앗을 어떻게 심는지, 어떻게 시간을 사막의 계절보다 더 변덕스러운 작물로 만들어 버리는지 생각해 보면 말이야. 지평선은 하나의 희망일 뿐이고.

이제 네가 염려하는 그림자에 관해 이야기할 때가 된 것 같아. 그동안 나도 주의 깊게 살펴봤어. 예전에, 그러니까 우리가 편지를 주고받은 지 얼마 안 됐을 때, 난 누군가 나를 따라온다고 단단히 확신했어. 사소한 기척들, 어렴풋해서 콕 집어 말하기 힘든 것들이었지만, 그래도 방금 전까지 누군가 있다가 나간 방에 들어갔을 때 어떤 느낌이 드는지는 너도 알잖아? 그거랑 비슷한데, 정반대야. 미행하는 건 아니야, 절대로. 그게 아니라…… 내 발자취를 따라 추적하는 자가 있는 거야.

하지만 이곳에 정착한 후로는 그 느낌을 못 받았어. 어쩌면 그래서 더 불안한지도 몰라. 너희 사령관은 틀림없이 아는 사실일 텐데, 가든이 심어 둔 요원에게 접근하기란 사실상 불가능해. 주위 환경과 구분이 안 되는 데다 시간 가닥의 짜임새 속에 너무나 튼튼하게 엮여 있기 때문에, 나 같은 요원을 잘라내면 그 자리에 흉측한 구멍이 뚫리고 거길 통해 카오스가 쏟아져 들어와. 그건 시간의 실 아래쪽에서는 누구도 원치 않을 카오스야. 심지어 그 속에서 살아가며 숨쉴 때마다 들이마시는 너희 오라클마저도. 너무나 예측불허인 데다 통제하기도 까다로워서 비용 대비 편익을 제대로 따질 수가 없거든. 그래서 너희 편은 우리가 이동하는 도중에 우리를 붙잡으려 해. 가닥과 가닥 사이에서, 우리가 아직 실 위에서 춤추는 동안, 이런저런 삶을 살짝 건드리기만 하는 동안에. 심지어 가든조차도 자기네 의식의 한층 더 미묘한 영역에서는 우리와 연락하기가 힘들 정도야. 다른 시간대에 도착한 요원이 그곳에 심어진 다른 요원에게 접근하려면 사실상 그곳 사람들의 모습을 띠어야만 해. 그래야 해당 시간 타래의 표적 좌표로부터 50년 이내로, 또는 1000킬로미터 이내로 들어갈 수 있어.

너는 이렇게 묻겠지. 그런데 넌 무슨 수로 새의 배 속에 편지를 숨겨서 나한테 부친 거야? 이렇게 한번 생각해 봐, 새들은 내가 철 따라 여닫을 수 있는 통신 채널이고, 춘분과 추분이 되면 동료 요원들이 철새를 통해 자기네가 한 일의 성과를 내게 전달해 준다고 말이야. 그 새는 먹을 수도 있으니 가든은 내 배 속에서 더 화사하게 꽃을 피우는 셈이지. 오가는 새들의 숫자는 충분히 많으니까, 보내고 받는 편지를 위장하거나 천연덕스럽게 속이고 숨기는 건 간단한 일이야. 다만 적군 측 요원들은…… 난 너희 편 요원 중에 우리 숲을 돌파하려고 시도한 자들이 어떻게 됐는지 소문으로 들은 적이 있어. 이런 가시울타리가 있다고 한번 상상해 봐. 안으로 파고들수록 점점 더 울창해지고, 단단해지고, 가시가 날카로워지는데, 그런 울타리가 네 앞에 한…… 몇 킬로미터씩, 수십 년씩 이어지는 거야. 네가 갈기갈기 찢겨서 얄따란 반짝이 장식처럼 변할 때까지.

이야기가 길어졌는데 한마디로, 난 미행당하고 있지 않아. 혹시 네가 미행당하는 중이라면 우리 편의 소행인지 감지할 만한 수단을 보내줄게. 아마 우리 편이겠지…… 가든은 네가 어릴 적부터 너한테 관심을 보이는 기색이 뚜렷했으니까. 하지만 우리 편에서 누가 나서든 너의 능력이면 따돌리고 능히 이길 수 있다고 난 믿어 의심치 않아.

나만 빼고 누구든지.

만약 너희 편이라면, 더 복잡하고 골치 아픈 문제라는 뜻이겠지. 조심해.

너의 것

추신. 그림자의 특징에 관해 나한테 어떤 정보라도 알려주면 도움이 될 거야. 냄새, 그자만의 특색이라고 한정할 만한 느낌, 안전한 줄 알고 잠든 너를 깨어나게 했던 악몽, 아무거나. 너희 편이 꿈을 꾸는지 어떤지에 관해서는 내가 배운 적이 전혀 없는 것 같지만.

---

1) 구약 성서 「잠언」 31장 10절에서 따온 구절로 아내의 가치를 강조하는 내용을 담고 있다(블루가 자신의 처지를 자조하며 인용한 것으로 보인다.). 원문에는 붉은 보석 루비가 나오지만("price greater than rubies") 여기서는 한국어 성서의 번역을 따랐다.

14

블루는 손가락으로 풀을 모아 땋는다.

더없이 한가해 보이는 모습이다. 하루가 끝날 무렵, 머리가 긴 여성 한 명이 노을빛에 물든 채 강가에 책상다리를 하고 앉아서, 그저 재미 삼아 풀을 땋고 있으니. 바구니나 망을 짜는 것도 아니고, 근처에서 맨발로 뛰어다니는 아이들에게 줄 왕관이나 화관을 만드는 것도 아니다.

그녀는 연구를 하는 중이다. 한편으로는 게임을 하는 중이다. 6차원 공간에서, 기물 하나하나의 움직임이 곧 바둑 시합인 체스를 두고 있다. 검은 돌과 흰 돌이 가득 깔린 바둑판들이 서로 에워싼 채 빙빙 돌고 춤추면서 앞으로 전진하는 동안 나이트는 루크로 변하고, 한 번만 더 두면 상대의 돌을 따내는 수가 자꾸만 반복되면서 조심스레 체크메이트의 토대가 다져진다. 그녀는 풀 위에 풀을 겹치고 다시 풀 위에 풀을 겹치며 연구를 한다. 초록의 기하학뿐 아니라 냄새와 온도의 미적분학까지, 거기에 하층 식물의 열역학과 새 울음소리의 속도도 함께.

그렇게 깊숙이 빠져 있는 동안, 풀잎과 찌르레기의 호통 같은 울음소리를, 부엽토 냄새와 태양의 방위각을 하나로 엮으며 빠져 있는 동안, 등이 파란 나무 제비 한 마리가 근처에 재빨리 내려앉아 그녀의 주변 시야를 싹둑 자르듯이 스쳐 지나며, 불협화음으로 이루어진 울음소리로 그녀를 무아지경의 몽상으로부터 분리해 낸다. 새는 블루의 시야 가장자리에 파란빛으로 번득이며, 설명할 길 없는 출현으로 그녀를 망연자실케 한다. 나무 제비는 많고 많지만 이 새는 어딘가 잘못됐다. 이 새는 여름 철새인 주제에 가을인 지금 빈 둥우리 쪽으로 다가간다. 그녀가 새들에게서도 바구니 엮는 법을 배울 수 있다고 조카에게 가르쳐 줄 목적으로 이제 곧 들고 갈 저 빈 둥우리를 향해.

블루가 일어서자 손에 쥔 풀잎이 씨앗처럼 우수수 떨어져 내린다. 그녀는 나무 제비의 뒤를 따라가고, 그 새가 둥우리에 실잠자리 한 마리를 놓고 날아가 버리는 모습을 지켜본다.

블루는 나무를 기어 올라가서 진흙과 잔가지로 지은 둥우리 속의 실잠자리를 냉큼 꺼낸 다음, 폴짝 뛰어 땅으로 내려온다.

바늘처럼 가느다란 실잠자리 몸통, 그 몸통의 검은색과 파란색이 교차하는 체크무늬에서, 그녀는 편지를 읽는다.

블루는 죽은 실잠자리에게서 눈을 돌려 풀밭 여기저기에 자신의 상념들로 이루어진 흔적들을, 쓸 데도 없이 한 움큼씩 쌓여 있는 초록빛과 금빛 풀 더미를 바라본다. 그러고는 입을 벌리고 실잠자리를 날개까지 통째로 삼킬 때 느껴지는 것은 오로지 칼로 찌르는 듯한, 몸이 뻣뻣하게 마비되는 듯한 행복뿐이다.

몇 년이 흐른 후, 블루가 누웠던 풀밭에 한 추적자의 그림자가 드리워진다. 그녀는 풀을 한 움큼 쥐어뜯은 다음 녹아 없어지듯이 사라진다.

나의 청사진에게

네가 보낸 붉나무 편지의 앞쪽 세 통을 읽었어. 답장을 안 하고 그냥 넘어가면 안 될 이야기이더군. 남은 절반에 무슨 내용이 펼쳐질지 모르는 채로 쓰려니 겁이 나기는 하지만 말이야. (편지의 맛이 지금도 느껴져. 입속에 사라지지 않고 맴돌거든. 그 맛이 다른 맛을 모조리 지우고 너로 가득 채우고 있어.) 난 어쩌면 나중에 답을 알게 될 질문을 너한테 미리 할지도 몰라. 네 화를 돋울 문장을 쓸지도 모르고.

그런데 네가 허기를 느낀다면, 나는 포만감을 느껴. 난 너 때문에 새를 관찰하게 됐어. 그리고 새들의 이름을 너만큼 잘 알지는 못하지만, 그래도 조그마한 색색의 가수들이 떨리는 목소리로 노래하기에 앞서 숨을 들이마셔 가슴을 부풀리는 모습은 나도 봤어. 내 기분도 똑같아. 나는 너를 향해 나 자신을 목청껏 노래하고, 내 발톱은 나뭇가지를 단단히 붙들고 버티고, 쪼그라든 내 가슴은 네 답장이 도착해야 비로소 숨을 쉴 수 있으니까. 터질 것처럼 부풀어 오르니까.

나는 전쟁터에 있는 네 모습이 그리워. 패배하는 경험도 그립고. 추격전도, 분노도 그리워. 당당하게 거머쥔 승리도. 네 동료들도 저희 나름의 지략과 열정이 있고 어쩌다 한번은 기발한 솜씨를 보여 주기도 하지만, 아무도 너에 필적할 만큼 교묘하거나 주의 깊거나 확실하지 않아. 너는 나를 숫돌처럼 갈아 줬어. 전투가 끝나면 나는 거의 불사신이 된 기분이 들 정도야. 어찌 보면 아킬레우스와 비슷하지. 발이 빠르고, 맞아도 별로 다치질 않으니까. 난 오로지 우리의 편지가 자아낸 이 실재하지 않는 공간에서만 약해지는 느낌이 들어.

이곳에서는 갑옷을 안 입어도 돼서 얼마나 좋은지 몰라.

넌 또다시 나한테 칼을 겨누고 싶겠지. 어떻게 보면 넌 지금도 그러는 중이야. 내가 아직 남은 씨앗 세 개를 내 눈알 뒤의 빈 공간에 숨겨 두는 한, 넌 내 등에 칼을 대고 있는 거나 다름없으니까. 난 그 위태로움이 마음에 들어. 게다가, 난 네가 목적도 없이 이 시간 가닥에 배치됐다고 믿을 정도로 순진하지는 않아. 너희 가든은 천천히 공작을 벌이니까. 평생을 들여 공작을 하지. 가든은 너를 깊숙이 파묻은 다음, 너를 통해 거대한 변화를 일으켜. 우리 편은 겉만 맴돌면서 죽어라 애쓰는데.

그리고 넌 이곳에 없어서 오히려 칼날처럼 치명적이야. 너한테서 편지가 안 오면, 시간 속을 지나 다가오는 네 발소리의 떨림이 전해지지 않으면, 나는 기억 속에서 너를 찾아 헤매. 네가 곁에 있다면 무슨 말을 하고 어떻게 행동했을지 나 자신에게 물으면서. 내 등 뒤에서 어깨 위로 손을 뻗어 내 손이 표적의 목을 제대로 조르도록 바로잡아 주는 네 모습을, 그리하여 시간 가닥이 원하는 방향의 타래로 묶이도록 유도하는 네 모습을.

나는 감시당하는 중이야. 그 그림자, 나를 노리는 추적자가 내 뒤를 조심스레 밟고 있어. 나는 저물녘의 자줏빛 하늘에서 그 그림자를 보지만, 쫓아가 보면 이미 사라지고 없어. 냄새는 느껴져. 단언하긴 힘들지만, 오존 냄새와 단풍잎 타는 냄새가 희미하게 나. 모양새는 가지가지야. 난 그게 단지 허깨비일까 봐, 내 정신이 망가진 탓일까 봐 불안해. 아직 남은 너의 답장들을 먹어서 읽기 전에 그걸 붙잡아서 처치하고, 입증하고 싶었어. 내가 제정신이란 걸(또는 아니란 걸) 말이야. 난 이 이상 우리를 위험에 빠뜨리고 싶지 않아. 너를 그렇게 할 순 없어. 하지만 나는 허파가 쪼그라든 명금(鳴禽)이야, 그래서 숨을 쉬어야 해.

나는 꿈을 꿔.

에이전시는 우리를 허기로부터 해방시킨 것과 똑같이 잠으로부터도 해방시켰어. 하지만 나는 녹초가 되길 즐겨. 그런 성향을 변태라고 하든 뭐라고 하든 너 좋을 대로 해. 어차피 시간 타래 위쪽에서 임무를 수행할 땐 인간의 모습을 띠는 게 편한 경우가 많기도 하니까. 그래서 난 녹초가 될 때까지 임무를 수행하고 잠이 들어. 그러면 꿈이 나를 찾아와.

나는 네가 나오는 꿈을 꿔. 내 머릿속에서 네 자리가 자꾸만 커져 가. 나의 물리적인, 사적인, 감상적인 의식 속에서,

너의 자리는 다른 어떤 세계나 시대보다 더 커다래. 꿈속에서 나는 네가 이 사이에 문 씨앗이거나, 네가 대롱을 꽂은 나무야. 내 꿈속에는 가시나무와 정원이 나와. 홍차가 나올 때도 있고.

이제 일로 복귀할 시간이야. 내가 여기서 미적거리면 에이전시가 나를 잡으러 올 거야. 하지만 그 전에 내가 먼저 그 그림자를 처치할 거야. 우리가 안전해지도록.

너의 것

레드

15

레드는 그림자를 잡으러 나선다.

그녀는 함정을 판다. 시간을 거슬러 올라가 역사에 막다른 골목을 만들고, 여러 시간 가닥을 헝클어뜨린다. 그녀의 사냥감, 바꾸어 말하면 그녀가 사냥감인 그 상대는, 거뜬히 빠져나간다. 남은 것은 때로는 소리이고 때로는 공기 중에 감도는 맛뿐, 가시에 걸린 실 한 올같이 거대한 단서는 하나도 없다.

시간의 실 아래쪽, 아직 녹지 않은 자투리 빙산의 중심부에 숨겨진 데이터 센터에서, 레드는 자신의 흔적을 되짚어 앞서 왔던 길을 따라가다가 그림자를 발견한다. 서버 고정 선반의 빈틈으로 작살총이 발사되고, 파란 불꽃이 튄다.

아소카왕의 궁전에서, 곡예사가 된 레드는 줄을 잡고 올라가며, 허공으로 몸을 날리며, 공중제비를 돌며, 관객 수천 명의 얼굴을 샅샅이 살핀다. 그들 가운데 단 한 명일 포식자, 그곳에 있으면 안 되는 감시자를 찾아서. 그러다가 그림자의 냄새를 맡고, 그것이 이미 빠져나간 사실을 냄새로 알아차린다.

예리코의 성벽이 무너지는 현장, 이곳을 급습한 레드는 인파로 붐비는 거리에서 이 시간대에 속하지 않는 소재의 신발이 돌을 밟는 소리를 듣는다. 그녀는 돌아서서 시위를 당겨 화살을 날린다. 그 화살은 돌을 뚫고 들어가 단단히 박힌다.

물질로 구성된 육체를 베이컨의 지방처럼 녹여 버린, 그리하여 의식의 향기가 현실 공간을 온통 채울 만큼 팽창한 인간들의 눈부신 파장과 함께, 레드는 호버 사이클을 타고 수정 숲을 누빈다. 그녀가 찾는 것이 무엇이든, 그녀를 찾는 것이 무엇이든, 그 숲에서는 그녀를 찾지 못한다. 다만 그녀도 마찬가지로 그것을 찾지 못한다.

레드는 어느 강바닥에서 유력한 가능성을 발견하고 그곳에서 기다린다. 그림자가 왜 이곳을 찾을 거라 생각했는지 스스로도 알지 못하지만, 레드는 그것에 관하여, 그것의 습관에 관하여, 그것이 자신을 찾아올 때와 멀찍이 떨어져 있을 때가 언제인지에 관하여 점점 알아가는 느낌이 든다. 그녀는 대기 중에 나노봇을 빽빽이 심고 풀 사이로 하수인 로봇을 촘촘히 배치한다. 스파이 드론과 경계용 카메라를 설치한다. 인공위성을 조종하여 작전을 지원토록 한다. 그런 다음 주의 깊게, 조용히, 7개월 동안 강을 지켜본다. 그러다가 단 한 번 눈을 깜박이고, 눈을 떴을 때는 찰나의 기회가 이미 지나간 것을 느낀다. 그림자는 왔다가 떠나 버렸고, 그녀는 아무것도 알아내지 못했다. 함정은 하나도 작동하지 않았고, 나노봇은 적 출현을 감지하지 못했으며, 카메라는 하나둘 차례로 꺼지고 궤도 위성은 먹통이 되어 고장나 버렸다.

레드는 눈알 뒤에 숨긴 편지가 못 견디게 읽고 싶다.

숨을 쉴 수가 없다. 거대한 손이 가슴께를 붙잡고 꽉 움켜쥔다. 스스로의 몸이라는 덫에 걸린 기분, 두개골 속에 갇힌 기분이 든다. 꿈을 꾸면 나아지고 기억도 도움이 되지만 꿈과 기억만으로는 부족하다. 상상으로라도 껄껄 웃고 싶다. 레드는 기다려야 한다. 그러나 기다릴 수가 없다.

멀리, 시간 타래 위쪽으로 아득히 먼 과거에서, 레드는 공룡이 서식하는 습지의 버드나무 비슷한 나무 아래에 앉아 붉나무 씨앗 한 개를 이 사이에 물고는, 꽉 깨문다.

레드는 몇 시간이 지나도록 꿈쩍 않고 앉아 있다. 밤이 드리운다. 양치식물이 바람에 날려 바스락거린다. 아파토사우루스 한 마리가 깃털을 흔들며 어슬렁어슬렁 지나간다.

레드는 감정에 스스로를 맡긴다. 감정이 생리적 반응으로 이어지지 않도록 완화하는 장기들이 작동을 멈추자 이때껏 숨겨졌던 것들이 분출하여 그녀를 뒤덮는다. 심장이 떨린다. 가슴이 들썩이도록 숨을 연거푸 들이마시는 동안, 레드는 너무나도 외롭다.

한쪽 어깨에 누군가 손을 얹는다.

레드는 그 그림자의 손목을 붙든다.

그림자는 레드를 쓰러뜨리고, 뒤이어 레드도 그림자를 쓰러뜨린다. 둘은 덤불 사이로 데굴데굴 구른다. 어마어마하게 커다란 버섯의 줄기에 부딪힌다. 자그마한 도마뱀들이 후다닥 달아난다. 그림자는 이미 걸어가는 중이지만 레드는 다리를 뻗어 그것의 발을 걸고 쓰러뜨린다. 관절을 꺾으려 손을 뻗지만 이번에는 그녀의 다리가 단단히 붙잡혀 있다. 풀려나려고 버둥거리며 주먹을 세 번, 네 번 날리지만 상대는 매번 거뜬히 막아 낸다. 임플란트가 뜨겁게 달아오른다. 잔열을 방사하려고 등의 날개가 펴진다. 레드의 타격은 강력하다. 그녀는 그림자의 늑골 부위에 주먹을 꽂아 넣지만, 상대의 뼈는 부러지지 않는다. 두둥실 떠가듯이 등 뒤로 이동한 그림자가 어깨를 짚자 레드는 팔다리에서 힘이 빠진다. 레드는 체중을 등 뒤쪽으로 옮겨 벌렁 자빠지면서 그림자의 팔을 걸어 붙잡는다. 둘은 함께 진흙탕으로 미끄러진다. 레드의 손가락이 구부러져 날카로운 발톱으로 변한다. 그녀는 찢어발길 목을 찾아 필사적으로 허공을 휘젓는다. 그러다가 찾아낸다. 붙든다.

그러자 어찌된 영문인지 그림자는 스르륵 빠져나가고 레드는 헐떡이며, 분노하며, 진흙탕에 홀로 널브러져 있다.

레드는 태고의 밤을 내려다보는 별들에게 욕을 뇌까린다.

그 중압감을 더는 견디기가 힘들다.

레드는 일어서서, 비틀거리며 강으로 들어가서, 손을 씻는다. 엄지손가락으로 왼쪽 눈알을 뽑은 다음 눈구멍 속을 한참 더듬거리다가 붉나무 씨앗 세 개를 찾아낸다. (앞서 깨문 씨앗 한 개는 가짜였다.)

안전 따위는 아무래도 상관없다. 그림자 따위는.

레드는 이제 허기가 무엇인지 안다.

그녀는 늘어진 나뭇가지 아래서 첫 번째 씨앗을 먹는다.

숨이 막힌다. 저도 모르게 몸을 옹송그린다. 숨이 쉬어지지 않는다. 그녀는 심장을 바스러뜨릴 듯이 움켜쥔다.

몸속의 장기들이 꺼진 상태인 것을 그녀는 떠올린다. 이 통증은 전에 느껴 본 적이 없다.

그녀는 장기들을 다시 작동시키지 않은 채 두 번째 씨앗을 먹는다.

저 멀리 늪 속에서, 거대한 야수들이 레드의 신음을 메아리처럼 따라 한다. 이제 그녀는 사람이 아니다. 두꺼비. 사냥꾼의 손아귀에 든 토끼. 물고기이다. 잠깐 동안 레드는 블루이다. 레드와 단둘이, 함께 있는 블루.

레드는 세 번째 편지를 먹는다.

정적이 습지를 온통 뒤덮는다.

씨앗의 뒷맛이 혀를 찌르며 몸속을 가득 채운다. 레드는 흐느끼고, 눈물 사이로 웃음을 터뜨리다가, 버티려고도 하지 않고 쓰러진다. 적들은 그녀를 찾아내어 죽일지도 모른다. 이곳에서. 그녀에게는 상관없는 일이다.

공룡들 사이에서 레드는 잠이 든다.

추적자는, 진흙투성이에 지치고 너덜너덜 상처 입은 몰골로, 잠든 레드를 발견하고 장갑도 안 낀 맨손으로 그녀의 눈물을 닦아 준 다음, 그 눈물을 핥아 맛보고 나서 사라진다.

내 소중한 딸기에게

여름은 토끼풀에 내려앉는 벌처럼 찾아와. 금빛으로 바쁘게 움직이다가, 왔나 하고 보면 벌써 사라지고 없거든. 할 일은 산더미 같고. 나는 한 곳에 붙박이는 임무에서 이 부분이 정말로 좋아. 날이 저물 무렵에 완전히 녹초가 된 느낌. 이곳엔 회복 연못도 없고, 치유 수액도 없고, 내 골수 속에 잔잔하게 흐르는 초록빛도 없어. 그저 땀과 소금기와 등에 내리쬐는 뙤약볕뿐이라, 모두가 스스로의 몸을 속속들이 알고 자기 몸을 사랑해. 아름다운 춤처럼 움직이는 이 육체를.

여기 사람들은 덤불 열매를 채집해. 강에서는 낚시를 하고. 오리와 기러기도 사냥해. 정원도 가꿔. 축제를 열고, 모닥불을 피우고, 철학을 논하고, 피치 못할 경우에는 작은 전투를 벌이기도 해. 사람들이 죽고, 사람들이 살아가. 난 이번 여름에 아주 많이 웃었는데, 여기선 웃는 게 참 쉬운 일이야.

너는 허기에 시달리는 순간에 내 편지를 받았다고 했지. 그게 나한테 무슨 의미인지 어떻게 표현하면 좋을까. 내가 너한테 허기를 가르쳐 줬을지도 모른다는 걸…… 어떻게 보면 너와 함께 나누었다는 걸, 너한테 전염시켰다는 걸. 난 네가 허기 때문에 괴로워하길 바라면서도 한편으로는 너무 버거워하지 않았으면 좋겠어. 난 너의 허기를 채워 주고 싶은 갈망만큼이나 그 허기를 날카롭게 벼려 주고 싶은 마음도 강해. 한 번에 씨앗 편지 한 통씩으로.

너한테 내 이야기를 들려주고 싶어. 진짜 이야기를. 아니면 아무 이야기도 안 하고 싶어.

너의 것
블루

추신. 네가 미치슨의 책을 읽었다니 정말 기뻐. 콘스탄티노플 부분은 이해하기 힘들지만…… 가끔은 그 책 자체가 이야기 들려주기 시간의 각 단계를 통과하는 과정이라고 생각하면, 받아들이기가 쉬워. 신화와 전설이 역사에 자리를 내주고, 역사는 다시 신화로 대체되는 거야. 공연에서 한 막의 시작과 끝에 커튼이 서로 떨어졌다가 다시 만나곤 하는 것처럼. 주인공 할라는 책 속의 시간과 별개로 미치슨이 아는 북유럽 신화에 처음 등장했다가, 책의 결말에 이르면 함께 여행하는 동료들의 신화 속으로 흡수돼. 자리를 잡는 거겠지, 아마도. 훌륭한 이야기는 모두 바깥에서 출발하여 안으로 여행하게 마련이니까.

―――

내 소중한 라즈베리에게

세상에 붉은 것이 얼마나 많았는지 내가 이때껏 몰랐던 건
아니야. 단지 그것들이 나한테 초록이나 하양이나 금색보
다 조금도 더 중요하지 않았던 것뿐이야. 지금은 온 세상이
꽃잎과 깃털과 조약돌과 피를 통해 나한테 노래하는 것 같
아. 전에는 안 그랬다는 말이 아니야. 가든은 소리로는 도
저히 표현 못 할 만큼 깊이 음악을 사랑하니까. 하지만 지
금은 그 노래가 오로지 나 혼자만을 위해 들려와.
혼자. 너한테 내가 그 말을 배웠을 때의 이야기를 들려주고
싶어. 있는 그대로, 하나도 감추지 않고. 내가 회전초이자
민들레 홀씨이자 한 곳에 박히기 전까지는 계속 굴러다니
는, 그러다가 다시 발부리에 채어 굴러가는 돌멩이가 된 까
닭을.
너도 알 거라고 생각하는데, 우리는 식물처럼 길러져. 씨앗
이 심어지고, 뿌리가 시간 속으로 촘촘하게 뻗어나가고, 나
중에는 가든이 우리를 다른 흙에다 옮겨 심는 거지. 우리
를 심는 지점은 너무나 깊숙하기 때문에 내가 전에 언급했

던 접근 같은 건 상상할 수조차 없어. 가든은 계속 씨앗을 뿌리고 우리를 바람에 실어 날려 보내고, 우리는 시간 가닥이 엮이는 곳을 파고들어 그곳에 뿌리를 내리게 돼. 초록색 수세미처럼 생긴 덤불 울타리를 통과할 필요는 없어. 우리가 바로 울타리니까. 꽃잎 대신 가시가 달린 장미꽃 봉오리인, 우리 모두가. 우리한테 접근하는 유일한 방법은 우리 요원들이 거의 못 따라갈 만큼 시간의 실 아래쪽으로 까마득히 멀리 내려가서 가든으로 진입한 다음, 우리와 가든을 연결하는 탯줄 같은 곧은뿌리를 찾아내고, 거기서부터 강물을 거슬러 오르는 연어처럼 시간의 실 위쪽으로 올라가는 거야. 그 말은 곧, 만약 너희 편에 그런 능력을 지닌 자가 있었다면 우리 편은 이미 엉망진창으로 패배했을 거란 뜻이지. 만약 너희가 그런 식으로 가든에 접근할 수 있다면 우리 부대를 통째로 궤멸하는 것도 가능할 거야.

(안 돼…… 난 너한테 이런 이야기를 털어놓으면 안 돼. 이제껏 그 많은 말들을 나누었는데도, 난 자꾸만 이런 생각이 들어. 편지 교환은 아주 오랜 시간에 걸친 사기 계획일지도 모른다는, 방금 내가 한 이야기야말로 네가 그토록 원했던 정보일지도 모른다는, 어쩌면…… 그런데 말이야, 그게 정말로 중요하기는 해? 우리는 돌이킬 수 없는 지점을 수천 년 전에 이미 지나 버렸어. 그 지점이 적힌 편

지는 꼬깃꼬깃 접어서 차향을 입혀 내 왼쪽 허벅지의 살갗 아래에 배양해 둔 주머니 속에 들어 있고. 머리카락을 채워서 목에 건 로켓은 아니지만, 육체에서 분리된 존재의 관점에서 보면 그런 로켓이라고 해서 딱히 덜 그로테스크하지는 않겠지.)

아무튼.

난 가든이 나라는 씨앗을 심었던 시간 가닥에 관해 한 번도 이야기한 적이 없는 것 같아. '내 살아온 사연을 태어날 때의 이야기부터 시작하자면'이라는 말로 시작하는 소설[1]이 있는데, 우리 같은 처지에서 보면 황당한 말이지, 안 그래? 그런데 내가 심어진 가닥은 전혀 특별한 곳이 아니었어. 장소는 '시간 가닥 141'의 백인종 거주 지대, 시점은 그 시간선의 토머스 채터턴이 숨을 거둔 해였어. 부탁이니까 그 정보로 내 별점을 치지는 말아 줘. 아주 어렸을 적에, 그러니까 내가 아직 다섯 살배기 여자애의 몸에 뿌리를 내린 가든의 싹에 지나지 않았을 때, 나는 병을 앓았어. 그건 드문일이 아니야. 우리는 종종 일부러 병에 걸리도록 설정되거든. 먼 미래의 질병에 대비한 예방 접종 차원에서, 길이가 제각각인 불멸성을 주입받기 위해. 가든이 우리를 시간 가닥 속에 완전히 전개시킬 때 우리가 띠어야 할 모습이 되기 위해 필요하다면 무엇이든 해야 하니까.

하지만 내 경우는 달랐어. 그 병은 가든이 나를 강하게 하려고 감염시킨 게 아니라, 누군가 가든에 침입하려고 나를 감염시킨 결과였어.

있을 수 없는 일이었지. 나는 시간 가닥에 심어져 있었으니까. 그런데 무언가 알 수 없는 방법으로…… 적의 공작에 당하고 만 거야. 나는 그 병 때문에 동화 속 세계에 들어간 기분이었어. 졸음이 쏟아지더군. 꿈과 생시 사이, 내가 보는 것이 진짜인지 아니면 내 신경 시냅스를 다시 연결하려는 나노봇의 공격인지 분간이 안 가는 상태였어.

(전에 그 비슷한 상태에서 깨어나려고 처치를 받은 적이 있어. 불쾌한 경험이더군. 아무쪼록 너는 두뇌에 침투한 도청 장치를 태워 버리려고 자진해서 감전되는 경험을 안 하면 좋겠어. 또 모르지, 너희 편은 그런 게 기초 훈련 과정에 들어 있을지도.)

누군가 입을 맞춰 주고 먹을 것을 줬던 기억이 나. 어찌나 친절하던지, 적의에서 비롯된 행동이라고는 도저히 짐작할 수조차 없었어. 정말이지 그 이상 동화 같을 수가 없었지. 환한 빛이 비친 것도 기억나는데, 그다음엔…… 허기를 느꼈어. 내 속을 뒤집어 바깥으로 드러내는 허기, 상상할 수 있는 가장 원시적인 방식의 허기, 다른 모든 것을 잊게 하는 허기. 앞이 보이지 않았어. 너무나 허기가 져서. 숨도 쉬어지지 않았고, 무언가 내 안에서 입을 벌리고 나한테 말하는 것 같았어. 찾아라. 그때 내 안의 어떤 부분은 분명 비명을 지른 것 같은데, 그게 어딘지는 말할 수가 없어. 내 몸전체가 소리를 내는 비상벨이었거든. 나는 나 자신의 전부를 가든 쪽으로 향했어. 영양분을 섭취하려고, 나한테 벌어지는 일을 멈추려고, 내가 사라지지 않게 막으려고……

그랬는데 가든이 나를 차단해 버린 거야.

그건 통상적인 작전 절차였어. 가든은 결코 무너져선 안되니까. 가든은 잎갈이와 가지치기와 꽃피우기와 열매 맺기를 언제나 해왔고, 하고 있고, 할 것이고, 할 수 있지만, 그럼에도 꿋꿋이 버티고 자라서 다시 강해져. 그래서 허기가 나를 지나 더 위쪽으로 닿도록 놔둘 수 없었던 거야.

지금은 나도 그 사정을 이해해. 하지만 그때는…… 나는 그때껏 혼자였던 적이 한 번도 없었어. 생각해 보면 너는 다른 이들과 분리되어 그토록 혼자인 상태를 너 스스로 선택했지만…… 내 경우는, 나는 그저 내 한 몸뿐이었고, 내가 느끼는 감각뿐이었고, 고작 무서운 꿈을 꿨다는 이유로 부모가 허겁지겁 달려와 주는 여자애일 뿐이었어. 나는 그들의 얼굴을 손으로 만져 봤어. 나의 것인 두 사람을. 내가 누워 자는 침대를 만져 보고, 바깥 어딘가에서 풍기는 사과

스튜 끓는 냄새도 맡았어. 마치 나만의 소소한 방식으로 내가 가든이 된 것 같았지…… 온전히 나인 채로, 내 것인 손과 머리카락과 살갗을 지니고서, 가든이 온전한 존재인 것과 같은 방식으로 온전하게, 그러나 따로 떨어진 존재로서.

허기는 일주일 동안 내 안에서 끓어올랐는데, 그 시간 동안 내가 음식을 어찌나 많이 먹어 치웠던지 부모는 달걀 껍데기를 솥에 끓여야겠다느니, 부지깽이를 달궈서 나를 찔러 봐야겠다느니 하는 소리를 소곤거리곤 했어. 내가 자기네 진짜 자식과 바꿔치기 된 요정 아이인 줄 알았던 거지. 나는 허기를 숨기는 법을 터득했어. 그러고 나서 1년 후에 가든이 나를 다시 받아 주더군.

처음부터 잘라낸 적이 없다는 듯이 나를 다시 접붙이고 나서, 가든은 나를 심문하고 관찰하고 속속들이 검사했고, 치료제와 보호제를 듬뿍 투여하고 내 안팎을 철저하게 닦아 냈어. 아무것도 나오지 않았지. 어쩌면 내가 성숙하는 속도가 너무 빨랐는지도 모르지만, 그게 다였어. 이후 몇 년 동안 꼼꼼한 검사를 거친 끝에 내가 적에게 넘어갔을지도 모른다는 불안은 거의 잠재워지다시피 했어. 시간 타래에는 내가 심어진 시간 가닥에서 부패가 시작되었다는 증거가 하나도 없었거든. 이식 지점에 침투하려는 시도가 실패로 끝났다는 사실을 널리 알리는 것 또한 중요했고(다만 실제로는 성공했는데…… 그때 이후로는 그런 시도가 한 번도 없었기 때문에, 관련자들로 하여금 실패했다고 믿게 하려던 가든의 책략은 분명 성공했을 거야). 그래서 가든은 다시금 나를 작전에 투입하고, 나에게 중요한 임무를 맡기고, 포상과 승진을 안겨 줬지만, 그러면서도 늘 나에게서 일정한 거리를 유지했어.

나는 이런저런 유별난 구석을 우리 편에게 용인받는 편이야. 도시를 사랑하는 것, 시를 사랑하는 것, 뿌리 없는 상태를 즐기는 것, 그리고 어떤 의미에서는 정원이나 재배되는 식물보다 정원사에 더 가깝게 구는 것도. 나의 식욕은, 가든을 떠올리면 넘쳐나는 그 식욕은, 도무지 채워지지 않는 것 같아.

하지만 레드, 너는…….

———

나의 사과나무, 나의 환한 빛에게

너는 편지를 쓸 때 내가 차마 쓰지 못하고 참은 것들까지 다 적어 버리는 경우가 가끔 있어. 난 말하고 싶었어. 네가 마실 차를 내가 끓여 주고 싶어. 하지만 말하지 않았지. 그런데 넌 나한테 그렇게 해 주고 싶다고 적었어. 난 이런 말도 하고 싶었어. 네 편지는 내 안에서 살아가, 그건 내가 할 수 있는 가장 직설적인 표현이야. 하지만 말하지 않았는데, 너는 내게 보내는 답장에 구조물과 사건에 관해 적었어. 나는 이렇게 말하고 싶었어. 말은 상처를 입히지만 은유는 중재할 줄 알아. 다리처럼. 그리고 말은 다리를 지을 때 쓰는 돌 같은 거야. 대지에서 파낼 때는 힘들지만 재료가 되지. 새로운 것, 함께 나누는 것, 하나의 묶음보다 더 많은 것을 만드는 재료.

하지만 나는 말하지 않았어. 그리고 너는 상처 이야기를 들려줬고.

이제 나는 말하고 싶어. 네가 나를 앞질러 말하기 전에. 레드, 네 입속에 있는 그 씨앗을 떠올릴 때, 나는 내 손으로 그 씨앗을 네 입속에 넣는 광경을 상상해. 네 입술에 닿은 내 손끝을.

그게 뭘 의미하는지는 나도 몰라. 또다시 잘려 나가는 느낌이 들어. 그것도 가장 기이한 방식으로. 마치 나를 원형으로 되돌려 놓을 어떤 일이 벌어지기 직전인 느낌도 들고.

하지만 난 널 믿어.

여기, 나의 몇 년에 걸친 수확을, 이 씨앗들을 받아 줘. 그리고 그 보답으로 비슷한 걸 나한테 보내주지 않겠어? 난 네가 써 주던 기나긴 답장이 그리워.

사랑을 담아서

블루

1) 찰스 디킨스의 소설 『데이비드 코퍼필드』를 가리킨다.

16

길고 긴 교전일지라도 끝은 오게 마련이다.

그 끝은 이렇게 일어난다. 블루는 땅바닥에 배를 깔고 엎드려 발을 허공에 들고 팔꿈치와 팔뚝에는 잔가지와 줄기의 모양이 새겨진 채로, 풀을 땋고 있다.

구체이자 타래이자 숲처럼 무성한 덤불 울타리의 모습을 한 게임판이 블루와 풀밭을 에워싸고 있다. 가든은 그들의 경쟁 기관이 시간을 속이고 회피하는 수법에 지나치게 의존한다고 거듭 주장한다. 물수제비를 뜨는 돌멩이처럼 시간을 스쳐가고, 시간을 지저분하게 건드려 보고, 표면에 잔물결을 만들어 흐름을 바꾸려고 꿍꿍이를 꾸민다고. 가든은 또 말한다. 시간을 영속적으로 변화시키려면 그 속에 붙박여야 한다고. 그러면 게임의 속도는 느려지지만, 이길 수 있다고.

블루의 집중력은 주위의 모든 것을 조용히 가라앉힌다. 그녀는 자신만의 타래를 짓는 한편으로 넘쳐나는 초록을 자신 안에 가득 받아들이고, 땅속과 대기와 물속을 지나는 뿌리의 연결망을 추적한다.

그러다가 멈춘다. 그녀의 손이 덜덜 떨린다.

나는 상상해. 내 등 뒤에서 어깨 위로 손을 뻗어 내 손이 표적의 목을 제대로 조르도록 바로잡아 주는 네 모습을, 그리하여 시간 가닥이 원하는 방향의 타래로 묶이도록 유도하는 네 모습을.

이전까지 블루는 자기 손에 신경을 쓴 적이 한 번도 없었다. 자신의 손이 시간 가닥일 줄은, 생각지도 못했다.

그 사실이 모든 것을 바꾼다. 풀잎은 완벽한 모양으로 매듭이 묶인다. 블루가 질주하면서, 여러 차원에 걸친 수천 년이라는 시간이 차츰 하나의 완벽한 바둑판으로 변해 가면서, 세상은 이쪽저쪽으로 기우뚱거린다. 그 바둑판에 존재하는 비현실적으로 강력한 절대적 권한은 기다릴 따름이다. 가든이 무서운 기세로 솟구쳐 올라와 승리했다고 선언하기를, 숙주인 나무를 휘감고 자라는 바니안나무처럼 에이전시의 숨통을 조르기를.

그 은밀한 공작이 자기 안에서 점점 활발해지는 동안 블루는 가든과 긴밀히 협력하고, 봄을 맞은 강처럼 환호하는 가든을 느끼고, 가든은 한 세기 동안 생겨나는 고아들을 모두 만족시킬 만큼 커다란 사랑과 인정으로 블루의 마음을 가득 채운다.

더 바랄 것이 없을 정도이다. 최초의 분리 이후 가든은 블루에게 이 비슷한 것을 준 적이 한 번도 없다. 그러나 빙빙 돌아가며 빛나는 서늘하고 편안한 색채들 속에서 블루는 자신의 색을 조그맣게 따로 유지한다. 그러면서 목을 조르는 손 위에 포개진 손을 보며 생각한다. 레드한테 빨리 보여 주고 싶어서 참을 수가 없군.

블루에게

너의 승리를 내 눈으로 보면 좋을 텐데. 너의 임무와 너의 파견 배치가 어떤 의미인지 조금이나마 알고 나서, 너의 또박거리는 발소리를 내 심장 박동에 새기면서, 나는 네가 우리 편에 어떤 변화를 일으킬지 감지하게 됐어. 계절은 변해. 너는 자유의 몸이 될 거야. 네가 처한 회복 과정으로부터, 또 너의 임무로부터. 나야 물론 네가 입힌 피해를 복구하러 파견될 테고. 그렇게 우리는 다시 달릴 거야. 우리 둘이서, 시간 타래를 위아래로 누비며, 소방관과 방화범이 되어, 오로지 상대의 말로만 허기를 채우는 두 마리 육식동물이 되어.

너도 소리 내어 웃을 때가 있어, 바다 거품? 빙그레 미소 짓고 천사처럼 멀찍이 떨어져서 너의 승리를 지켜볼 때도 있어, 얼음? 사파이어색 불길에 휩싸여 날아오른 불사조, 다시 한 번 나에게 너의 위업을 보고 절망하라고 명령할 거야?

나는 일부러 내 정신을 딴 데로 돌려. 전술과 책략을 논하기도 해. 내가 아는 방법을 어떻게 알아냈는지도 얘기하고. 나는 너라는 거대한 사실에 대해 새로운 관점에서 접근하려고 은유를 만들어 내.

이 편지는 별똥별에 실어서 너에게 보내는 중이야. 대기권에 재진입할 때 손상도 입고 강도를 시험당하기도 하겠지만, 녹아 없어지지는 않을 거야. 나는 하늘을 길게 가르며 불로 글씨를 쓸 거야. 너의 상승에 어울리는 곤두박질이 되도록.

너의 칭찬은 나를 상처 입혀. 왜냐면 내가 어떤 것들을 너무나 쉽게 입에 담는다 해도, 너에게는 지뢰밭처럼 위태로워 보이는 이야기를 태연하게 술술 얘기한다고 해도, 그건 나한테는 그냥 평범한 이야기일 뿐이야. 하지만 네가 보낸 마지막 편지는…… 나는 물건을 잃어버리는 쪽으로는 천재적이야. 내 눈을 스스로 가리는 쪽으로는. 나는 낭떠러지 끄트머리에 서 있어, 그리고…… 젠장.

블루, 난 너를 사랑해.

난 전부터 쭉 그랬을까? 그러지 않았을까?

언제 일어난 일일까? 아니면 늘 일어났던 일일까? 네가 거두는 승리처럼, 사랑도 시간을 거슬러 퍼져나가. 사랑은 우리가 맨 처음 맺었던 관계 또한 자기 것이라고 주장해. 우리의 전투와 패배까지도. 암살은 밀회로 바뀌고. 한때는 내가 너를 모르던 시절이 있었어. 그건 분명해. 아니면 '너를 모르는 나'라는 건 내 꿈속의 존재일까? 내가 걸핏하면 꿈에서 보았던 너처럼? 추격전을 벌일 때 우리는 서로에게 늘 만족스러운 적수였어? 난 네 뒤를 쫓아 사마르칸트를 누비던 때가 기억나. 그땐 나풀거리는 네 머리카락이 손에 잡힐 것 같다는 생각에 짜릿했는데.

난 너에게 몸이 되어 주고 싶어.

난 네 뒤를 쫓고 싶고, 너를 찾아내고 싶고, 너한테 따돌림당하고 놀림당하고 흠모받고 싶어. 난 패배당하고 싶고 승리하고 싶어. 네가 나를 베고, 나를 날카롭게 갈아 주면 좋겠어. 네 곁에서 10년 동안 아니면 1000년 동안 차를 마시고 싶어. 케팔로스라는 머나먼 행성에 어떤 꽃이 있는데 그 꽃은 100년에 단 한 번, 살아 있는 별과 그 별의 짝인 블랙홀이 합을 이룰 때 핀다고 해. 나는 그 꽃을 80만 년에 걸쳐 모아서 꽃다발로 만들어 너한테 주고 싶어. 우리가 함께한 그 모든 전투를, 우리가 함께 만든 그 모든 시대를 들숨 한 번에 다 음미하게끔.

내가 너무 열을 올렸군. 문장에 미사여구가 가득해. 그래도 네가 웃을 것 같진 않지만, 혹시 웃는다면 난 그 웃음소리에 기뻐할 거야. 어쩌면 나는 네가 편지를 맺을 때 적은 단순한 인사말을 너무 여러 번 읽었는지도 몰라. (하지만 나에게 너는 아무리 여러 번 읽어도 부족한 편지야, 그리고 네가 고르는 말은 절대 단순하지 않아.) 어쩌면 내가 너와 나 사이의 경계를 넘으려 하는 건지도 모르고. 그런데 솔직히 말하면, 사랑이 나를 혼란스럽게 해. 이건 전에 한 번도 경험한 적 없는 느낌이야. 난 섹스가 즐거웠던 적도 있고, 낯선 이와 금세 우정을 쌓은 적도 있어. 하지만 그 둘 다 지금 이것하고는 달랐어. 이건 그 둘 모두보다 더 충만한 기분이야. 그러니까 내 진심을 이야기할게. 내가 잘하는 방식으로.

어릴 적에 나는 고독을 찾아 헤맸어. 너는 그때 나를 본 거야. 그 높다란 고지대에서, 끈기 있게 무아지경에 빠져 있던 나를.

하지만 너를 떠올리면 나는 함께 고독해지고 싶어. 나는 맞서 다투면서도 한편으로는 얻으려고 애쓸 상대가 필요해. 나는 편지를 주고받으며 살고 싶어. 나는 너에게 하나의 맥락이 되고 싶어. 너도 나한테 그런 존재가 돼 주면 좋겠어. 난 너를 사랑하고, 또 사랑해. 그리고 그 말이 무슨 뜻인지 둘이서 함께 알아내고 싶어.

사랑을 담아서
레드

17

사령관이 레드를 야전 사령부로 호출한다.

늘 그렇듯이 온 사방이 피바다이다. 이번에는 대부분 얼어붙었고, 그래서 피비린내도 덜하다.

에이전시가 고른 장소는 중심 타래에서 가까운 동부 전선 모처, 나치스가 죽은 인간을 되살리는 방법을 발견한 곳이다. 초자연적 요소는 전혀 없지만, 대자연에는 20세기 과학자들이 상상도 못 한 기괴한 형상들도 존재했다. 사람을 물어뜯는 그 시체들은 레드가 가까이 다가가면 톡 쏘는 곰팡내를 풍겼는데 이는 곧 시간의 실 아래쪽의 개입이 있었다는, 다시 말해 에이전시의 숙적이 관여한 결과라는 뜻이었다. 하늘은 대부분 뿌옇게 흐려졌지만 당장은 눈이 그친 참이었고, 아득히 위쪽의 상공은 새파랗게 뚫려 있었다.

소련군 병사들은 공포와 추위와 허기에 시달린다. 그들은 이곳에서 죽을 것이다. 주코프 최고 사령관이 이 전선 뒤쪽의 더 중요한 요충지에 보충 병력을 파견할 때까지만 간신히 버티다가. 용감한 청년들이고, 여군의 수 또한 적지 않다. 그들은 마지막 남은 술을 함께 나누어 마신다. 노래도, 고향에서 들은 농담도, 납작한 휴대용 술통 속에 들어 있는 거라면 뭐든지. 용기는 그들을 구해 주지 않을 것이다. 교수대처럼 무겁고 서슬 퍼런 장교들의 표정 또한 마찬가지이다.

다른 요원들은 나타났다가 다시 사라진다. 보고서를 제출하러, 무기 상자를 전달하러, 아니면 피가 다 뽑혀 나가 하얗게 질린 병사의 주검을 들고서. 그들은 훈장과 상품을 갖고 온다. 모든 이의 표정이 공포로 물든다. 요원들은 이곳에 아주 잘 어울린다.

종합하면, 야전 사령부로 삼기에 탁월한 장소이다.

사령관은 평소에 시간 타래 위쪽의 환하게 빛나는 수정 성채나 그 비슷한 다른 곳에서 작전을 지휘한다. 레드가 에이전시의 호출을 받고 보고를 하러 가 보니 낯선 별 주위를 아무것도 없는 연단 한 개가 회전하는 경우도 가끔 있었다. 사령관은 보고받는 대상이 될 인간형 상관의 모습을 만드는 것조차 잊어버렸던 것이다. 별들만이 레드의 목소리에 귀를 기울였다.

사령관 또한 전에 바깥세상으로 나간 적이 분명히 있을 것이다. 그녀의 요원들 모두 그랬으므로. 하지만 그녀는 오래전에 자신의 인공 자궁으로 후퇴했고 지금은 육신과 분리된 의식의 형태로 시공간을 누빈다. 에이전시의 초공간 도약 장치에 결합된 채, 그 안에 거미줄처럼 촘촘히 분포한 채로. 사령관은 피치 못할 경우에만 형태를 갖추고, 그럴 때면 당장 눈에 보이는 형상을 무작위로 고르거나 아예 아무것도 고르지 않는다. 대부분의 시간 동안 그녀는 추상적인 관념을 고찰하거나 시간의 궤적을 계산했고, 그럴 때면 자신이 거느린 여러 요원들을 다차원상의 벡터이자 매듭점으로 여겼다. 충분히 높은 지점에서 내려다보면 어떠한 문제도 단순해 보이게 마련이다. 매듭이란 어떤 것이든 목숨 몇 개만 버리면 거뜬히 풀린다. 아니면 한 10만 개쯤 버리면.

전황이 유리할 때는 그런 식의 거리감도 제 나름의 쓸모가 있다. 전선과 멀리 떨어진 곳에서 결정을 내리면 내부의 모반이나 외부의 침입으로부터 안전하므로.

시체들 앞을 지나가며 레드는 겉옷을 더 단단히 여민다. 육체를 보호하려고 그러는 것은 아니다. 얼어 죽을 듯한 이 기온에서도 추위는 거의 느끼지 않으므로. 그저 자신 안의 조그마한 청색 불길을 지키기 위해서이다.

패배가 이어지면 즉각적인 대응이 간절해진다. 원거리에서 결정을 내리는 사치는 사라진다. 물론 사령관은 시간 타래 아래쪽에 그대로 남지만, 매 순간 변하는 작전을 지휘하고 피해를 억제하고 전황을 정찰할 목적으로 현지에 자신의 사본을 만들어 두었다. 그 사본은 시간 타래를 과거 쪽으로 거슬러 올라가 가든이 새로 자아낸 실과 옮겨 놓은 가닥, 묶어 놓은 매듭 등을 기록한다.

그럼에도 야전 사령부는 공격에 취약하다. 그래서 시간 거품 속에 지어진다. 인과율에 맞서도록 강화된 그 공간에.

레드는 감염되어 쓰러진 전우가 다시 일어나지 못하도록 힘껏 붙잡고 있는 남자 병사 세 명의 앞을 지나가고, 추위에 곱은 손으로 추위에 얼어붙은 상처를 꿰매려고 애쓰는 의사 곁을 지나간다. 그러는 동안에도 그녀는 안다. 이곳에서 무슨 일이 벌어지든 결국에는 다 지나갈 것이며, 그 사람들은 모두 죽을 것이라는 사실을.

이곳과 잘 어울린다.

레드는 펄럭거리는 지휘소 천막 아래로 허리를 굽히고 들어선다.

사령관은 소련 육군의 군복을 입은 덩치 큰 여성의 모습으로 레드 앞에 선다. 앞치마를 걸쳤고, 한쪽 손에 피 묻은 펜치를 들고 있다. 펜치를 든 모습이 물건을 드는 일에 익숙하지 않은 사람처럼 보인다. 부관들은 근처에 모여 서서 당대의 조잡한 기술로 만든 보고서를 들고 있다. 종이, 등사판, 지도 같은 것들을. 알몸인 남자 한 명이 나무 의자에 꽁꽁 묶인 채 앉아서 의식을 잃은 상태로 입에서 피를 흘리고 있다. 천막은 한데보다는 따뜻하지만 온기가 턱없이 부족하다. 반쯤 뜨고 있는 남자의 눈은 청금석처럼 새파랗다.

레드가 경례를 한다.

"나가."

사령관이 명령하자 부관들이 바깥으로 나간다. 남자는 그대로 있다. 그 상태로 어떤 소리도 내지 않는다. 어쩌면 무슨 일이 일어나는지 감지하지 못하거나, 자기가 감지했다는 것을 남에게 들키고 싶지 않은지도 모른다.

이로써 천막 안에는 사실상 둘뿐이다. 레드는 기다린다. 사령관은 천막 안을 서성인다. 두 손이 피투성이지이지만 사령관은 이를 모르는 것 같고, 아랑곳하지도 않는 듯하다. 얼굴의 주름살은 훔쳐 온 근심 때문에 생긴 것이다. 그 주름살은 지금 사령관이 차지한 육체의 주인인 여성의 것이지만, 사령관에게도 잘 어울린다. 전황은 악화되었다. 레드는 사령관이 쥔 펜치가 자신의 입속에 들어오면 어떤 기분일지, 자신의 어금니나 송곳니를 붙잡고 조여들면 어떨지 상상하고 마음을 정한다. 이제부터 벌어질 일이 *그거라면, 난 괜찮아.* 그녀는 자기 안의 불길을 안전하게 지킨다.

"형세가 좋지 않아." 사령관이 말한다. "적 진영에서 오랫동안 치밀한 작전을 폈어. 실의 위쪽과 아래쪽 모두에 줄줄이 함정을 판 거야. 전부 다 요원 한 명의 작품인데, 이제 폭포수처럼 연쇄 반응을 일으키는 중이야. 우리를 이렇게까지 수세에 몰아넣지만 않았다면 나조차도 멋진 작전이라고 찬사를 보냈을걸. 하지만 우리도 아예 빈손은 아니니까 감사할 일이지. 적들이 엮은 새 타래는 아직 약해. 우리 전력으로 풀어 버릴 수 있다는 뜻이지. 그리고 그렇게 할 거고." 레드를 흘끗 돌아본 사령관은 당황한 기색이다. "쉬어. 내가 말 안 했나, '쉬어'라고?"

레드는 쉬어 자세를 취한다. 사령관이 그토록 사소한 부분을 소홀히 한다는 사실 때문에 레드는 불안하다. 불안을 느껴야 마땅할까? 이제 그녀는 반역자이니까?

"해법은 이미 찾았어. 수학과 그보다 더 거친 수단을 이용해서." 사령관은 펜치를 탁자 위에 내려놓고 종이 한 장을 집어 레드에게 건넨다. "이 여자가 누군지 알아보겠나?"

태연한 척하기는 쉽지 않다. 레드는 종이를 받아 들고 거기에 목탄으로 그려진 그림을 보며, 마치 전장 멀리서 흘끗 눈에 띈 얼굴을 떠올리려고 기억을 더듬다가 끝내 실패한 사람 같은 표정을 짓는다. 자신의 꿈속에 붙박여 사는 얼굴을 가만히 바라보는 사이에 레드는 문득 생각한다. 자신은 이날 이때껏 바로 이 얼굴을 이렇게 오랫동안 직접 본 적이 없다는 것을, 감히 볼 엄두조차 내지 못했다는 것을…… 심지어는 기억 속에서도 그러했다는 것을.

의자에 앉은 남자가 끙 소리를 낸다.

레드는 남자를 탓하지 않는다. 사령관은 어디까지 아는 걸까? 이건 함정일까? 만약 사정을 다 안다면 에이전시는 레드를 죽이려 하지 않을까? 아니면 더 치밀한 음모를 준비했을까?

"아는 얼굴입니다." 레드가 말한다. 마침내. "전장에서 봤습니다. 애브러개스트882에서 벌어진 전투에 투입됐을 때였습니다. 이 여자에게는 다른 얼굴도 여러 개 있습니다." 그러나 종이 속 얼굴의 눈가와 잔인하고 총명한 성정이 드러나는 뒤틀린 입가에는 하나같이 비슷한 침착성이 배어 있다. 그 얼굴에서는 빛이 난다. 레드는 마지막 부분은 입 밖에 내지 않는다.

"관측 요원들이 이 몽타주를 확보한 곳도 바로 거기야."

갑자기 천막 안이 한데보다 더 춥게 느껴진다. 관측 요원이라니. 얼마나 오랫동안? 그들이 뭘 봤을까? 레드의 머릿속에 그림자와 벌였던 전투가 떠오른다.

"그러니까 이자가 바로 연쇄 반응을 촉발한 그 요원이군요."

"연쇄 반응을 준비한 자이기도 해. 수완이 좋고 위험한 자야. 자네만큼이나 위험해. 그 나름의 방식으로."

출구가 보인다.

"제 표적 목록의 최상단에 올려놓겠습니다." 그렇게 우리는 쫓고 쫓기기를 되풀이하겠지요.

"그 그림을 뒤집어 봐." 사령관이 말한다.

레드가 처음 받아 들었을 때 종이의 뒷면은 백지였다. 이제 그곳에는 그녀가 3차원에서 시각화하는 데에 훨씬 더 익숙한, 여러 가지 색이 복잡하게 얽힌 무늬가 그려져 있다. 그녀는 눈의 초점을 흐릿하게 한 다음 양쪽 눈의 시선을 살짝 교차시키고, 그러자 색색의 무늬에서 입체 도형이 떠오른다. 초록색 실, 레드 생각에는 파란색이어야 하는 실 한 가닥이 타래의 심 부분에서 길게 내려오는데…… 그 실은 여기저기서 구부러져 다른 실과 얽힌다. 원래는 붉은색이어야 하지만 회색인 실 한 가닥과. 레드는 신뢰가 가는 표정을 유지하는 동시에 아무것도 모르는 척 연기하는 일을 어디까지 해낼 수 있을까?

"저는 이게 뭔지 모르겠습니다."

"우리가 추적 가능한 범위 안에서만 보면, 이자는 시간 실의 위아래를 오가는 자신의 궤적으로 이 새 타래의 심을 형성했어. 하지만 곳곳에 보이는 이 일탈의 흔적은, 그게…… 이 회색 선은 자네의 이동 경로를 나타내는 거야."

"저와 그자는 애브러개스트882에서 대치했습니다. 그리고 제 생각엔, 사마르칸트에서도 그랬던 것 같습니다."

사령관은 그 밖에 또 무엇을 알까? 추상적인 관념과 긴장감, 중압감, 달콤한 제안과 반박을 모두 다 꿰뚫어 보는 그녀는.

"베이징에서도 마찬가지였습니다." 레드는 자신을 자꾸만 블루 곁으로 데려다 놓는 이 입체 도형을 무슨 수로 해명해야 할까? 그녀는 생각하는 동시에 생각하는 것처럼 보이지 않으려고 애쓴다.

"내 말을 오해했군." 사령관이 대꾸한다. "우리가 보기에 자네와 이자의 경로가 교차하는 까닭은 이자가 자네와 교차하려고 일부러 자신의 원래 경로에서 이탈했기 때문이야. 여러 차례 교묘하게 이탈했더군. 시간의 실 위쪽 또는 아래쪽으로, 변경한 수치가 너무 미세해서 감지하기도 힘들 정도야."

"무슨 말씀이십니까?" 레드는 사령관의 말이 무슨 뜻인지 알지만, 자신이 어떤 배역을 연기해야 하는지 또한 안다.

"이 요원은 이때껏 자네를 길들였어. 이자의 행동을 보면 당당한 태도를 선호하는 성향이 드러나. 자네는 속아 넘어간 거야, 교묘하게. 어쩌면 너무 교묘해서 자네 스스로는 미처 눈치를 못 챈 거겠지. 이자의 상관들은 우리 진영에 균열을 내고 싶어 해."

사실인지도 모른다. 사실은 그렇지 않지만, 그럴듯하다. 레드는 그 말이 사실이 아닌 것을 안다. 분명히 안다.

"저는 충성을 다합니다." 충성을 다하는 사람은 절대로 이런 말을 하지 않지만, 사령관은 생각에 너무나 깊이 빠진 탓에 알아채지 못한다.

"우리가 보기에 이자는 자네를 포섭하고 싶어 해. 그래서 지금은 불만의 씨앗을 뿌리는 중이야. 자네로서는 알아차리지도 못할 만큼 사소한 감각의 세부 요소들이지. 이자는 자네를 죽이려고 이러는 게 아니야. 우린 이미 자네를 스캔했기 때문에 자네가 결백하다는 걸 알아."

스캔이라니, 언제? 누가 그런 짓을? 에이전시는 그것 말고 또 무엇을 알아냈을까?

"이자는 자네가 교섭에 나서기를 기다리고 있어. 자네가 질문을 던지기를, 연락을 시작하기를. 우리 관측 요원들의 눈을 감쪽같이 속일 만큼 미세한 어떤 메시지를. 그 메시지가 우리의 진입구야. 그 틈을 통해 우리는 공격을 시작한다."

바깥에서는 홀로 남은 야포 한 문이 무슨 까닭에선지 포탄을 발사하고 있다. 레드는 귓속이 윙윙 울린다. 의자에 앉은 남자가 신음을 한다. 사령관은 움찔하는 기척조차 없다. 사람이라면 당연히 그래야 한다는 것을 알지 못하기에. 레드는 이 여성 앞에서 짐짓 바보 행세를 했다가는 호된 꼴을 당할지도 모르지만, 당장은 설명을 듣는 척하면서라도 시간을 벌어야 한다.

"무슨 뜻으로 하시는 말씀입니까?"

"자네 혹시 유전자 심층 암호라고 들어 봤나?"

레드가 예상치 못한 종류의 질문이다.

"아군 최고의 과학자들이 자네를 도와 암호를 작성할 거야. 우리는 그자를 끝장내고, 이로써 위협 또한 끝장낸다. 핵심 매듭인 이자가 없으면 적이 최근에 일군 성과는 대번에 와해돼 버릴걸. 자네는 우리 전력의 핵심이야, 요원."

사령관은 책상에서 봉인된 편지를 꺼내어 레드에게 내민다. 편지를 너무 꽉 쥔 것은 손을 지니고 움직이는 삶에 익숙하지 않기 때문이다. 레드는 편지를 받는다. 봉투에는 핏자국이 새겨져 있고, 종이 자체는 사령관의 아귀힘 때문에 움푹 눌리고 구겨졌다.

"진행 중인 임무들은 중지해. 여기 적힌 시간 가닥으로 이동하도록. 작전을 시작해. 세계를 구하는 거야."

"예, 사령관님." 레드가 다시금 경례를 한다.

사령관은 경례를 받고 나서 펜치를 다시 든다. 레드가 천막을 나설 무렵이면 의자에 앉은 남자는 이미 비명을 지르는 중이다.

동료 병사가 손짓을 한다. 이야기를 나누고 싶다는 뜻이다. 레드는 대꾸 없이 임무를 수행하러 나선다. 시간의 실을 열 가닥 넘고 대륙 한 개를 건너 몇 세기 이전의 시간대에 도착한 다음에야, 그녀는 훗날 빅토리아 폭포라는 이름이 붙는 모시오아 툰야 폭포의 거대한 무지갯빛 물보라 벽 앞에 무너지듯 주저앉지만 그래도 울지는 않는다.

레드는 눈을 뜨고 가만히 지켜본다.

얼마 후, 벌 한 마리가 귓가를 스치는가 싶더니, 레드의 눈앞 물보라 속에서 춤추듯 날아다닌다. 벌이 허공에 쓰는 편지를 읽는 동안 그녀는 가슴속에서 타오르는 불길 주위로 아찔한 메스꺼움을 느낀다. 그들은 이 일을 해낼 수 있다. 해내야 한다.

한참 후에, 레드가 손을 내민다. 벌은 그 손에 앉아서 침으로 그녀의 손바닥을 찌른다.

나중에, 레드가 그곳을 떠난 후에, 조그맣고 보기 드물게 대담한 거미 한 마리가 벌의 주검을 차지한다. 거미가 먹이를 다 먹어 치운 후, 이번에는 추적자가 그 거미를 먹는다.

내 심장에 흐르는 피에게

나는 달콤함을 섬길 목적으로 만들어진 육체를 통해 너에게 춤을 보여 주고 있어. 자신이 사랑하는 대상을 지키려고 스스로를 파괴하는 육체를 통해서. 춤으로 적은 이 편지는 다 읽고 나면 너를 찌를 거야. 찌르게 놔둬, 그리고 단말마의 몸부림으로 쓴 추신을 읽어 봐.

내가 춤을 추는 건(아무래도 이 편지는 굉장히 지루해지겠군) 내 안에서 펄펄 끓는 이 열기가, 나의 하늘에는 좀처럼 들어설 자리가 없는 이 아침 해가, 가만히 있으려고 하질 않기 때문이야. 너도 나와 똑같은 기분인지 알고 싶어서이기도 하고. 내 피 속에서 쿵쿵거리는 이 북소리를 너도 듣는지, 아무리 만끽해도 결코 끝나지 않는 이 축제를 너도 느끼는지……. 레드. 레드, 레드, 레드, 난 너에게 시를 써 주고 싶어, 그리고 난 지금 웃고 있어, 알겠어, 이 조그만 몸에게 나의 기쁨을 가르쳐 주면서, 우스꽝스러운 내 처지와 거기서 벗어날 탈출구를 생각하며 웃고 있다고. 그 탈출구란 내가 석판 위에 반듯이 누운 채로 허공의 칼을 올려다보는데 그 칼이 다름 아닌 너의 눈길과 손을 따라 움직일 거라는 사실이야.

그렇게 항복하면 당연히 뿌듯한 기분이 들겠지. 그걸 알기까지 그토록 오랜 시간이 걸렸다고 생각하면.

레드, 난 널 사랑해. 레드, 난 그렇게 적은 편지를 매 순간 너에게 보낼 거야. 딱 한 마디만 적힌 편지, 네 뺨을 쓰다듬고 네 머리카락을 거머쥘 편지, 너를 깨물 편지, 너에게 흔적을 남길 편지를. 나는 독개미와 대모벌로 너에게 편지를 쓸 거야. 상어 이빨과 가리비 껍데기로 편지를 쓸 거야. 바이러스와 너의 폐 속에 들이치는 아홉 번째 파도[1]의 소금기로 편지를 쓸 거야. 나는……

그만, 이제 그만, 그만할게. 이런 일을 이런 식으로 하면 안 될 것 같아. 나는 케팔로스에 피는 꽃과 해왕성에서 나는 다이아몬드를 원해. 그리고 우리 사이에 있는 지구 1000개를 불태우고 그 재에서 뭐가 피어나는지 보고 싶어. 우리가 나란히 손을 잡고 맥락 속에 숨은 의미를 발견할 수 있도록. 오로지 우리 둘만 알아볼 수 있는 의미들을. 난 내가 사랑했던 모든 장소에서 너를 만나고 싶어.

우리 같은 사이는 어떤 식으로 맺어져야 하는지 난 모르겠어, 레드. 하지만 너와 함께 그 답을 알아보고 싶어서 더는 기다릴 수가 없어.

너의 사랑

블루

추신. 나는 벌침이 찌르는 따끔한 느낌으로 너에게 편지를 쓰고 있어, 레드. 하지만 이게 나야, 진짜 나. 왜냐면 나도 그렇거든. 편지를 씀으로써 망가져 버리니까. 네 손바닥 위에서 죽어가니까.

---

1) 서양 뱃사람들의 속설에 따르면 폭풍우 치는 바다의 파도는 높이가 점점 높아져서 아홉 번째에 최고 높이에 이르렀다가, 다시 처음 높이로 돌아간다고 한다. 이 '아홉 번째 파도'를 모티프로 삼은 창작물은 러시아 화가 이반 아이바조프스키가 그린 같은 제목의 그림(1850년 작), 한국 작가 최은미의 동명 장편 소설(2017년 작) 등이 있다.

18

만약 프로 정신이 부족했다면, 블루는 피로 더럽혀서 미안한 기분마저 드는 리코르네 호텔의 호화로운 양단 이불보와 실크 시트 사이에 편히 누운 표적의 목을 따는 동안 노래를 불렀을지도 모른다. 위업을 이루고 복귀한 이후 가장 쉬운 임무였고, 처음부터 끝까지 가장 좋아하는 시간 가닥에서 이루어진 일이었다. 블루는 거의 휴가 같다는 느낌이 들 정도로 편안하고, 흐뭇하다. 다른 이들은 새로 돋은 단단한 순을 자르느라 바쁜 지금, 그녀는 연한 풀이 돋은 초원을 한 뙈기씩 썩둑썩둑 베는 중이다.

블루는 노래를 부르지 않는다. 그러나 손에 묻은 백작의 피가 선홍색 거품이 된 것을 보고는 한숨을 참지 못하고, 혀끝까지 올라온 이야기시 한 구절이 입 밖으로 나가고 싶어 안달한다. 아아, 그 백작은 어찌나 잘생겼던지!

사실, 블루는 계획을 세워 본 적이 없다. 자기만의 계획은, 한 번도. 블루의 일은 집행하는 것(손을 씻으며 그 생각을 하려니 하마터면 웃음이 터질 뻔하지만 참아 넘기고), 실행하는 것이다. 그녀는 대여섯 가닥 너머 시간선의 조심성 많은 시인들이 건네는 경고, 즉 생쥐와 인간의 계획은 자주 무너진다거나, '파나마 운하도 흙 한 삽부터' 같은 말장난에는 익숙하지만⋯⋯ 그래도 이제는 그녀 역시 계획을 세운다. 그녀는 자기 방의 팔각형 거울 앞에 앉아 검은 머리칼을 천천히, 꼼꼼히, 계산한 모양으로 땋는다. 앞서 이 방을 나설 때는 당연히 문을 이용하지 않았는데 솔직히 말하면 이런 식의 싸구려 괴기 소설 같은 면모를 작전에 부여하는 것 또한 그녀에게는 또 다른 차원의 흐뭇한 즐거움이다. 그녀는 머리 위에 색색의 회로도를 펼치고 이에 따라 머리카락으로 지도를 만든 다음, 곳곳의 지표면과 아귀가 딱 맞물리는 모양으로 형성된 대안(對岸) 및 서로 놀랄 만큼 똑같이 생긴 반사상(像) 같은 것들을 떠올린다. 사람들과 대화를 주고받는 여러 가지 상황의 시나리오를 머릿속으로 느긋하게 정리하는 동안 두 손은 서로 교차하며 바삐 움직인다.

블루는 승리를 거두었고, 이 기분은 낯설지 않다. 그녀는 행복한데, 이 기분은 낯설다.

블루는 알리바이가 되어 줄 상대를 만나 술을 마시러 계단을 내려가는 동안 빙그레 웃는다. 머릿속으로는 벌써부터 이날 일찌감치 봐 두었던 코냑, 색이 가장 붉은 그 술을 떠올리고, 한 모금 머금었을 때 입속을 달궈 줄 달콤한 불이 얼마나 뜨거울지 상상한다.

알리바이 제공자의 눈 속에서 가든이 이쪽을 보고 있다.

블루는 조금도 머뭇거리지 않지만, 상황을 재빨리 눈치채고 매끄럽게 이어 나간 행동거지조차도 가든의 눈에는 쭈뼛거리는 몸짓으로 보인다. 블루의 손이 의자의 도금된 등받이를 감싸 쥐는 속도는 그녀의 양쪽 입꼬리가 천천히 올라가 웃음으로 바뀌는 속도만큼이나 느리다. 그녀가 의자를 뒤로 당기고 앉는 사이에 가든은 자기 술잔에 든 것과 똑같은 레드 와인을 그녀의 잔에도 따른다.

"내가 끼어든 것 때문에 기분이 상하지 않았으면 좋겠군." 가든이 블루를 올려다보며 말한다. 짓궂어 보이는 초록색 눈을 깜박이며. "그래도 우리의 성공을 축하하며 직접 건배하고 싶은 마음이 너무 간절했거든. 굳이 말하자면."

블루는 쿡쿡 웃으며 테이블 위로 손을 뻗어 가든의 손을 잡는다. 다정하게.

"만나서 반가워요. 굳이 말하자면." 블루는 손을 거두어 술잔을 쥔 다음, 눈썹이 쓱 올라갈 정도로 눈을 동그랗게 뜬다. "그런데 무슨 걱정거리가 있는 것 같은데요."

"우선 건배부터 하지." 가든이 잔을 높이 든다. 블루도 따라한다. "길이 남을 승리를 위하여."

술잔이 쩽강거린다. 둘은 술을 마신다. 블루는 입술에 묻은 색을 혀로 핥으며 눈을 감아 버린다. 그 색을 혀에 온통 칠하면서도 색의 이름은 머릿속에서 지워 버리며, 나직하고 보드라운 가든의 초록빛 목소리에 귀를 기울인다.

"넌 지금 위험에 처했어." 가든은 부드러운, 거의 사과하는 듯한 말투로 말한다. "마음 같아선 푹 쉬도록 데려가서 눕히고 싶은데."

블루는 눈을 뜨고 살며시 놀라는 척한다.

"어깨가 다 으쓱해지는 말씀이지만, 저는 숙녀분께서 저녁부터 사 주실 거라고 기대하는 편인데요."

가든의 웃음소리는 나뭇잎이 사락대는 소리 같다. 그녀가 몸을 앞으로 숙이자 블루는 그녀의 눈 속으로 빠져드는 기분을 느낀다. 그 눈이 약속하는 편안함을, 휴식을 맛보면서.

"애야, 너의 성취는 눈부시지만 약간은, 뭐라고 하면 좋을까, 과시하는 느낌이 든단다. 남들과 견주어 보면 그렇다는 얘기야.

너의 동기들은 피어났다가 다시 내 안으로 녹아드는 반면에, 너는……." 가튼은 엄지손가락으로 블루의 뺨을 부드럽게 쓸어내리고, 블루는 그 손길에 깃든 다정함 때문에 아래턱 모서리를 바르르 떤다. "얘야, 너는 허공에 뿌리를 드러내는 착생 식물이란다. 네가 새로이 성장한 흔적을 추적하는 건 조금도 어렵지 않아. 그것도 하나씩, 하나씩. 넌 언제나……." 숙주 나무에 자기 뿌리를 심는 바니안나무처럼, 가튼은 블루의 미소 속에 말한 마디 한 마디를 심는다. "작전의 결과물에 네 이름을 적어 놓는 걸 지나치게 좋아했어."

만약 프로 정신이 부족했다면, 블루는 표정이 굳었을지도 모른다. 입술을 깨물었을지도 모른다. 잔뜩 겁에 질려 '무엇을'이나 '언제'나 '얼마나 오랫동안' 같은 생각을 떠올리다가 자신의 내면을 벽으로 가두어 무덤으로 만들고 그 무덤을 변소에 빠뜨린 다음 그 변소에 불을 질렀을지도 모른다.

그러기는커녕, 블루는 가튼의 말과 표정과 말투를 샅샅이 뒤지고 깊숙이 분석하여 거기에는 오로지 가튼의 해묵은 습관, 즉 애정 어린 꾸지람밖에 없다는 것을 밝혀낸다. 블루는 몸을 숙여 가튼의 손을 다시 잡는다.

"지금 저를 데려가서 화단에 도로 심어 버리면." 블루가 말한다. 태연하게. "아군은 기껏 확보한 교두보를 꼼짝없이 잃을 거예요. 그래요, 어쩌면 천천히 잃을지도 모르죠. 하지만 그건 일보 전진이 아니라 일보 우회예요. 저를 그냥 머물게 해 주세요. 그럼 지금의 우세를 계속 밀어붙일 수 있어요. 분명히 느끼시잖아요…… 달라진 걸. 우리는 지금 무언가 일어나기 직전의 언저리에 서 있어요."

"언저리에서는." 가든이 말한다. 평소처럼 애정 어린 목소리로. "뒤로 물러서는 게 전통이란다."

"적을 밀어서 떨어뜨리기에 제격인 멋진 언저리도 있죠. 전통적으로."

그 말에 가든은 쿡쿡 웃고, 블루는 자신이 승리하리라 직감한다.

"좋아. 여기서 맡은 임무가 다 끝나면 내가 심은 표식이 보일 때까지 실 위쪽으로 이동한 다음, 표식을 따라 열두 가닥을 건너뛰어라. 거기에 아주 까다로운 기회가 기다리고 있어." 가든이 천천히 손을 뒤로 물린다. "너는 네가 아는 것보다 훨씬 더 소중한 존재란다, 나의 회전초야. 조심하렴."

그러고 나서 가든은 사라지고, 알리바이 제공자의 눈에 초점이 돌아오자 블루는 와인의 도수가 너무 높은 것 같다고 덤덤하게 말하고, 웃음을 터뜨리고, 저녁 테이블의 분위기는 기쁨으로 물들어 간다.

이튿날 오전에 블루가 체크아웃을 할 때, 호텔 직원이 당황한 표정을 짓는다.

"죄송합니다, 손님. 청구서에 착오가…… 제가 새로 적어 드릴 테니 잠시만……"

"좀 봐도 될까요." 블루가 말한다. 목소리를 떨지 않고, 더듬지도 않고서. 청구서를 받아 드는 동안 장갑 낀 손은 조금도 떨리지 않고, 블루는 잘못 찍힌 소수점으로 위장된 잉크 자국의 정체를 일찌감치 알아챈다. 호텔 직원이 멍하니 보는 사이에 블루는 그 잉크 자국을 읽는다.

"그래요, 맞네요." 블루의 목소리는 다정하고 밝다. "어젯밤에 친구랑 같이 기분을 내려다 살짝 과용하긴 했지만, 이렇게 귀한 샴페인을 시키는 건 도를 넘어도 한참 넘은 짓이죠. 당신 말이 맞아요." 블루가 빙그레 웃는다. "딱히 축하할 일도 없었으니까요."

블루는 직원이 돌려 달라고 말하기도 전에 잉크 얼룩이 묻은 청구서를 납작하게 구겨 버린 다음, 새 청구서의 금액을 지불하고 호텔을 나서며 한 시간 후에 자신의 비명 대신 울려 퍼질 객실 청소원의 비명을 상상한다. 바깥에서 관리인이 헌 빗자루를 태우고 있다. 블루는 걸음을 조금도 늦추지 않은 채로 앞서 받았던 청구서를 불 속에 휙 던져 넣는다.

블루가 그 자리를 떠난 후, 추적자는 불길 속에서 검게 타들어 가는 청구서 뭉치를 꺼내어 이글거리는 상태 그대로 먹는다.

블루에게

안 되겠어

나

젠장

급하니까 간단히 쓸게

이쪽에서 알아.

다 알지는 못해. 아직은.

하지만 너를 알아. 네가 날린 치명타, 네가 판 함정, 네가 거둔 승리, 너라는 존재가 출현한 것까지…… 넌 이쪽에 호된 맛을 보여 줬어, 그래서 너를 가만두면 안 되겠다고 생각하는 거야. 더는 안 된다고.

이쪽은 네가 나와 가까운 곳에 있다는 걸 알아. 무슨 수를 썼는지 우리 둘의 경로를 밝혀냈거든, 맨 처음 시작했던 곳부터. 우리가 그렇게 조심했는데도. 편지를 확보한 건 아니야. 아닐 거야, 내 생각엔. 단서는 너의 관심사와 우리 둘의 시간선상의 근접성뿐이야. 그걸 시간의 실을 통해 감지하는 거지, 무슨 거미처럼. 이쪽은 네가 나를 전향시키려 한다고 생각해. 그런 거였어? 한 번이라도? 애초에 나한테 접근한 목적이 그거였어? 그 후로 우리가 어떤 사이가 됐든 간에?

이쪽은 내가 먼저 접촉하기를 네가 기다리는 중이라고 생각해. 나한테서 편지가 오기를 네가 기다리는 중이라고. 웃음조차 안 나올 지경이야. 이쪽에는 세포 암호를 재구성하는 장치가 있는데 그걸 쓰면 단백질의 성질이 엉뚱하게 바뀌어 버려. 이쪽은 너를 만난 적도 없고 네 편지를 읽은 적도 없지만, 지금 아는 것만으로도 너를 파괴하기에는 충분해. 만약 네가 이쪽에 빈틈을 보인다면 말이야. 그리고 이쪽에선 내가 너한테 편지를 보내면 네가

안 돼 그 말을 고스란히 적을 순 없어. 제기랄 안 돼

이쪽은 너무 영리해, 그리고 너무 멍청해.

네 편지, 벌침, 그 아름다운 춤. 네가 약속한 그 많은 영원. 해왕성. 난 내가 이제껏 사랑했던 모든 장소에서 너를 만나고 싶어.

내 말 잘 들어…… 난 너의 메아리야.

난 너를 잃느니 차라리 세상을 박살 내 버릴 거야.

해결책이 하나 있어. 쉬운 방법이야. 당연히 쉬워야 해.

나를 놔줘. 나도 널 놔줄게.

이 편지는 다 쓸 거야. 부칠 거고. 이 다음번에 나한테서 오는 건 읽지 마. 무슨 일이 있어도, 절대로. 네가 죽지 않으면 이쪽은 계략이 실패한 걸 알 거야. 네가 나한테 관심 있는 척한 건 교란 전술이었다고 여기겠지. 어쩌면 함정이 작동하기 전에 네가 먼저 눈치를 챘을 거라고 여길 테고. 아마 사령관이 착각했다고 여길 거야. 전에도 착각한 적이 있고, 그건 기계도 마찬가지니까.

그냥…… 다음번에 내가 부치는 편지는 읽지 마. 답장도 하지 말고.

그렇게 우리는 각자 갈 길을 가는 거야.

나도 그러기 싫어. 전에는 이런 적이 없었어. 이렇게까지 뭘 싫어한 적 말이야. 네가 나에게 얼마나 큰 의미인지, 앞으로도 늘 얼마나 큰 의미일지 생각해 보면, 그냥 이렇게 끝낼 수는 없어. 그냥 헤어질 수는 없어.

하지만 난 그렇게 할 거야. 그래야 네가 계속 살 수 있다면. 이제 이쪽은 널 전보다 훨씬 더 철저히 감시할 거야. 나도 마찬가지고. 우리는 서로 싸우면 돼. 시간을 누비며 서로의 뒤를 쫓으면 돼, 내가 너의 이름을 알기 전에 우리가 몇 세기 동안이나 그랬던 것처럼. 하지만 편지는 안 돼. 이런 건 이제 그만둬야 해.

난 아마 죽을 테지만…… 상관없어. 죽을 각오는 이 전쟁에 뛰어들 때 이미 했으니까.

너한테 얘기한 적이 있는지 모르겠는데.

너도 죽을 거야. 고통받을 테고. 이쪽이 널 망가뜨릴 거야.

난 너를 사랑해. 사랑해. 사랑해. 나는 파도에 그렇게 쓸 거야. 하늘에. 내 마음에. 너는 영영 못 보겠지만, 그래도 알 거야. 나는 모든 시인이 될 거야. 그들을 다 죽이고 한 명 한 명의 자리를 차례로 차지할 거야. 그래서 모든 시간 가닥에서 사랑에 관한 시가 쓰일 때마다 모두 너에게 바치는 시가 될 거야.

하지만 이런 식으로는 안 돼, 다시는.

정말 미안해. 만약 내가 더 강했더라면. 더 빨랐더라면. 더 영리했더라면. 더 훌륭했더라면. 너에게 걸맞은 존재였더라면. 만약…….

내가 이런 식으로 스스로를 비난하는 건 너도 싫겠지.

이 편지는 태워 버려야 해. 마음 같아선 네가 간직하길 바라지만. 나는 기억을 간직해. 종이 위로 움직이는 네 손을 상상하며. 네가 일으킬 불을 상상하며.

너를 안을 수 있으면 좋을 텐데.

사랑해.

R

19

레드는 대단원을 꾸민다.

그 일은 예상보다 더 오래 걸린다. 편지 한 통을 쓰면서 이토
록 애를 먹기는 처음이다. 날이면 날마다 레드는 하얀 방 안에
서 잠이 들고 하얀 천장을 보며 일어나 홀로 샤워를 한다. 그러
고 나면 연구원들이 도착하여 레드와 함께 독을 제조한다.

연구원들은 자기들끼리 말을 거의 하지 않고, 레드하고는 아
예 하지 않는다. 실험실에서 그들은 얼굴 가리개가 붙은 방역
복을 입는 반면에 레드는 맨발이다. 그들은 아침에 와서 저녁에
돌아간다. 레드는 남는다. 연구원들이 일하는 동안 레드는 얼굴
가리개 너머로 그들의 얼굴을 가만히 응시한다. 어쩌다 보이는
얼굴은 하나같이 아름답고 표정이 차분하다. 마치 아무도 살지

않지만 청소는 고용인이 날마다 하는 집처럼. 레드는 그들이 늘 저렇게 차분해 보일 거라고는 생각지 않는다. 사령관이 그들의 내면을 공허하게, 깨끗하게 비웠기 때문이다. 이번 일을 위하여.

독약에서 기관의 냄새가 진동하여 사냥감에게 경고를 하는 꼴이 되지 않도록, 레드의 메시지는 분명 최소한의 간섭과 감독만 거칠 것이다. 이는 사령관이 한 말이다. 레드는 그 말을 믿어야 할지 말아야 할지 알지 못한다.

그래서 조심스레 나아간다.

레드는 절대로 울지 않는다. 휑뎅그렁한 실험실의 텅 빈 벽에 대고 욕을 지껄이지도 않는다. 심지어 연구원들이 돌아간 후에도. 사령관이 들을지도 모르는데 위험을 감수하고 싶지는 않으므로.

레드는 잠을 자며 편지 쓰는 꿈을 꾼다.

편지는 식물이 될 것이다. 그것이 레드가 택한 형식이었다. 씨앗에서 자란 식물, 블루가 단번에 꿰뚫어 보고 피할 만큼 잘 아는 대상. 레드는 그 식물에 가시를 단다. 열매는 해로워 보일 만큼 붉게, 잎은 검고 번들거리게 설정한다. 구석구석까지 독약이라고 외치는 듯한 식물이다.

레드는 연구원들이 반대할 거라 짐작하고 기다리지만, 그들은 반대하지 않는다.

가든의 요원을 죽이는 것보다 더 간단한 일도 없다. 그들은 남들과 다를 바 없이 숨을 거둔다. 그런 후에 포자를 통해 퍼져 나가고, 바람에 날리는 홀씨로 씨앗을 뿌리고, 깊숙이 내린 뿌리에서 새순을 돋운다. 그 연쇄를 중단시키는 것, 그것이 비결이다. 기억의 사슬을 끊고 생식계통을 헝클어뜨리는 물약. 그 약의 표적은 세심하게 설정해야 한다. 에이전시는 블루의 생체 표본을 확보했다. 현미경 슬라이드로 제작한 피 몇 방울, 블루의 것일지도 모르는 머리카락 한 올. 레드가 훔쳐낼 방법을 미처 찾기도 전에, 연구원들은 표본을 모두 도가니에 던져 넣어 버린다.

이것은 죽음의 편지이다. 이 편지는 어느 누구도 아닌 지정 수신인에게만 의미가 있다. 편지의 치명적인 말들은 레드의 메시지 속에 레이스처럼 촘촘하게 짜여서 숨겨져 있다가, 편지의 마력이 풀리면 효력을 드러낼 것이다. 스테가노그래피, 즉 은닉형 글쓰기. 다른 글 속에 글을 숨기기.

레드는 가장 바깥쪽 층위에는 간단하기 짝이 없는 메모, 즉 사령관이 바라는 내용의 메모를 적는다. 관심사를 나타내는 말, 유혹, 도발 같은. 그런 메모는 앞서 블루가 보냈던 편지와 별반 다르지 않다.

레드는 생각한다. 이 편지는 읽지 마.

까마득히 오래전 블루를 곯려 주었을 때 어떤 기분이었는지 떠올려 본다. 블루에게 이겼다며 기뻐했을 때. 블루베리. 블루다 바디. 무드 인디고. 레드는 그 후로 일어난 일들은 다 잊어버리고 오직 그 기억에만 집중하려고 안간힘을 쓴다.

그러나 실패한다.

레드는 생각한다. 나도 참, 대단한 시간 여행자로군.

블루는 이런 수법에 속지 않을 것이다. 레드의 말을 따를 것이다. 그녀는 편지를 받았다. 이해할 것이다. 해야 한다. 그들이 지닌 유일한 미래는 따로 함께인 시간이다. 둘은 너무도 오랫동안 서로를 모른 채 살았고, 시간을 누비며 전쟁을 벌였다. 그들은 따로였고 말도 하지 않았지만, 서로의 모습을 빚었고 그러는 동안 서로에 의해 모습이 빚어졌다.

그러니 그 이전으로 돌아가면 그만이다. 왜 안 된단 말인가?

아플 것이다. 그들은 전에도 아팠던 적이 있다. 상대의 목숨을 구하려고.

하지만 다른 길이 있다. 레드가 감히 상상할 엄두를 못 내는 길, 그러나 가야만 하는 길이. 왜냐하면 블루는 용의주도한 한편으로 과감한 면도 있기 때문이고, 어쩌면 레드에게 남은 마지막 기회가 그 길밖에 없기 때문이기도 하다.

그래서 연구원들이 떠난 후에 레드는 그들이 자신의 편지 속에 숨긴 메시지 속에 또 다른 메시지를 숨긴다. 독이 든 문장 속에 새 의미를 끼워 넣고 연구원들이 눈치채지 못하도록 숨긴다. 사령관조차 알아보지 못하도록. 부디 그러기를 바라며.

스테가노그래피는 정보 은닉술이다. 십자말풀이 속에, 소설 속에, 예술품 속에, 새벽빛에 물들어 일렁이는 강물의 수면에, 메시지를 숨기는 기술이다. 숨긴 메시지 속에 또 다른 메시지를 한층 더 깊이 숨기는 일도 가능하다. 지금 레드가 하는 것처럼. 레드가 만든 열매 한 개를 먹으면 단순한 메시지를 발견할 텐데, 그 메시지 속에는 독이 들어 있다. 그리고 그 독 속에, 밑바닥 깊숙이, 죽어가는 이에게만 보이는 방식으로, 그녀는 편지 한 통을 더 감추어 둔다. 진심이 담긴 편지를.

이 편지가 읽히는 광경을 떠올리면 구역질이 치밀지만, 그래도 레드는 편지를 쓴다. 이다음에 무슨 일이 일어나든 간에, 이것이 끝이므로.

여기가 끝이기 때문에, 그녀는 이 치명적인 편지를 아름답게 쓰고 싶다는 충동을 도저히 억누르지 못한다.

그 식물의 씨앗은 독특한 광택이 난다. 그 씨앗이 싹터서 자라는 동안 레드는 식물에 향기를 부여한다. 꽃이 피자 색을 입히고, 농도를 더한다. 여물어 가는 열매에는 윤기와 맛을 두른다. 뾰족뾰족 돋은 가시조차도 심술궂은 예술 작품이 된다. 그녀는 자신이 빚은 죽음에 사랑으로 서명을 한다.

레드는, 이렇게 된 마당에도, 블루에게는 걸맞은 것을 주어야만 직성이 풀린다.

블루는 그 편지를 읽지 않을 것이다. 함정을 눈치챌 것이다.

다 잘될 것이다.

그리고 둘은 예전의 삶으로 돌아갈 것이다.

아무것도 변할 필요가 없다. 비록 모든 것이 변했어도.

둘은 이번 일도 해낼 수 있다.

일을 마치고 나서 레드는 잠이 든다. 뒤척거리며.

이튿날, 그들은 실험실을 폐쇄한다. 이곳은 폭파될 운명이다. 폭탄으로, 역사의 각주 한 개로 변하도록. 레드는 폭발을 지켜본다. 명령대로라면 아무도 구하지 말아야 했다. 그럼에도 몇몇은 구했다. 살아도 역사에 별 영향을 끼치지 않을 몇몇은.

뭉게뭉게 솟는 먼지구름 속에서 그녀는 편지를 읽는다.

그러고는 걸음을 옮긴다.

나중에, 그림자 하나가 잿더미 사이를 움직인다. 무언가 우물 우물 먹으면서.

레드에게

네 뜻대로 해.

B

20

블루는 가장 싼 입석표를 사서 들어온 관객들 사이에 끼어서서, 주어진 시간 동안 무대 위를 활보하고 안달하는 배우[1]들의 공연을 지켜본다.

이번 생에서 블루는 약재상의 조수이자, 명암이 무엇인지 보여 주는 완벽한 사례이기도 하다. 검은 머리카락은 짧게 잘라 납작한 펠트 모자 속에 숨겼고, 하얀 셔츠와 딱 붙는 하얀 바지 위에는 검은 더블릿을 입은 차림새이다. 그녀는 가든에게서 받은 까다로운 임무, 즉 한 여성의 자궁은 분만이 빨라지도록 수축시키고 다른 한 여성의 자궁은 분만이 늦어지도록 이완시키는 임무를 완수하고 나서, 이제 사회의 주변부에 머물며 신작 희곡의 초연을 관람하는 중이다.

만약 블루가 학자였다면, 물론 기꺼이 학자가 될 용의가 있다는 것을 알고도 남을 만큼 여러 번 학자로 살아 보기도 했지만, 만약 그랬더라면 모든 시간 가닥을 통틀어 「로미오와 줄리엣」이 비극인 세계와 희극인 세계를 빠짐없이 정리하고 편람으로 만들었을 것이다. 새 시간 가닥을 방문할 때면 언제나 결말을 모르는 채로 연극을 관람하는 것이 그녀에게는 즐거움이었다.

지금은 즐겁지 않다. 블루는 예언이 나오기를 기다릴 때처럼 긴장하고 열중한 채로 공연을 지켜본다.

그러다가 결말을 보지 않고 떠난다.

블루는 가게로 돌아온다. 창가에 웬 식물을 심은 화분 하나가 놓여 있다. 흥미로운 잡종 식물, 주인인 약재상의 말에 따르면 독미나리와 주목을 교배했다고 한다. 거뭇하고 기름기가 흐르는 잎. 포악해 보일 정도로 우아한 가시. 열매는 블루가 화분 쪽을 볼 때마다 자신도 모르게 주먹을 꽉 쥐어 손바닥에 새기는 반달무늬들만큼이나 새빨갛다.

이는 아름답게 정서(精書)한 편지이다. 블루는 그렇지 않다.

그 사실이, 블루는 무엇보다도 못 견디게 분하다.

블루는 그 식물을 씨앗부터 길러냈다. 충직하게. 이상한 반점이 얼룩덜룩하고 모양 또한 기괴하게 일그러진 그 씨앗은 처음에 연갈색 종이봉투 속에서 퍼런빛으로 번들거리고 있었다. 블루는 이제껏 1년 동안, 한 여성의 배 속에 생명이 들어서도록 조종하고 다른 여성의 배 속에서는 생명이 사라지도록 추방하는 임무를 수행하는 한편으로, 그 씨앗이 자신을 비웃듯이 자라나 결코 지켜지지 않는 약속으로, 한 번도 연주되지 않는 악보로 변해 가는 모습을 지켜보았다.

그 식물은 한눈에 봐도 흙 점(占)의 점괘로 쓴 편지로서, 그 점괘란 레반트 지역의 필사본에서 긁어모은 일종의 원시적인 이진법 암호이다. 가지에 달린 가시와 열매의 개수가 점괘를 이루는데 '콘융티오(合)'나 '푸엘라(소녀)' 같은 점괘의 의미를 더 세련된 알파벳으로 변환하기란 식은 죽 먹기이다.

블루에게. 너의 제안을 곰곰이 생각해 봤지만 신뢰의 증표가 필요해. 너와 연락을 주고받는 일은 내게 큰 위험이라서, 진짜 메시지를 독으로 위장해 놨어. 그 독을 먹어. 그러면 언제 어디서 나와 만날 수 있는지 알게 될 거야.

아예 레드가 쓴 글 같지도 않다. 레드가 편지를 적는 동안 안색이 납빛인 에이전시의 경비병이 그녀의 어깨 너머로 내려다보는 광경을 상상하면 블루는 풀 길 없는 화가 입속을 가득 채운다. 이따금, 꿈에서, 블루는 그 깡패 놈들 위에 다리를 벌리고 올라타 얼굴을 곤죽으로 만들 기세로 두들겨 패는 자신의 모습을 보지만, 그녀의 주먹은 자꾸만 빗나가고, 미끄러져서, 한 대도 명중시키지 못하고, 그래서 깡패 놈들은 껄껄 웃고 또 웃는데 나중에는 놈들의 입에서 웬 식물이 자라나 블루의 이름을 부른다.

기분이 좋은 날이면 블루는 시험 삼아 식물의 가시에 손가락을 꾹 눌러 보며 공주가 물레 바늘에 손가락을 찔리는 동화를 떠올리곤 한다. 기분이 안 좋은 날이면 그저 온 런던이 활활 타는 광경을 보려고 시간의 실 아래쪽으로 70년을 내려가곤 한다.

오늘은 기분이 몹시 안 좋은 날이다.

식물에서 열매 한 개가 떨어졌다. 블루는 가까스로 비명을 참고(만에 하나 그 열매가 하나의 문단이라면?) 흙에 떨어진 열매를 엄지와 검지로 주운 다음, 손바닥에 올려놓고 꼼꼼히 확인했다. 혹시라도 가시에 찔려 구멍이 나지는 않았는지, 개미가 한 모금 마실 만큼이라도 즙이 흐르지는 않았는지를. 아직은 때가 아니라고 그녀는 생각했다. 1년은 아무것도 아니었다. 이 편지를 무효화하는 편지, 이 편지의 모순을 반박하는 편지를 기다리는 시간이 고작 1년이라면. 그 답신의 도착 시한은 식물의 수명 자체인 셈이다.

솔직히 말하면, 블루는 모욕당했다. 이 어쩌나 노골적인지. 어쩌나 우악스러운지. 레드는 다음번 편지를 읽지 말라고 했다. 그런데 이렇게 편지가 도착했다. 스스로 독약이라고, 또한 블루의 애정과 레드의 성공이 걸린 시험이라고 공공연히 밝히는 편지가. 만약 저 열매를 먹으면 블루는 죽을 테지만…… 만약 블루가 먹지 않으면, 레드 측 진영은 블루가 눈치챈 것을 알고 레드를 의심할 테고, 블루 대신 레드를 처치할 것이다.

블루의 마음은 더 훌륭한 계략에 부서졌어야 한다. 그녀를 문 배신의 이빨은 더 날카로웠어야 한다. 그 많은 편지가…… 그 긴 사연이 있었는데. 그런데 이제 와서 고작 이렇게.

그럼에도, 블루는 식물의 잎을 쓰다듬는다. 그럼에도, 허리를 숙여 줄기의 냄새를 맡는다. 계피 향과 부패하는 악취가 섞인 냄새를.

뿌리까지 다 먹어 치우고 싶은 마음은 언제나 있었다.

열매는 둘이 편지를 주고받은 회수만큼 맺혔다. 블루는 열매한 개 한 개를 천천히 먹는다. 눈을 감고서, 몇 개는 단단한 입천장에 대고 으깨서, 몇 개는 이로 깨물어서, 달콤한 과육을 혀위로 굴리면서. 열매의 뒷맛은 씁쓸하면서도 여러 가지 맛이 나고 정향과 비슷하게 얼얼한 느낌도 드는데…… 가시가 입안의 볼 쪽 살과 목을 찌르며 파고들기 시작할 때는 욱하는 막막한 기분도 든다. 그녀는 하나도 놓치지 않고 느끼고 싶다.

식물의 섬유질을 씹으면서 블루는 금지된 새고기 요리법인 '오르톨랑'을 떠올리고, 더 깊은 교감이 일어나도록 머리에 하얀 천을 덮을까 하고 생각해 본다. 그러다가 입술에 흐르는 선홍색 피를 닦고 껄껄 웃지만 웃음소리는 점점, 점점 더 작아진다. 후려치는 듯한 맛을 한 모금도 놓치지 않고 삼키느라.

그러면서 생각한다. 너무 맛있어서 오히려 역하군.[2]

블루는 손으로 얼굴의 눈물을 닦으며 자신의 피와 눈물이 끈끈하게 섞이는 느낌을 받는다. 몸속이 휘휘 저이는 느낌, 자신의 존재를 거스를 기세로 시계 반대 방향으로 빙빙 돌아가는 느낌이 드는 것 같다.

블루는 일어서서 얼굴을 씻고, 손을 씻은 다음, 자리에 앉아 편지를 쓴다.

하지 마.

블루. 나 진심이야.

널 사랑해. 하지만 그만해. 이 편지는 읽지 마. 글자 하나하나가 살인을 목적으로 적혀 있어.

나의 가장 소중한 블루, 내가 가장 아끼는 블루, 지혜롭고 사납고 어리석은 블루, 네가 일찍이 죽음과 시간을 무시했던 것처럼 이 위협마저 무시해 버리지는 마. 이건 옆걸음으로 슬쩍 비켜갈 수 있는 위험도, 길에서 만난 뜻밖의 괴물도, 용도, 숲속에 사는 맹수도, 속여 넘기거나 쓰러뜨리면 그만인 이계의 신도 아니야. 그렇게 만만한 게 아니란 말이야. 이 편지는 너를 부서뜨리려고 쓴 글이야. 심지어 훌륭하게. 이걸 읽고 나면 너는 두 번 다시 되살아나지 못해.

편지를 내려놔. 그래도 우리에게는 서로가 남을 거야. 추억이자, 적으로. 우리는 시간 속에서 서로 추격하며 대적할 거야, 내가 너의 모습을 처음 알았던 그때처럼. 우린 앞으로도 춤출 수 있어. 적으로서. 이제 됐어. 살아가면서, 사랑하면서, 다른 건 신경 쓰지 마.

그만해, 내 사랑. 그만. 설사약을 구해서 먹어. 병원에 가든가, 치유 주술사를 찾든가, 누에고치처럼 생긴 너희 편의 의료용 장치 속에 들어가면…… 그러면 아직은 시간이 있어. 조금은.

젠장, 그만하란 말이야.

글을 한 줄 한 줄 써 나가면서 나는 이 편지를 읽는 네 모습을 상상할 수밖에 없어. 그리고 너의 몸이 읽지 말라고 반항을 하고 독이 너를 굴복시키는 동안 네가 무엇 때문에 여기까지 읽어 내려왔는지, 어째서 내 충고를 무시했는지도 상상하게 돼. 그 생각에 나는 속이 뒤집히는 것 같아. 만약 지금 이 대목에 이를 때까지 참고 읽었다면, 너는 나에게 과분한 상대야. 난 겁쟁이거든. 나는 우리 편이 나를 이용하도록 허락했어. 만약 네가 이 대목까지 읽었다면 나는 무기가 되고 말았다는 뜻일 거야. 우리 편이 나를 너의 가슴에 꽂아 넣었다는 얘기니까.

나는 그렇게 약해 빠졌어.

나를 버려. 당장 달아나. 아직 기회는 있어…… 아무리 미약해 보이더라도. 사랑해. 사랑해. 사랑해.

가.

영원한 너의 것
레드

내가 그렇게까지 썼는데도 아직 읽고 있군. 너도 참. 내 책략이 도무지 통하질 않는 상대야, 인디고. 네가 그대로 떠나서 목숨을 건지길 바랐는데. 하지만 넌 남았지. 아마 나도 그럴 것 같아. 나도 너와 똑같이 용감해지면 좋겠어. 만약 네가 그렇다면 말이야. 우리가 저마다 서로의 마지막 편지 몇 줄을 읽기 위해 똑같은 것을 포기할 수 있다면 좋겠어. 영원토록 변치 않게 물로 적은 그 편지를.

난 너를 사랑해. 네가 여기까지 읽어 내려왔다면, 내가 할 말은 그게 다야. 난 너를 사랑하고 또 사랑하고 또 사랑해. 전쟁터에서, 어둠 속에서, 바래져 가는 잉크 속에서, 물범의 피가 흩뿌려진 싸늘한 빙판 위에서. 나무의 나이테 속에서. 우주 공간으로 바스러지는 행성의 잔해 속에서. 부글거리는 물병 속에서. 벌침과 잠자리 날개 속에서, 별들 사이에서. 내가 어린 시절에 헤매다 도착해서 하늘을 올려다보던, 쓸쓸한 숲속 깊숙한 곳에서. 그때도 너는 나를 지켜봐 줬지. 네가 훗날 내 삶에 슬며시 되돌아왔을 때, 나는 그때 너를 알기 전부터 이미 너를 알고 있었어.

나는 네가 고독하고 침착한 존재인 걸 알아. 네가 꽉 움켜쥔 주먹이라는 것, 칼날이라는 것도 알고. 초록색으로 빛나는 가든이라는 세계에서 너는 날카로운 유리 조각이야. 그러면서도 나의 세계에는 결코 들어맞지 않지. 난 너에게 내가 생겨난 곳을 보여 주고 싶어. 너와 나란히 손을 잡고서, 내가 쌓아 올리고 지키기 위해 나섰던 세계를 보여 주고 싶어. 아마 너는 좋아하지 않겠지만…… 그래도 난 너의 눈에 비친 그 세계를 보고 싶어. 나도 너의 시간 타래를 볼 날이 오면, 우리가 이 소름 끼치는 광대놀음을 모두 등지고 새로운 타래를 찾을 날이 오면 좋겠어. 둘이서 함께, 우리 스스로의 힘으로. 지금 내가 바라는 건 그게 다야. 작은 집, 개 한 마리, 푸른 잔디밭. 너의 손을 쥐는 것. 내 손으로 너의 머리를 쓸어내리는 것.

난 그게 어떤 느낌인지조차 알지 못해. 그리고 넌……

미안해. 아니. 만약 우리가 여기까지 와 버렸다면, 네가 이렇게까지 이기적이라면…… 방금 그 미안하다는 말은 진심이 아니었어. 나는 너와 영원토록 싸웠을 거야. 시간을 누비며 너를 붙잡고 상대했을 거야. 너를 우리 편으로 전향시켰을 거고, 너한테 넘어가 너희 편으로 전향했을 거야. 무슨 일이든 했을 거야. 내가 이때껏 해낸 일은 수없이 많지만 그 두 배를 더 했을 거고, 그러고도 더 했을 거야. 그런데도 나는 지금 이렇게 바보처럼, 너한테 마지막 편지를 쓰고 있고, 너는 지금 이렇게 바보처럼, 내 마지막 편지를 읽고 있지. 우린 적어도 바보짓을 하는 쪽으로는 하나야.

나는 네가 이 글을 절대 읽지 않았으면 좋겠어. 쓰는 것만으로도 속이 거북해지는 글이니까. 여기까지 읽느라 네가 얼마나 고통스러웠을지 알아. 꼭 해야 하는 말은 언제나 너무 늦게 나오는 법이지. 난 이제 너를 멈출 수 없어. 너를 구할 수가 없어. 시간과 죽음에 맞서서, 우리를 찍어 누르려고 늘어서 있는 모든 권세 앞에서, 우리가 가진 건 사랑뿐이야. 너는 나에게 너무나 많은 걸 줬어. 역사를, 미래를, 내가 부서져 가는 와중에도 이 편지를 쓸 수 있는 평안을. 그 답례로 나도 너한테 뭔가 주면 좋겠는데…… 넌 아마 내가 이미 줬다고 생각하길 바라겠지. 그리고 우리가 함께 이룬 것은 당당히 버틸 거야. 저들이 짜 놓은 세상이 아무리 우리를 배척한다고 해도. 이미 이루어진 일이고, 영원히 남을 거야.

나는 어떡하면 좋을까, 하늘? 뭘 해야 할까, 호수? 파랑새, 붓꽃, 군청, 이 편지가 다 끝난 후에 무언가 더 계속되는 게 가능할까? 하지만 편지는 결코 끝나지 않아. 바로 그게 답이야. 우리는 영원하니까.

내가 가장 사랑하는, 나의 가장 푸르른 블루…… 처음에 그랬듯이 마지막에도, 그리고 그 사이의 모든 순간에, 너를 사랑해.

레드

---

1) 셰익스피어의 희곡 「맥베스」 5막 5장, 맥베스의 대사에서 인용.
2) 셰익스피어의 「로미오와 줄리엣」 2막 6장에 나오는 로렌스 수사의 대사에서 인용한 표현이다.

21

레드는 너무 늦게 도착한다.

애초에 오지 말았어야 했다. 사령관은 유심히 감시할 것이다. 이것은 그녀의 승리, 그것도 오랫동안 고대하던 승리이므로. 레드는 아랑곳하지 않는다.

레드는 꿈을 꾸는 일이 거의 없지만 이날 밤에는 꾸었다. 연극배우들과 휑뎅그렁한 무대가 나오는 꿈, 블루가 독이 든 열매를 이 사이에 물고 깨무는 꿈이었다. 그 꿈을 꾸고 나서 일어나며 레드는 비명을 질렀다. 땀에 흠뻑 젖은 채, 말문이 막힌 채, 정신은 또렷하지만 어찌 된 영문인지는 모르는 채로. 마치 영혼 속의 유리 한 장이 박살 난 것처럼. 두려움이 그녀를 사로잡았다. 그녀는 역사에 기록된 내용이나 스파이들의 보고서에 적힌 내용을 믿지 않을 것이다.

시간의 실은 누군가 들어서는 순간 그 자리가 불타오른다. 레드는 자신의 몸을 허공으로부터 분리하여 시간 실 위쪽의 백인종 거주 지대 어딘가에 내려선다. 그곳은 뒷간 냄새가 풍기는 진흙탕 길거리로, 유청처럼 희끄무레한 하늘의 미지근한 태양 탓에 서늘한 느낌이 든다. 레드는 바지 위에 기다란 겉옷을 걸치고 속이 비치는 장갑을 끼고 있다. 현지 사람들의 눈에는 벌거벗은 것이나 다름없는 차림새이다. 그녀가 나아가자 사람들이 파도처럼 이쪽저쪽으로 갈라져 길을 내준다. 이곳에 오래 있지는 않을 것이다. 가든은 당황한 나머지 시간의 실 위쪽에 서둘러 새싹을 심고 그녀를 붙잡으려고, 추적하려고, 죽이려고 한다. 그 낌새를 챈 사령관은 자기 부하 요원들을 보내 그녀의 뒤를 쫓는다.

그러거나 말거나.

레드는 멀리서 그 약재상을 관찰한 적이 있기에 그곳의 위치를 알고, 그래서 마른 과일과 약초와 중금속 냄새가 역하다 싶게 진동하는 아지랑이 같은 공기 속으로, 저마다 다른 속도로 건조되어 가는 식물 다발이 사방의 벽에 가득 걸린 공간 속으로 성큼성큼 들어선다. 주인인 연금술사는 눈물을 줄줄 흘리는 과부 손님과 상담하는 중이다. 둘은 놀라고 겁먹은 표정으로 레드를 멍하니 바라보고, 레드는 장갑 낀 손을 한 번 까딱하는 것만으로 그들을 꼼짝도 못 하게 한다. 그러고는 계단을 올라가 조수의 방을 찾는다. 문을 한 번 두드리고, 으르렁거리는 소리를 내더니, 문짝을 경첩에서 뽑혀 나갈 정도로 세게 밀어젖힌다.

그리고 방 안에는 블루가 누워 있다. 침대에 널브러진 채.

어쩌면 햇살에 감싸여 잠이 든 것도 같지만, 그렇지 않다. 이미 피가 엉겨 붙기 시작했으므로. 레드는 그 독이 고통 없이 끝내 주기를 바랐지만 가든의 요원들은, 블루 같은 이들은, 생명력이 강하고, 그 생명력을 끊으려면 야만적인 수단이 필요하다. 블루는 죽을 기세로 싸우다…… 아니, 레드는 처음에는 '죽을 기세'라는 말을 차마 떠올리지 못하지만, 이는 위선이다. 자신의 잘못으로 벌어진 일이므로. 적어도 그 책임을 회피하지는 말아야 한다. 그러니 다시 말하자면.

블루는 차분하게 죽기 위해 최선을 다했다. 레드가 고통의 흔적을 알아보는 까닭은 단지 그것을 찾는 법을 알기 때문이고, 한편으로는 블루가 무언가 숨기는 것이 있을 때 어떻게 보이는지 알기 때문이다.

그럼에도, 저 표정은. 단단히 굳어 버린 턱은, 살짝 벌린 입술은. 올라오지도 내려가지도 않는 가슴은. 살짝 벌어진 눈꺼풀은,

그 사이로 보이는 핏발 선 흰자위는.

블루는 가슴 위에 놓인 한쪽 손에 편지를 쥐고 있다. 편지 겉봉에 적힌 것은, 레드의 이름이다. 진짜 이름. 블루는 그 이름을 알면 안 된다. 하지만 따지고 보면, 블루는 그 이름을 모른다고 한 적이 한 번도 없다. 마지막 고백이다. 마지막 골탕 먹이기.

편지는 봉인되어 있다.

하늘이 무너져 버려야 하는데.

세상은 텅 비었고, 그 속의 수많은 타래들은 껌처럼 끈끈하게 엉겨 붙은 부조리일 뿐이다. 다 죽어 버리면 그만인.

레드는 침대 곁에 털썩 무릎을 꿇는다. 블루의 머리카락을 쓸어내리다가 쥐어 보지만 상상했던 느낌하고는 다른데, 이는 최후의 짓궂은 장난이 된다. 레드는 머리카락을 꽉 움켜쥐고 두 개골의 느낌을, 그 정적을 음미하다가, 흐느끼느라 목이 메어 제 풀에 침묵한다.

창밖에서는 하늘의 색이 변한다. 죽은 나무로 된 널빤지 바닥에서 넝쿨이 솟아오른다. 잘 정돈된 가든과 싸늘한 냉기가 감도는 에이전시의 복도를 따라 경보음이 울려 퍼진다. 요원들은 정체가 드러나고, 위험에 처하고, 죽는다. 괴물들이 시간의 실 위쪽으로 기어오른다. 레드를 찾으러, 죽이러, 구하러.

레드는 블루를 끌어안고 차갑고 딱딱한 느낌을 받는다. 세계가 덜덜 떨리고, 하늘이 캄캄해진다. 가든은 이 시간 가닥을 통째로 태워 버릴지도 모른다. 감염이 실 아래쪽으로 퍼지도록 놔두느니, 차라리.

그러나 겁쟁이의 본능 같은 것이 발동한 덕분에, 하늘이 캄캄해지고 바깥에서 비명이 들려오기 시작할 즈음, 레드는 편지를 움켜쥐고 달아난다.

레드는 빠르고 거침이 없고, 뒤쫓아 오는 무리와 달리 고향으로 돌아가는 길을 영영 못 찾는다 해도 아쉬울 것이 없다. 그리하여 이 실에서 저 실로 미끄러져 이동한다. 그녀 주위에서 도시들이 피어나고 썩어 간다. 별들이 숨을 거둔다. 대륙이 이동한다. 모든 것이 시작되고 모든 것이 종말을 고한다.

레드는 어느새 세상의 끄트머리인 절벽 위에 서 있다. 인류의 찌꺼기의 찌꺼기가 스스로를 지워 없애려 했는지, 지평선에 버섯구름이 뭉게뭉게 피어오른다.

편지를 눈앞으로 드는 사이에 두 손이 부들부들 떨린다. 봉인은 얼룩이자, 점이자, 결말이다. 그것은 레드를 비웃는다. 얼굴이 시뻘게진 채 허기를 느끼는 레드만큼이나 붉은색을 띠고서. 그녀는 차라리 이곳에 커다란 이빨이 있어서 그 아래에 웅크리고 앉았으면, 몸을 숨겼다가 잡아먹혀 삼켜지고 그리하여 사라져 버릴 입 같은 동굴이 있었으면 하고 바란다. 여기가 끝이다.

블루는 레드의 말을 들었어야 했다. 달아났어야 했다. 어떻게 이런 식으로 죽어 버린단 말인가? 어떻게 죽을 수가 있단 말인가?

눈물에 처음 녹아 있는 것은 분노이지만, 분노는 금세 증발한다. 눈물은 남는다.

레드는 봉투 날개 아래에 손가락을 넣고 당긴다. 봉인이 등뼈처럼 간단하게 부서진다.

레드는 편지를 읽는다.

레드 주위에서는 세계가 불탄다. 식물들이 시든다. 파도가 주검을 싣고 와 바닷가에 널어놓는다.

레드는 하늘을 올려다보며 비명을 지른다. 설명을 듣고 싶은 나머지 있다고 믿지도 않는 존재들을 외쳐 부른다. 그녀는 신이 있기를 바란다. 그래야 그 전능한 여성을 저주할 수 있으므로.

레드가 다시 편지를 읽는다.

방사능을 머금은 바람이 레드를 쓸고 지나간다. 숨겨진 장기들이 그녀를 살리려고 몸속에서 깨어난다.

레드의 등 뒤에 그림자가 서 있다.

레드가 돌아서서 그림자를 본다.

레드는 이때껏 추적자를, 자신의 그림자를 본 적이 없다. 심지어 지금도 윤곽만을, 흐릿하게, 맑은 강물에 빠진 수정처럼 어른거리는 모습으로 볼 뿐이다. 그리고 한쪽 손도. 앞으로 내민 손. 에이전시의 피조물은 절대 아니고…… 가든이 만든 것도 아니다. 이는 필시 수수께끼이자, 비밀의 베일을 벗기는 열쇠이다. 해답이다.

무슨 상관인데? 레드는 생각한다. 그게 다 뭐가 중요한데?

레드는 그 투명하게 어른거리는, 자신을 향해 다가온 손에 편지를 꾹 눌러 쥐여 주고는, 절벽에서 뛰어내린다.

절벽의 바위가 기다란 잔상을 남기며 위쪽으로 쏜살같이 사라지고 또 다른 바위들이 가까워지고 하늘이 폭격의 폐허가 되어 가는 동안 레드는 절망을 꼭 붙들고 놓지 않지만, 바닥에 닿기 직전의 마지막 순간에 결국 놓아 버린다. 이런 결말은 레드에게 과분하다. 너무 간단하고, 너무 빠르다. 블루가 레드에게 이토록 깨끗한 죽음이라는 영예를 바칠 리가 없다. 그리고 레드는 늘 겁쟁이였다.

흐느끼며, 욕을 중얼거리며, 풀죽은 채로, 바위까지 머리카락 한 올 굵기만큼 남은 지점에서, 레드는 과거로 사라진다.

아아, 레드.

내 안에 깃든 너라는 소용돌이. 몸부림. 너는 내 핏줄 속에
풀려난 채찍이야. 그리고 나는 그 채찍이 뒤로 젖혀지는 순
간과 날아와 때리는 순간 사이에 편지를 써.
물론 너에게 쓰는 거야. 네가 적어 보낸 말들은 당연히 먹
어 버렸고.
나는 스스로를 글로 써 볼 거야. 그러니까, 나 자신을 정리
해서 네가 읽을 수 있는 것으로 만들어 보겠다는 말이야.
종이와 깃펜을 붙잡은 건 다른 어떤 수단도 고를 시간이,
지금은, 없기 때문이야. 그리고 이렇게 하는 건 그 나름의
방식으로 드물게 누리는 호사야. 눈에 빤히 보이는 방식으
로 쓰는 것. 지금 일어나는 중인 사건을 내가 실제로 느끼
는 리듬에 맞추어 글로 쓰는 것. 그건 그 나름의 방식으로
매혹적이야. 내가 적에게서 원하는 전부이기도 하고. 내가
치는 박수 소리가 너한테도 들리면 좋을 텐데.
브라바, 나의 석류. 잘했어. 10점 만점에 9점이야.
(나는 1점은 늘 아껴 두곤 해. 다음번에는 손에 닿지 않을 곳까지
나아가라고 격려하는 의미에서.)

어금니에 느껴지는 통증이 참 흥미롭군. 식은땀이 나는 단계는 이미 지났고 지금은 손이 슬슬 떨리는 참이라, 글씨가 형편없는 악필인 건 아무쪼록 이해해 주면 좋겠어. 비뚤배뚤한 내 글씨를 곧 너의 승리로 읽으면 돼.

있잖아, 난 처음에는 실망했어. 너의 이중 속임수가 너무 빤히 보였거든. 내 생각에 넌 지나치게 우겼던 것 같아. 하지만 결국에는 효과가 있었어. 내가 너의 독이 든 사과를 깨물었으니까. 나를 위해 마련된 유리관은 없을 거야. 너희 부대는 나를 그런 관에 넣어서 전시하고 싶은 마음이 굴뚝같겠지만 말이야. 그리고 나를 다른 이야기 속으로 굴러떨어지게 만들 시체 애호증 왕자님 같은 것도 절대 없을 테고.

너는 우리 편에서 정말 멋진 요원이 됐을 거야, 정말로. 이번 일에서 내가 슬퍼할 이유가 있다면, 그건 바로 네가 엉뚱한 곳에 있다는 사실이야. 차갑고 날카로운 장소에, 너의 살갗을 뚫을 흥분 같은 건 하나도 없는 곳에, 쾌적하고 안전하게.

시간의 바늘은 홈을 따라 내려오며 나선으로 회전해. 그 반면에 나는 서서히 움직임을 멈추는 한편으로 시간으로부터 쏜살같이 벗어나고. 그 느낌을 우주와 함께 음미하는 건 왠지 뿌듯한 일이야. 나는 딱 한 번 죽은 적이 있는데, 그 한 번이 언제인지는 너도 나한테 들어서 알 거야. 그건 꽤 별난 경험이었어. 존재가 지워짐으로써 더 커다란 이야기와 연결되다니, 참 신기하지.

난 너를 사랑했어. 그건 진실이었어. 아직 남아 있는 나의 일부는 지금도 어쩔 도리 없이 너를 사랑해. 네가 이기는 방식이 이거야, 레드. 긴 시간에 걸친 게임에서, 교묘한 수단을 영리하게 사용하는 것. 너는 무슨 교향곡을 연주하듯이 나를 다뤘어. 그러니까 그렇게 훌륭한 배신자인 너를 내가 살짝 자랑스러워하는 것 정도는 기분 나쁘게 여기지 말았으면 해.

이제 나에게 너는 검은과부거미의 등에 있는 빨간 모래시계 무늬로 보여. 서늘한 피로 내 수명을 조금씩 흘려보내는 모래시계. 내 몸의 어떤 부분이 뒤에 남든 간에, 나는 그 위로 몸을 숙이는 네 모습을 상상해. 나노봇을 수의처럼 펼쳐 가동하면서 나의 잔해를 부수고, 학습하고, 소모하는 네 모습을. 다 끝나면 탈진할 정도로 깔끔한 작업일 테지. 숫제 지루하기까지 할 거야. 그전에 내 숨이 다 끊어졌으면 좋겠어.

고통이 정말이지 뼈를 깎는 것 같아. 실은, 멋진 느낌이야.

더는 허기를 느끼지 않아도 되는 건 이런 기분일까? 그 반대일 때보다 훨씬 덜 수고스러워. 시간의 실 위쪽으로 되돌아갈 수 있다면 좋을 텐데, 그러면⋯⋯.

여기까지인가 봐. 편지를 봉인할 힘은 남겨 둬야 하니까. 리빗 부인이라면 그 말을 어떻게 다르게 표현할까? 엘리자베스 하드윅이라면, 채터턴이라면?

고마워, 레드. 정말이지 숨 막히게 짜릿한 여정이었어.

잘 있어, 나의 주목 열매, 나의 양앵두, 나의 디기탈리스.

너의 것
블루

22

레드는 시간을 죽인다.

그녀는 과거라는 베일 속으로 성큼성큼 들어선다. 불길을 가운처럼 걸친 여성의 모습을 하고서, 두 손은 적이 흘린 피에 흠뻑 젖은 채로. 그녀의 손톱은 상대의 등살을 저미는 면도날이다. 그녀는 길고 호젓한 회랑에 늘어진 그림자처럼 상대를 따라다니고, 발걸음은 메트로놈처럼 정확한 박자를 유지해서 절대로 벗어날 수 없다. 그녀는 구불구불한 고철 더미로 변해 버린 몸바사와 클리블랜드에 타락한 천사의 자비를 베푼다.

사령관은 약재상의 가게에서 정체를 노출했다는 이유로 질책을 퍼부었지만, 레드는 직접 가서 봐야만 했다고 우긴다. 위협이 사라졌는지 확인해야 했다고. 사령관이 믿었을까? 어쩌면 안 믿었을지도 모른다. 어쩌면 살아남은 것 자체가 고문의 한 가지 형태인지도 모른다.

레드는 평소에 부족하다는 이유로 블루에게 놀림을 받았던 세련미를, 우수한 요원의 임무 수행에 필요한 호승적인 인내심을, 아예 모조리 잃어버린다. 도구조차 버리고서, 가장 징그럽고 원시적인 육체를 사용하는 지경으로 퇴보한다. 이 전투에서 승리하고 저 전투에서 패배하고, 사악한 늙다리 남자가 소유한 마천루의 펜트하우스 욕실에서 그 남자를 목 졸라 죽이며 공허감을 느끼는데 왜냐하면 이는 실제로 공허한 일이기 때문이다. 시간을 누비며 벌이는 전쟁에서 유령을 죽여 봤자 오래 남는 이득이 뭐가 있겠는가? 유령들은 시간의 실을 살짝 움직이기만 해도 되살아나거나, 아예 다시는 처형자의 칼날과 만나지 않을 별개의 삶을 살지 않던가? 살인은 지루한 임무이다. 죽이고 또 죽여야 한다. 잡초를 벨 때처럼. 그 시시한 괴물들 전부를.

죽음은 이내 잊히게 마련이지만 중요한 죽음은 다르다.

레드는 이렇게 총력전에 별 도움이 되지 않는다. 차라리 삽을 들고 눈이나 치우는 게 더 나을 것이다. 그러나 그녀는 영웅이고, 영웅은 마음이 내키면 눈 치우는 일도 맡을 수 있다.

가든은 레드를 노리고 무기를 보낸다. 초록빛 풀냄새를 풀풀 풍기며, 느닷없이 울부짖으며, 외계의 타래에서 기묘한 각도로 내리꽂혀 레드가 걷는 유령들의 땅을 향해 기묘한 각도로 내리꽂히는 무기들을. 죽이거나 죽임당하기에 어울리는 파트너들이다.

　레드는 유럽을 찾아간다. 블루가 이곳을 좋아했으므로.

　이제는 머릿속에 그 이름을 떠올린다. 위험할 게 뭐 있을까?

　레드는 런던이 세워졌다가 불타는 광경을 본다. 시간의 실 위쪽에서 그리고 아래쪽에서. 그녀는 세인트 폴 성당의 첨탑 꼭대기에 앉아 차를 마시며 미치광이들이 런던에 폭탄을 투하하는 동안 다른 미치광이들이 납 지붕 위를 부리나케 뛰어다니며 불을 끄는 광경을 구경한다. 로마 군대에 맞선 반란에 가담하여 적진에 창을 던진다. 역병이 돈 해에는 대화재를 일으킨다. 다른 시간의 실에서는 그 화재를 진압한다. 그녀는 반항도 하지 않고 폭도들의 손에 갈가리 찢긴다. 윌리엄 블레이크가 다락에서 묵시록의 정경을 시로 끄적거리는 동안 그녀는 콜레라가 덮친 거리를 거닌다. 그 도시가 로봇들에게 점령당하거나 폭동으로 폐허가 되거나 단순히 사람들에게 버려진 이후에도, 그토록 사랑받던 도시의 역사가 신처럼 하늘로 박차 오른 존재들의 허물이 되어 버린 후에도, 어떤 시간 가닥에서는 지하철이 다니고, 그녀는 승객도 없이 점점 녹슬어 가며 노선을 운행하는 그 지하철에 올라, 어디서 나는지 알 수 없는 악취를 맡는다. '겁쟁이.'

지하철은 그녀를 그렇게 부른다. 이제 와서 아니라고 다퉈 봐야 별 소용이 없다. 계속 살아가는 겁쟁이, 끝을 찾아 헤매는 겁쟁이이므로.

불사의 존재라 할지라도 서클 노선을 탈 수 있는 시간은 정해져 있다. 레드는 물이 뚝뚝 떨어지는 터널 속을 정처 없이 걷는다. 쪼르르 돌아다니는 영리한 쥐 떼와 걸음을 맞춰서. 쥐들은 쿵쿵대고 쉭쉭대며 꼬리로 벽돌 벽을 훑고 다니고, 레드는 그런 쥐들이 자신을 막아 세웠으면 하고 바란다. 쥐들은 그 정도로 어리석지는 않다. 아니면 잔인해서 그러든가. 레드가 바닥에 털썩 무릎을 꿇자 쥐 떼가 파도처럼 몰려와 그녀를 뒤덮고, 뺨에 쥐 수염의 감촉이 선명하게 느껴진다. 쥐들의 꼬리가 귓바퀴를 감싸고, 그 파도가 지나간 후에 그녀는 또다시 울고 있고, 어머니 같은 것은 처음부터 가져 본 적이 없지만 그녀는 어머니의 손길이 어떤 느낌일지 알 것 같다는 생각이 든다.

레드는 태양을 떠올린다. 하늘을 떠올린다.

지하에 언제까지나 머물 수는 없다. 어째서 이 역을 골라 내렸는지는 스스로도 알 길이 없지만, 레드는 선로를 뒤로하고 위쪽으로 올라간다.

마지막으로 도시를 한 번 더 볼 것이다. 그리고 그다음은.

흔들림 없이 침착한 와중에도 그다음은 떠오르지 않는다.

레드가 걸음을 멈춘다. 손은 계단 난간에 얹은 채로, 문득 어떤 예감에 압도당한다. 그것은 일이 다 끝나고 계단을 내려갈 때 뒤늦게 떠오르는 재치 있는 생각이 아니라 정반대의 것, 귀에 대고 이렇게 속삭이는 예감이다. 이 계단을 올라가 익숙한 공간으로 향하면, 그 방의 문을 두드리면, 그 문이 열리면, 너의 세상은 변할 것이라고.

한참 후에, 레드는 자신이 지금껏 내내 벽화를 보고 있었던 것을 알아차린다. 오래된 그림의 모사본인 그 벽화는 까마득히 오래전에 불타 재로 변한 미술관을 광고하려고 그린 것이다. 그 광고가 이곳에 여태 살아남아 있었다. 벙커 같은 이 지하철역 안에.

벽화 속 침대 위에 죽은 소년이 누워 있다. 창문 아래쪽에.[1]

소년의 한 손은 오르락내리락하기를 멈춰 버린 가슴을 쥐어뜯고 있고, 다른 손은 바닥에 늘어져 있다. 소년은 용모가 아름답다. 그리고 파란색 바지를 입었다.

레드는 비틀비틀 물러나 벽에 기대어 선다.

반쯤 열린 창문. 침대 옆에 축 늘어진 겉옷. 열려 있는 상자. 허리를 틀어 한쪽 옆을 위로 향한 둔부. 벽화 속 구도는 블루의 최후와 구석구석까지 똑같다. 가슴에 편지가 없는 점, 또 침대 위 소년의 얼굴이 블루와 전혀 닮지 않은 점만 빼면. 일단 소년의 머리카락은 붉은색이다.

두려움이 지하의 레드를 사로잡는다. 그녀는 생각한다. 이건 틀림없이 함정이야. 그녀는 자신보다 훨씬 더 교활하고 거대한 정신에게 주시당하는 기분이 든다. 하지만 이것이 함정이라면, 그녀는 왜 여태 살아 있을까? 이건 무슨 게임이지, 사파이어? 이런 식으로 천천히 승리를 거두기도 하나, 얼음 심장?

벽화 속의 죽은 소년은 그대로 남아 있다.

훗날의 위조범들이 실패한 원인이었지. 토머스 채터턴, 그 '천재 소년'도.

그리하여 레드는 깨닫는다. 블루가 자신을 죽이지 않으리라는 것을. 레드는 안다. 처음부터 알았다.

그렇다면 어째서? 놀려 주려고? '나는 세상을 향해 나 스스로를 편지로 쓸 거야, 모든 시간 타래에서 네가 보고 애도하도록' 같은 의미로?

그렇다 하더라도. 레드는 이 그림에 숨겨진 의미들을 알아보지 못했다. 그렇다면 사령관도 마찬가지로 알아보지 못할 것이다. 사령관에게 예술이란 흥밋거리, 순수한 수학을 향한 여정의 우회로에 지나지 않으므로.

레드는 스테가노그래피를, 글 속에 글 감추기를, 나무의 나이테를 생각한다.

나는 스스로를 글로 써 볼 거야…… 나 자신을 정리해서 네가 읽을 수 있는 것으로 만들어 보겠다는 말이야.

레드는 블루의 마지막 편지를 떠올린다. 긴 시간에 걸친 게임에서. 블루는 그렇게 적었다. 교묘한 수단을 영리하게 사용하는 것. 이런 구절도 기억난다. 채찍이 뒤로 젖혀지는 순간과 날아와 때리는 순간 사이에. 그리고 석류도, 석류가 무엇을 의미하는지도 떠오른다.

석류는 목에 걸려 잘 넘어가지 않는다. 석류는 씨앗 수백 개로 흩어진다. 석류는 대지의 딸들을 죽음의 땅으로 데려가지만…… 죽음은 그들을 차지하지 못한다.[2]

이것이 단순한 사고에서 비롯된 허황된 환상이 아니라면, 도대체 뭘까? 죽음과 시간에 맞서 지푸라기라도 잡으려는 시도가 아니라면 뭐란 말인가?

사랑이란 원래 그런 것이 아니던가? 아니라면 무엇이……

시간의 실 위쪽으로 되돌아갈 수 있다면 좋을 텐데. 블루는 그렇게 적었다.

레드는 생각한다. 기회는 있어.

기회? 차라리 함정이라고, 유혹이라고, 친절한 낯을 한 자살이라고 해야 할 것이다. 그중 어떤 이름이라도 진실에는 더 가까울 것이다.

모든 가정의 토대는 이 그림이 블루가 보낸 메시지라는 것이다. 절망에 빠진 레드가 조각난 이미지들 속에서 의미를 더듬더듬 찾아내어 꾸며낸 것, 다음 시간 타래가 일그러지면 다 쓸려나갈 것이 아니라. 예술품은 전쟁 중에 만들어지기도 하고 사라지기도 한다. 지하철역의 벽에 그려진 그림은 우연일 수도 있다. 레드가 꾸며낸 환상인지도 모른다.

그럼에도.

기회는 있다.

레드가 만든 독은 가든의 요원을 죽이도록 설계되었다. 블루 같은 요원을. 그런 반면에 레드와 같은 편에 속한 존재에게는 어떠한 효력도 발휘하지 않는다. 레드의 유전자 암호, 레드의 항체, 레드의 저항력을 지닌 존재에게는.

가든은 요원들이 탁아소에서 자라나는 동안 주위에 함정을 파서 그들을 보호한다. 블루는 어린 시절 탁아소에서 하마터면 죽을 뻔했다. 뿌리로부터 잘려서, 불구가 되어. 그 결과 그녀의 의식 속에는 구멍이 있다. 그리고 모든 구멍은 하나의 입구이다.

레드는 본래의 모습으로 그 탁아소에 가까이 갈 생각은 아예 하지도 못한다. 가든이 오로지 자기 편만 접근하도록 허용하기 때문이다.

블루는 본래의 모습대로라면 살아남지 못한다. 레드는, 본래의 모습대로라면, 블루에게 닿지 못한다.

그러나 둘은 시간을 누비며 자신들의 부스러기를 뿌리고 다녔다. 잉크와 기발한 글쓰기 수단, 종이에 묻은 피부 박편, 미세한 꽃가루, 피, 기름, 깃털, 기러기 심장 같은.

훗날의 산사태를 위해 놓인 돌덩이들. 식물의 모습을 바꾸고 싶다면, 뿌리부터 시작해야 하는 법.

레드가 짜는 작전은 스스로도 헤아릴 수 없을 만큼 많은 방식의 죽음을, 또 그 과정에서 겪는 고통을 수반한다. 만약 사령관에게 들켰다가는 오랫동안 천천히 고문당한 끝에 환각에 빠져 횡설수설하며 죽음을 맞을 것이다. 만약 가든에게 들켰다가는 외부 장갑이 뜯겨 나가고 살이 발라지고 피부가 벗겨질 테고, 정신은 위축되어 쪼그라들 것이며, 손가락은 부러져서 한 덩어리로 오그라들 것이다. 피도 눈물도 없기는 저쪽도 레드와 마찬가지이므로. 그녀는 자신이 블루와 함께 남기기가 무섭게 지워 없앤 자신들의 발자취를 따라가야 하고, 적과 한때의 동료들을 피해야 한다. 그러고 나면 마침내 적의 품속으로 걸어 들어갈 차례이다. 설령 그녀가 최상의 상태라 할지라도 성공하리라는 확신은 조금도 없다.

결심은 레드의 배 속에서 보석처럼 단단하게 굳어진다.

희망은 꿈인지도 모른다. 그러나 레드는 그 꿈을 현실로 만들고자 싸울 것이다.

레드는 손을 뻗어 벽에 그려진 죽은 소년의 손을 만진다.

그러고는 시간의 실을 거슬러 올라가 추적을 시작한다.

---

1) 벽에 그려진 그림은 영국의 화가 헨리 월리스가 그린 『채터턴의 죽음(The Death of Chatterton)』(1856)이다(앞서 언급된 소년 시인 토머스 채터턴의 최후를 묘사했다.).

2) 그리스 신화의 페르세포네 이야기를 가리킨다. 제우스와 데메테르의 딸 페르세포네는 저승의 지배자 하데스에게 납치되었을 때 석류를 먹는 바람에 이승으로 돌아온 후에도 한 해의 몇 달은 저승에서 보내야 했는데, 여기에서 사계절의 순환이 시작되었다.

23

레드는 결코 어리석지 않다. 그래서 목숨이 걸린 이번 작전의 첫 단계는 자가 수술이다. 그녀는 13세기의 톨레도에서 구입한 칼날이 얄따란 단검으로 자기 몸을 찔러 익히 아는 추적 장치를 부서뜨린다. 그래 봤자 역사의 타래를 오르내리다 보면 사령관에게 추적당할지 모르지만 우선은 시간을 벌 수 있고, 레드가 움직이는 속도는 빠르다.

첫 번째 편지는 식은 죽 먹기이다.

당연히, 둘은 자신들이 감시당하는 것을 아직 모른다. 그저 막연히 조심할 뿐이다. 레드는 파괴된 전함의 그늘에서 모습을 드러내어 둘이 함께 산산이 무너뜨리고 떠나 버린 세계의 하늘을 가만히 올려다본다. 편지는 재가 되었다. 레드는 손가락을 그어 피를 낸 다음, 세계가 무너져 내리는 동안 피와 재를 섞어 반죽한다. 거기에 현란한 빛과 기이한 소리를 더한다. 그리하여 시간에 주름을 잡는다.

천둥소리가 가까워진다. 세계의 복판이 갈라진다.

재는 종이로 변하고, 그 종이 윗부분에는 넝쿨처럼 치렁치렁하게 흘려 쓴 사파이어색 글씨가 적혀 있다.

레드는 그 글을 읽는다. 첫 문장을 따다가 자기 안에 새긴다. 우리는 이렇게 이길 거야.

레드는 사람이 없는 병원의 MRI 안에서 물병을 발견하고 거기에 든 물을 마신다. 지하 사원의 바닥없는 동굴 속에서, 레드는 위에서 떨어진 뼈다귀를 이로 갉아 댄다. 거대한 컴퓨터의 심장부에서 광학 회로를 투시하여 들여다본다. 눈 덮인 숲속의 공터에서, 나무 형상을 한 편지의 거스러미를 살갗에 찔러 넣는다. 그녀는 그것들을 자기 몸속에 넣고 조정한다. 그리하여 블루의 색에서 빠져 있던 색조들을 모조리 찾아낸다.

편지 속의 조롱 섞인 말투가 변해 가면서, 레드는 더욱 창의성을 발휘해야 한다. 잠자리를 잡아먹는 거미로. 눈물과 그 눈물 속에 친친 감겨 있는 효소를 마시는 그림자로.

레드는 공룡 습지에서 울고 있는 자신을 지켜본다. 이곳이 어린 레드가 자신을 쫓는 그림자를 잡으려고 놓은 덫인 것을 알면서도, 차오르는 눈물은 찌릿하고 뜨겁다. 그녀는 도저히 참지 못하고 손을 뻗고, 어린 자신을 쓰다듬으며 이렇게 말하려 한다. '나 여기 있어.' 때로는 포옹을 목 조르기로 오해하리라는 것을 알면서도 상대를 끌어안는 수밖에 없는 경우가 있다. 그녀는 어둠 속에서 어린 자신을 끌어안고 엎치락뒤치락하다가 상대의 타격에 고관절이 부러져 고통에 휩싸인다.

과거라는 미로 속을 짚어 가며 레드는 편지들을 다시 읽는다. 자신과 블루를, 이제는 너무나 어려 보이는 그 둘을 다시금 빚어낸다. 마음속에서.

레드는 편지에 적힌 글을 홍수에 휩쓸린 배의 돛대처럼 부여잡는다. 인정도 사정도 봐주지 않는 레드, 몽골 군단, 아틀란티스의 저주, 너무나 예리하고 눈부시게 벼려져서 네 몸을 가르고 새로운 것을 분출시킬지도 모르는 허기. 장미 열매 차. 책을 읽어 보겠다는 약속. 내가 너한테 허기를 가르쳐 줬을지도 모른다는 걸. 서로가 서로를 배려하는 마음.

단서를 찾아 나선 레드 앞에 줄줄이 떨어진 빵 부스러기는 어찌나 많은지! 수리부엉이. *사실상 그곳 사람들의 모습을 띠어야만 해.* 블루는 얼마나 오랫동안 이 작전을 세웠을까? 얼마나 오랫동안 알고 있었던 거야, *나의 무드 인디고?*

아니, 애초에 알기는 했을까? 연결 고리라고 해 봐야 사소한,

부정하면 그만인 것들이다. 빵 부스러기는 그냥 부스러기인지도 모른다. 그러거나 말거나 레드는 그 부스러기들을 냉큼 삼킨다. 마음은 이미 정했다. 의심을 위해 비워 둘 자리는 없다.

레드는 미쳤는지도 모른다. 그러나 광기 때문에 죽는 것 역시 무언가를 위해 죽는 것이다.

사령관의 요원들이 낌새를 채고 레드의 뒤를 쫓는다. 그들은 정성공의 함대에 소속된 해적선이 침몰할 때 그 배 안에 레드를 가둔다. 레드는 요원들을 신속하고 정확하게 쓰러뜨린 다음, 그들의 위장용 보호막을 벗겨내어 자기 몸에 두른다.

편지는 단순한 글 이상이다. 레드는 블루를 자기 안으로 읽어 들인다. 눈물, 숨결, 살갗을. 그런 것들은 대부분 쓸려나가고 없지만, 몇몇은 아직 남아 있다. 레드는 편지에 남은 말들을 단서로 블루의 의식을 닮은 모형을 만든다. 편지를 거푸집 삼다 자신의 몸을 주조한다. 블루와 거의 똑같아지도록.

그리고 마침내, 레드는 세상 끝의 절벽 위에 서서 손을 내밀며, 눈앞의 세상 속에서 흐느끼는 자신을 보며, 가슴이 무너져 내린다. 자신을 스스로의 두 팔로 안아 주고 싶다. 격렬하게 부둥켜안아서 터뜨리고 싶다.

눈앞의 세상 속 상심한 레드는 블루의 마지막 편지를 뒤늦게 온 자신의 손에 꾹 쥐어 준 다음, 절벽 아래로 몸을 던지지만,

죽지 않는다.

편지는 남는다. 봉인도, 속에 피 한 방울을 품은 밀랍도.

시간의 실 위쪽으로 아득히 먼 어느 바위섬에서, 레드는 봉인을 자신의 혓바닥에 올려놓고 씹은 다음, 삼키고, 허물어지듯 쓰러진다.

레드는 블루의 색으로 자신을 가린다. 피로, 눈물로, 살갗으로, 잉크로, 말들로. 자기 안에서 일어나는 성장의 고통으로 몸부림친다. 동형 접합을 일으키는 줄기세포로부터 새로운 장기들이 피어나 예전의 자신을 밀쳐 낸다. 초록 넝쿨이 심장을 휘감고 움켜쥐고, 레드는 그 넝쿨의 맥동이 심장 박동과 일치할 때까지 구토를 하고 땀을 쏟는다. 그녀의 살갗 아래에서 다른 살갗이 자라나 물집을 만들고, 터진다. 그녀는 한 마리 뱀처럼 바위에 몸을 긁어 대다가 변신한 모습으로 널브러진다. 거기가 끝이 아니다. 그녀의 의식 가장자리를 따라 또 다른 의식이 어지럽게 일렁인다.

레드는 스스로가 생경하게 느껴진다. 지금 자신이 깃든 것과 똑같은 육체를 죽이며 수천 년을 보냈으므로. 메마른 아침 햇살이 바다의 물보라에 부서져 무지개로 반짝인다.

레드의 변신이 발각되지 않고 넘어가기란 불가능하다.

시간의 실들이 빛나며 휘파람같이 날카로운 소리가 들려온다. 레드의 자매와도 같은 병사들의 발소리이다. 에이전시가 감지한 것이다. 그녀의 배신을, 자기들의 영웅이 전향한 것을. 이제 그녀는 고깃덩어리 신세이다. 그들의 이빨 앞에 놓인.

이 정도로 벌써 저렇게 화가 났다면, 다음 속임수에 진탕 놀아난 후에는 어떨지 두고 볼 일이다.

레드는 현재의 시간 가닥에서 몸을 던져 시간 타래 사이의 공간으로 곤두박질친다. 이제 시간이 다르게 느껴진다. 레드는 자신으로 남아 있지만, 한편으로는 연인의 메아리이자, 부적절하게 잉태된 생명이자, 이도 저도 아닌 존재이다. 으르렁대며 뒤를 쫓는 사냥개들은 그녀의 자매들, 가장 용맹하고 빠른 병사들이지만, 그녀의 목적지가 어디인지 알아채고 하나둘 추격을 그만둔다. 마지막 하나, 자기 몸을 지키기에는 너무도 강하고 어리석은 이는 그대로 남아 점점 더 가까워진다. 레드의 뒤꿈치에 손이 닿을 정도로. 그러나 앞쪽에는 초록빛 장벽이 어렴풋이 보인다. 여러 미래가 그들 편에서 저들 편으로 바뀌는 높다란 국경이.

레드는 그 장벽에 충돌하고, 장벽은 레드 안의 블루를 읽고 부글부글 끓어오르며 처음에는 저항하고, 이 때문에 레드는 생각한다. 여기까지야, 기회는 물거품이 됐어, 우린 끝이야. 그러나 이내 장벽은 입을 벌리고 그녀는 벽 안쪽으로 곤두박질치고,

그 뒤로 순식간에 다시 벽이 닫힌다. 뒤쫓던 추격자는 산산이 부서진다.

레드는 추락하며, 비행하며, 이때껏 감히 닿을 엄두를 내지 못했던 시간의 실 아래쪽으로 향한다. 가든으로.

레드는 편지가 되어 들어선다. 블루 안에 봉인된 편지로.

24

레드는 자신을 발견한다. 처음에는, 궤도에서.

이곳의 우주는 병들었다. 걸쭉하다. 미끄럽다. 레드는 역한 느낌이 드는 벌꿀처럼 탁한 빛에 흠뻑 젖는다. 진공 속을 통과하는 느낌은 고깃덩이 위를 미끄러지는 것과 비슷하다. 새 살갗에 냉기가 닿지만 얼얼하지는 않다. 허파 속에 공기가 부족하지만 숨을 쉴 필요는 없다. 아득히 멀리서 그리고 너무도, 너무도 가까이서 태양이 빛난다. 그 태양은 염소의 눈과 마찬가지로 모래시계 모양의 거대한 눈동자를 지닌 눈으로, 우주를 훑으며 약한 존재를 찾아 키워 주거나 이용해 먹는다. 이곳의 별들은 하나같이 눈이다. 쉬지 않고 수색하는 눈. 레드의 예언자들은 냉정한 우주에 격분했다. 가든의 영역인 이곳에서는 모든 광대한 세계에 배려가 넘친다.

레드가 궤도를 따라 돌고 있는 이 행성은 이미 쓸모를 다했으나 아직 살아 있다. 레드는 그 사실을 안다. 몸속에 새로 생긴 장기들이 가르쳐 주었다. 걸쭉한 액체 같은 우주 공간이 열린다. 열린 틈새로 초록색 곧은뿌리가 내려와 행성을 휘감더니 다정한 정원사처럼 살며시, 행성을 으깨어 산산조각 낸 다음 파편에 남은 생명들을 빨아들이고, 결국에는 재만 남는다. 흡수된 영양분은 다른 곳에서 쓰인다.

눈 모양을 한 태양의 시선이 곁을 훑고 지나가자 레드는 그 눈길에 어린 분노 때문에 몸이 얼얼하다.

지독한 실수였다. 레드는 바보 천치이고, 고향으로부터 까마득히 먼 이곳에서 죽을 것이다. 어떻게 편지 몇 통으로, 친구의 기억으로 이곳을 다 안다고 생각했을까? 어떻게 그렇게 자신만만했을까? 어떻게 자신이 이곳에서 살아남을 만큼 충분히 블루가 되었다고 믿었을까? 그것조차 알지 못한다면, 레드는 정말로 블루를 알기는 했을까?

이런 생각들이 레드를 배신하려고 기회를 엿본다. 레드를 갉아먹으려는 뿌리들에게 틈을 내주려고.

레드는 블루를 떠올리며 무너지지 않고 버틴다.

눈이 움직이고, 레드도 함께 움직인다. 믿음을 저버리지 않은 채로.

레드는 가든의 여러 세계를 지난다. 이곳에서는 우주 자체가 그녀를 적대시한다. 이끼가 내뿜는 연기를 맡으면 졸음이 온다. 포자들이 둥둥 떠다니며 둥우리로 삼을 반역자의 허파를 찾는다. 하늘에 걸린 별자리들은 파르스름하게 빛나고, 은하와 은하 사이에는 넝쿨이 얽혀 있으며, 별무리로 이루어진 만(灣)을 거대한 나무줄기가 다리처럼 가로지른다. 별의 심장에서 일어나는 핵융합 속에서도 생명은 빠르게 자라나 피어난다. 레드는 길을 잃는다.

레드는 블루를 찾아다닌다. 수은 바다의 해변에 자라는 맹그로브숲을 지나 위쪽으로 올라가는 동안 손바닥만 한 거미들이 위에서 떨어져 팔 뒤쪽과 목덜미를 깃털처럼 살살 간지럽힌다. 거미들은 레드에게 비단실로 자아낸 질문을 던지고, 레드는 블루의 기억을 이용하여 까다로운 질문 하나하나에 대답한다. 풀을 뜯는 블루. 차를 마시는 블루. 머리를 바짝 깎고 신의 소유물을 훔치러 온 블루. 몽둥이를 든 블루, 면도칼을 든 블루, 여러 가지 미래를 낳는 블루.

거미들은 독니로 레드를 물어서 표식을 남긴다. 이정표를 세우는 것치고는 위험한 방식이다. 그러나 표식을 통해 주입된 지식이 핏줄 속에서 불타는데도, 레드가 변신해서 얻은 여성의 몸은 죽지 않는다.

레드는 시간의 실 위쪽으로 올라간다. 천천히, 사뿐사뿐.

너도 알 거라고 생각하는데, 우리는 식물처럼 길러져. 블루는 편지에 그렇게 적었다. 우리는 시간 가닥이 엮이는 곳을 파고들어. 우리가 바로 울타리니까. 꽃잎 대신 가시가 달린 장미꽃 봉오리인, 우리 모두가.

레드는 블루가 말했던 장소를 발견한다. 거미의 지혜가 그녀를 초록빛 넝쿨과 나방이 있는 공터로, 눈꽃보다 더 하얀 꽃들이 꽃받침 깊숙이 붉은 점 몇 개만을 간직하고 피어 있는 곳으로 인도한다. 레드는 요정의 땅에 내려선다.

언뜻 보면 블루가 아껴 마지않던 그림 가운데 한 점의 배경 같지만, 레드는 이곳에 도사린 위험을 감지한다. 장미에서 피어오르는 향기가 졸음을 일으킨다. *우리 사이에 누워서 좀 쉬어, 그래야 우리 가시가 너의 귀를 휘감고 올라가 귓속의 보드라운 살을 파고들 것 아니야.* 회색 날개가 이불만큼이나 커다란 나방이 버드나무 가지에서 떨어져 레드를 둘러싸고 퍼덕거리고, 레드의 몸에 내려앉고, 대롱 같은 주둥이로 레드의 입술을 맛본다. 면도날보다 더 날카로운 날개들이 그녀의 힘줄을 거칠게 훑으며 미끄러진다. 풀은 수북이 자라서 발소리를 가려 주지만 그녀에게는 그 이파리들 속에 똬리를 튼 힘이 느껴진다. 그녀는 충분히 블루가 되었을까? 만약 이 장소가 그녀의 정체를 의심하면, 그녀는 즉시 죽을 것이다. 나방 날개에 토막이 나서, 풀에 목이 졸려서, 장미의 거름이 돼서.

그러나 그녀는 이곳에 속한다. 이 장소는 그녀 안에 있는 새로움의 것, 블루다움의 것이다. 그녀가 두려움에 지지 않는 한은. 심지가 꺾여 이곳의 수풀에 의심할 여지를 주지 않는 한은.

나방 날개 한 짝이 속눈썹 사이를 정확히 누르지만, 그녀는 소리를 지르지도 구역질을 하지도 눈알이 찢기지도 않는다.

이곳은 블루의 터전이다. 그녀는 이 장소에 블루를 죽이는 만족감을 허락하지 않을 것이다.

공기 중에 지혜를 실은 꽃가루가 자욱하다. 걷기가 헤엄치기와 다름없기에 그녀는 헤엄을 치며 나아간다. 수풀의 형상으로 이 장소를 에워싼 곧은뿌리를 따라 시간의 실 위쪽으로, 가든이 가장 완벽한 요원들을 기르는 비옥한 땅을 지키려고 장벽과 가시로 에워싼 과거 속으로.

씨앗이 심어지고, 뿌리가 시간 속으로 촘촘하게 뻗어나가.

레드는 수풀의 생장을 맡은 심장부 쪽으로 헤엄쳐 간다. 주위를 둘러싼 축축한 초록색 장치는 가든이 자신의 도구를, 자신의 무기를 기르고 먹이는 데에 사용하는 것이다. 그러나 달리 보면, 인간의 눈으로 보면, 그녀는 가을날 농장 근처의 산비탈에 서 있다.

그곳에, 공주가 누워 있다.

공주는 가시와 칼날과 불길로 이루어진 생물이다. 미완의 거대 병기인 그녀는, 가슴이 미어질 듯이 아름답다. 그녀의 입속에 줄줄이 돋은 이빨이 번쩍인다.

다르게 보면, 그녀는 양지바른 산비탈에 잠들어 있는 여자애이다.

아주 어렸을 적에. 블루는 편지에 그렇게 적었다. 나는 병을 앓았어.

다 자라면 아이는 전쟁에 걸맞은 무기가 될 것이다. 그러나 그 아이는 아직 블루가 아니다.

레드는 가까이 다가간다. 공주는 눈을 뜨고 있고, 그 눈은 황금빛으로 빛나는데…… 한편으로는 캄캄하고, 깊고, 인간 같다. 두 가지 성질을 동시에 지닌, 덫 속의 덫이다. 여자애의 모습을 한 그 아름다운 괴물은 눈을 깜박이며 꿈과 현실을 잇는다.

레드는 침대 곁에서 허리를 숙이고 그녀에게 입을 맞춘다.

그녀의 이가 레드의 입술을 벤다. 혀가 냉큼 튀어나와 떨어지는 레드의 피를 핥는다.

실험실에서 기나긴 하루를 보내던 시절, 붉은 열매를 편지의 문단으로 바꾸며, 레드는 자신의 기억 속 깊숙한 곳에도 독을 새겨 두었다. 그 굶주린 독은 블루의 방어 체계를 자극하여 블루 본인을 적대하도록 할 테고, 가든으로 하여금 블루를 잘라내게 할 테고, 이로써 블루를 내부에서부터 먹어 치울 것이다.

레드가 블루에게 마시도록 한 피 속에는 그 독의 맛보기에 해당하는 양이 들어 있고…… 레드가 지닌 해독제, 곧 레드 자신의 항체도 함께 들어 있다. 이 작은 바이러스는, 만약 이 방법이 통한다면, 유년기의 블루에게 레드의 색채를 몹시도 미세하게 남길 것이다.

적의 공작에 당하고 만 거야.

내가 주는 이 피를 마셔. 레드는 생각한다. 이걸 네 안에 지니고 다녀. 나중에 뽑아 버릴 존재가 심어 놓은 이 뿌리를. 하루도 빼놓지 않고 허기를 지니고 다니는 거야. 그것이 너를 지키고, 인도하고, 구원하도록.

그래야 세상과 가든과 나, 모두가 네가 죽었다고 생각할 때, 너의 일부가 깨어날 테니까. 살 테니까. 기억할 테니까.

이 방법이 통한다면.

훗날 블루가 될 여자애의 시선이 레드에게 못 박힌다. 꿈결에 젖어 부드러운, 신뢰하는 눈빛이. 아이는 자신에게 바쳐진 것을 맛보고, 그 속에 깃든 고통을 알아보고, 삼킨다.

허기는 아이의 핏줄을 따라 핏빛으로 거세게 흐르다가 뿌리로 빠져나가 협곡으로 흘러든다. 허기는 꽃 속에서 불끈거리다가 꽃잎을 툭툭 떨어뜨리고, 나방의 날개를 지져서 태워 버린다. 수풀이 불탄다. 레드는 달아난다. 불붙은 나방들이 그녀를 노리고 쏜살같이 날아와 다리와 팔과 배에 깊숙한 고랑을 파놓지만, 그것들은 공격을 가하여 상처를 내는 동시에 그 자리를 불로 지진다. 한 마리는 레드의 새끼손가락을 잘라 버린다. 풀잎은 그녀의 발목을 채고 오른쪽 장딴지의 피부 한 움큼을 홀렁 벗겨 버리지만 그 풀잎조차도 허기에 닿아 오그라들고, 레드는 휘청거리며 그 자리를 벗어나서, 피투성이가 되어, 시간의 실 위쪽으로 더듬더듬 올라간다. 자신이 배반한 고향으로, 더는 안전하지 않은 안식처로.

그곳 말고는 달리 갈 곳을 알지 못하기에.

미끄럽고 묵직한 우주는 더 이상 고요하지 않다. 분노가 세계의 피부를 팽팽하게 긴장시킨다. 눈처럼 생긴 별들이 반역자를 찾아 두리번거린다.

가든이 레드를 쫓는다.

레드는 재빠르고, 영리하고, 강하고, 고통에 시달린다. 수풀에서 벗어나 더는 조심할 필요가 없어지자 레드는 강화 장갑과 무기를 전개하고 기동전을 시작한다. 그 전투는 잘 풀리지 않았다고만 해 두어도 충분할 것이다. 눈처럼 생긴 별들이 레드를 탈출로와 탈출로 사이에 정지시킨다. 공허한 우주 공간에서 그녀는 거대한 곧은뿌리들과 뒤엉켜 씨름한다. 가까스로 뿌리치고 벗어나는 동안 그녀는 잃어버린다. 강화 장갑을, 뼈를, 손가락을, 치아를. 마지막 남은 비밀 무기를 동원하여 곧은뿌리를 불태우고, 우주 공간의 눈들을 멀게 한다. 별들이 부서져 한꺼번에 폭발하고, 그녀는 두 세계 사이에 입처럼 벌어진 틈새 속으로 추락한다.

레드는 시간의 실 사이로, 고요와 무의미한 시간 속으로 곤두박질친다. 그러다 마침내 어딘가에 부딪히고, 부서져서, 피 흘리며, 간신히 의식을 유지한다. 몸통 없이 다리 두 짝만 있는 거대한 석상 옆의 사막에서.

레드는 고개를 들고 가만히 위를 보다가, 잔뜩 쉰 목소리로, 껄껄 웃는다.

이윽고 사령관이 보낸 군단이 밤의 장막처럼 레드 위로 내려앉는다.

25

감방 한 칸이 레드에게는 온 세상이다.

그들은 가끔 심문을 하려고 레드를 이곳에서 데리고 나간다. 사령관은 질문할 것이 너무도 많지만 그 모두가 기본적인 사항의 변주이다. 왜, 언제, 어떻게, 무엇을. 그들은 누가에 대해서는 이미 안다고 생각한다.

사령관이 맨 처음 그런 것들을 물었을 때, 레드는 씩 웃으며 그녀에게 정중하게 질문하라고 대꾸했다. 그러자 그들은 레드를 다치게 했다.

사령관이 두 번째로 물었을 때, 레드는 또다시 그녀에게 정중하게 질문하라고 했다. 그들은 다시금 레드를 다치게 했다.

가끔은 고통을 제시하기도 했다. 가끔은 스테이크와 자유를 제시하기도 했는데 아마도 그들에게는 무언가 의미가 있는 말인 듯싶었다.

하지만 그런 일에 쓰일 때를 빼면 레드에게는 이 감방 한 칸이, 이 상자 하나가 곧 세상이다. 머리 위에서 만나는 회색 벽들. 평평한 회색 바닥. 둥그런 벽 모서리. 침대 하나. 변기 한 개. 잠에서 깨어나면 쟁반에 놓인 식사가 눈에 띈다. 그들이 데리러 올 때면 곡면으로 된 벽의 아무 곳에나 문이 생기고 열린다. 레드는 맨 살갗을 드러내고 지낸다. 살갗 아래 한때 무기가 있던 자리는 횅하니 비어 있다.

레드는 그들이 이 교도소를 오로지 자신을 위해 지었으리라고 짐작한다. 그들에게 붙잡힌 채 끌려가는 도중에 보이는 다른 감방은 죄다 비어 있다. 어쩌면 레드가 외톨이 신세라고 생각하기를 바라는지도 모른다.

어느 날 아침, 경비병이 레드를 찾아온다. 레드는 언제가 됐든 잠이 들면 밤, 깨어나면 아침이라고 믿기로 마음먹었다. 태양도 보이지 않는 마당에 누가 시간에 신경을 쓰겠는가? 그들은 레드를 끌고 또 다른 텅 빈 복도를 지난다. 사령관이 기다린다. 이번에는 펜치가 보이지 않는다. 사령관의 표정은 레드의 기분만큼이나 피곤해 보인다. 여러 차례 함께 시간을 보내는 사이에 그녀는 기진맥진이 무슨 뜻인지를 배웠다. 레드가 공포가 무엇인지 배웠듯이.

"말 좀 해 봐." 사령관이 말한다. "내가 물어보는 건 이번이 마지막이야. 내일, 우리는 너를 해체하고 잔해를 낱낱이 분석해서 우리가 궁금해하는 걸 알아낼 거다."

레드의 한쪽 눈썹이 쫑긋 올라간다.

"부탁이야." 사령관이 말한다. 강철처럼 무덤덤하게.

레드는 말이 없다.

석류 생각은 떠올리지 않는다. 희망은 감히 품지도 않는다. 그들이 거머쥐었던 것은 오로지 단 한 번의 기회였다. 만에 하나 성공했다고 해도, 만에 하나 그녀가 깨어났다고 해도, 너를 구하러 오리라는 보장이 어디에 있지?

너는 그녀를 배신했잖아.

레드는 생각을 하지 않는다.

경비병이 다시 레드를 끌고서 아무도 없는 긴 복도를 지나 열린 문 앞에 멈춰 선다.

레드는, 다시금 자신의 조그마한 회색 세계 안으로 내던져질 준비를 하다가, 뒤를 돌아본다. 경비병이 차분하고 골똘한 눈빛으로, 입꼬리는 모질고 교활해 보이는 각도로 쌩긋 올라간 채로, 이쪽을 가만히 보고 있다.

"왜 이런 짓을 하는 거지?" 부루퉁한, 나지막한 목소리. 그들은 죄수에게 말을 걸면 안 된다.

레드는 언제나 잡담을 즐기는 편이었다. 게다가…… 내일이면 모든 것이 끝난다. "승리보다 더 중요한 것들이 있으니까."

경비병은 골똘히 생각한다. 레드는 이런 부류를 잘 안다. 이상은 높지만 기량은 부족한, 듬직스러운 구석을 무기로 출세하기를 꿈꾸는 부류. 그런데 레드의 변절 앞에서 굳었던 입이 그만 풀어지고 만 것이다.

블루였다면 깊은 인상을 받았을 것이다.

"너는 가든에 침투했다가 다시 빠져나왔어. 그래 놓고도 우리한테는 어떻게 했는지 밝히려고 하지 않아. 그러니까 넌 우리 편이 아닌 거지. 기회가 있었을 때 왜 저쪽 편에 가담하지 않았어? 우리를 팔아넘길 수도 있었는데?" 너무도 진지하다. 한때는 레드도 그러했다.

"가든은 우리를 거느릴 자격이 없어. 그건 에이전시도 마찬가지야." 레드가 말한 '우리'는 그녀 자신과 블루를 가리킨다. 블루가 어디에 있든 간에, 만약 실제로 있다면. '우리'는 모두를, 이 역겹고 지긋지긋한 전쟁을 하느라 모든 시간의 실에서 죽어가는 모든 유령을 가리킨다. 심지어는 이 경비병까지도. 레드는 마지막 순간에 이 여성에게 진실을 말해 준다. 어쩌면 그 진실이 이 여성의 목숨을 구할지도 모른다.

그러거나 말거나 경비병은 레드를 감방에 처넣는다.

레드는 바닥에 부딪혀 미끄러진다. 가만히 누워서 고개를 들지 않는다. 등 뒤에서 무언가 부스럭거린다. 감방 문이 닫힌다. 이제 곧 모든 것이 끝난다. 할 수 있는 일은 다 했다. 경비병이 멀어져 간다. 쿵쿵대는 군홧발 소리가 묵직하게, 규칙적으로, 천천히 메아리친다.

레드가 고개를 들었을 때, 감방 바닥에는 조그맣고 하얀 직사각형 종이 한 장이 놓여 있다.

레드는 그 봉투를 향해 허겁지겁 기어가서는, 품속에 꼭 움켜쥔다.

그녀의 이름. 그녀가 아는 글씨체.

레드는 자신의 팔을 잡았던 경비병의 손길을 떠올린다. 그 목소리를 기억해 낸다. 귀에 익은 목소리였던가?

레드는 엄지로 봉투를 찢고 편지를 읽는다. 그리고 둘째 줄을 읽을 즈음에는, 뺨이 얼얼할 정도로 크게 함박웃음을 짓는다.

나의 **영원**토록 **웅**대하고 극단적으로 붉은 천체[1]에게

네가 무슨 짓을 할지 나는 알지 못했어.

우선 나 자신에 관해 설명하고 싶어. 네가 구해 준 지금의
나, 네가 감염시킨 지금의 나, 맨 처음 시작할 때부터 너와
단단히 얽혔던, 뫼비우스의 띠 같은 지금의 나에 관해서.

나는 네가 보낸 마지막 편지를 심었어. 그 편지가 자라는
모습을 지켜봤고, 그걸 기르면서 내 피를 먹일까 하는 생각
도, 그것에 입을 만들고 그 입을 통해 너에게 말할까 하는
생각도 했어. 너는 그 편지를 읽지 말라고 했지. 나는 너의
순진한 행동에 매료되는 동시에 네가 나를 배신했다는 생
각에 속이 타들어 갔어. 답은 둘 중에 하나일 수밖에 없었
어. 나를 죽이려다 실패했을 때 너 자신이 죽는 것 말고 다
른 결과가 있으리라는 생각을, 너는 도대체 어떻게 할 수가
있을까? 그 자체가 시험이라는 걸 네가 어떻게 모를까? 내
가 너를 위해 우리 편을 버릴 거라고, 그것도 너의 고통이 어
설프게 전시된 편지에 넘어가 그렇게 할 거라고 믿을 만큼
스스로의 구애 실력에 자신감이 넘치지 않는 이상, 어떻게?
답이 어느 쪽이든, 선택은 단 하나였어. 너를 지키려면, 너

의 의도가 무엇이든 간에, 나는 너에게 복종하는 수밖에 없었어.

어렵지는 않았어. 레드, 솔직히 말하면⋯⋯ 너의 편지를 읽지 않는 게 더 힘들었어.

네가 다시는 편지를 쓰지 않을 거라고 했을 때 말이야. 네가 그렇게 말했을 때⋯⋯ 내가 스스로의 기억에서 없애 버리고 싶었던 편지는 그거 한 통뿐이야. 솔직히 말하면, 그것 역시 내가 미끼를 문 이유 가운데 하나야. 원래대로 돌리고 싶어서, 그 마지막 편지를 다시 쓰고 싶어서. 너의 제안을 따르며 사는 것보다 네 손에 산산이 부서지는 게 더 쉬웠으니까.

하지만 나는 욕심이 많아, 레드. 나는 최초의 편지가 그랬듯이 마지막 편지도 내가 보내고 싶었어.

내 답장을 받고 너무 화내지 말았으면 좋겠어. 이 편지를 너 말고 다른 사람이 맨 먼저 읽을지도 모른다는 건 나도 알아. 이것만은 네가 부디 알아줬으면 해. 나는 죽어가면서, 혹시라도 나를 살릴 사람이 있다면 바로 너일 거라는 생각을 했어. 여기서 고백하건대 그건 건방진 생각이었어.

나를 죽인 건 다름 아닌 내 손이었으니까. 그리고 나를 살려서 일으킨 건 네 손이었고.

내가 첫 번째 편지에서 침투 공작을 벌이겠다고 장담한 거 기억나지. 네가 나한테 물들 거라고 도발했던 거 말이야. 그때는 나도 몰랐어. 나로서는 알 길이 없었지, 너도 마찬가지였고. 네가 그때 이미 내 안에 너무도 속속들이 배어 있었다는 걸 말이야. 미래에 맞서 나를 지켜 주려고 그랬다는 걸. 레드, 넌 언제나 내 가장 깊숙한 곳의 허기였어. 나의 날카로운 이빨, 나의 인정사정 봐주지 않는 손톱, 나의 독 묻은 사과. 널따랗게 자란 밤나무 아래에서, 나는 너를 만들고 너는 나를 만들었어.

물론 바깥세상에서는 지금도 전쟁이 한창이야. 하지만 이건 시도해 본 적이 없는 전략이야. 레드, 만약 우리가 힘을 합쳐 다리를 놓는 걸 칭기즈칸이 보면 뭐라고 할까? 우리가 시간의 실이 뒤엉켜 불탄 자리 너머에 닿았다고 한번 가정해 봐. 시간 타래의 매듭을 잘라서 길을 냈다고 말이야. 우리가 전향하면 어떨까? 상대편 진영으로가 아니라, 각자가 서로에게 전향한다면? 지금 우리 분야의 최고는 바로 우리 둘이야. 이제껏 한 번도 없었던 일을 우리 손으로 해 볼까? 시간의 실 아래쪽에 우리 터전을 허용할 때까지,

시간 타래를 찌르고 비틀면서 갖고 놀아 보는 건 어떨까? 가든과 에이전시의 부대가 추적해 오면 우리 둘이 만든 염기쌍 주위로 이중나선처럼 감아 보는 건?

두 진영 사이에 다리를 한번 놓아 볼까? 이웃이 되어 지내는 공간을 만드는 거야. 개를 기르고, 함께 차도 마시는 공간을.

그건 길고 느리게 펼쳐지는 게임일 거야. 양 진영 모두 상대편에게 했던 것보다 더 매섭게 우리를 뒤쫓을 테고. 하지만 어째선지…… 넌 별로 개의치 않을 것 같아.

네가 도망칠 시간을 5분 벌어 뒀어. 방법은 이 편지지 뒷면에 적어 놨는데, 너라면 굳이 안 읽어도 되겠지.

이 전쟁에서 어느 쪽이 이기든 난 아무 관심도 없어. 가든이든, 아니면 에이전시든…… 우주의 기나긴 호가 어느 쪽으로 기울든 간에.

하지만 어쩌면 우리는 이렇게 이길지도 몰라, 레드.

너랑 나는.

우리는 이렇게 이길 거야.

〈끝〉

1) 원문은 'Hyper Extremely Red Object'로 머리글자를 따면 'HERO(영웅)'가 된다. '지나치게 극단적으로 붉은 천체'를 의미하는 HERO는 수십억 광년이 넘게 떨어진 우주에서 빠른 속도로 이동하는 천체 또는 은하로서, 지구로부터 멀어지는 방향으로 이동할 경우에 지구의 관측자들에게 붉은빛으로 보인다. 그런데 실제로는 HERO가 '파란색'일 가능성도 있다. 140억 광년가량 떨어진 곳의 젊은 은하일 경우, 생성된 지 얼마 안 된 파란색 별들로 이루어져 푸른빛을 띤다는 것이다.

감사의 말

맥스 글래드스턴: 이런 글은 보통 '누구누구의 도움이 없었더라면 이 책은 존재하지도 않았을 겁니다' 같은 판에 박힌 문구로 시작하지만, 지금 여러분이 손에 든 이 책은 설령 누가 방해했다고 해도 기어코 세상에 나올 방법을 찾았을 겁니다. 그럼에도! 출판을 준비하고 최종 결과물이 만들어지기까지 너무나 많은 분들이 도와주셨지요.

아말 엘모흐타르: 그런 분들이 정말 많았죠! 이런 글의 성격에 맞추려면, 시간은 없지만 잉크는 남아도는(죄송합니다) 소설가 두 명을 유혹해서 오랫동안 편지를 주고받게 할 만큼 실로 우아한 편지지를 만들어 주신 문구 회사 '조르주 랄로'에 감사를 전해야 할 것 같지만…… 아무리 감사의 말이라고 해도 그 정도

면 도가 지나친 거겠죠. 그러니 친구와 가족에게 감사를!

맥스: 『당신들은 이렇게 시간 전쟁에서 패배한다』의 상당 부분은 익명의 독지가께서 내주신 정자에 앉아서 구상했는데요. 저는 이 '익명의 독지가'라는 말을 전부터 꼭 써 보고 싶었습니다. 모든 감사와 영광을 그 독지가 분께 바칩니다. 누구 이야기인지 당사자께서는 아실 텐데, 혹시 모르실 수도 있지요. 어쩌면 그 당사자는…… 바로 당신일지도?

아말: 쉿, 이미 너무 많이 떠들었다고요! 그래도 정말로 고마웠어요, A. B. 그 정자 근처에 사는 수많은 새와 벌도 이 이야기 속에 등장해요. 그 애들을 우리한테 빌려줘서 얼마나 고마웠는지 몰라요.

맥스: 제 아내 스테파니 닐리에게 고맙다고 전하고 싶네요. 아내는 용기와 활기와 기쁨과 유머가 마르지 않고 솟는 샘 같은 사람인데, 그런 것들이 없으면 예술은 침묵에 잠기고 말지요. 아내가 저를 저세상에서 이 세상으로 데리고 돌아온 적도 한두 번이 아니고요. 그렇게 저는 아내 없이는 아무것도 아닙니다. 사랑해, 스테프!

아말: 제 남편 스투 웨스트에게 감사를. 스투는 연애를 시작하고 나서 몇 년 동안 틈만 나면 자기가 ①중편 소설과 ②공동 창작을 얼마나 싫어하는지 대놓고 공언했어요. 그랬던 스투가 편

견을 버리고 이 책을 아낌없이 사랑하게 되다니 얼마나 행복하고 고마운 일인지, 말로 표현할 엄두조차 안 날 지경이에요. 스투의 식을 줄 모르는 열정과 그칠 줄 모르는 격려가 저한테는 위안이자 안식처였어요. *슈크란 하비비*(고마워, 내 사랑)!

맥스: 여느 책과 마찬가지로 이 책 또한 길잡이가 여럿입니다. 아말의 부모님이신 레일라 고브릴 씨와 우사마 엘모흐타르 씨는 저희 둘이 느낌표가 가득 그려진 메모지로 거실 테이블을 다 뒤덮고 만화영화 「스티븐 유니버스」의 노래를 부르는데도 너그럽게 참아 주셨습니다. 한편 켈리 매컬로와 로라 매컬로 부부는 저희에게 꼭 필요했던 환영과 환대와 도끼처럼 가차 없는 비평을 제공해 주었지요.

아말: (각각) 누구보다 뛰어난 에이전트이자 편집자인 동원 송, 나바 울프에게 마음속 깊숙이서 우러난 고마움을 전하고 싶어요. 정말이지 이렇게나 기묘한 문학 창작물이 독자 여러분께 전해지도록 모양을 빚고 다듬는 일을 도와준 사람들이니까요. 두 사람이 없었다면 이 책은 지금 같은 모습을 띠지 못했을 거예요. 두 사람에게 아낌없는 찬양을! 엘리자베스 하드윅에 관해 자세히 알려 준 펠리시티 맥스웰, 또 선주민 언어를 어떻게 써야 할지 친절하게 가르쳐 준 제이 오직에게도 고맙다고 말하고 싶어요. 물론 틀린 부분이 있다면 다 제 잘못이고요!

맥스: 비실대는 원고 한 편을 튼튼하고 아름다운 책이라는 물건으로 키워 내려면 마을 전체가 힘을 합쳐야 하는 법이지요. 다음에 소개하는 모든 분께 저희 둘 다 경의와 진심에서 우러난 감사를 전합니다. 얽히고설킨 시간 여행 프로젝트가 제 시간에 끝나도록 지휘해 준 책임편집자 지니 잉, 독수리처럼 날카로운 눈과 넓은 관용을 겸비한 교열 담당자 디애나 호크, 들고 다니며 읽기 편한 책이 되도록 여러 면에서 보이지 않게 도와 준 제작 담당자 엘리자베스 블레이크린, 저희 둘 다 예상치 못했지만 둘 다 몹시도 마음에 들어 했던 원서 표지를 디자인해 준 그레그 스태드닉, 그리고 저희를 위해 지칠 줄 모르고 애써 준 홍보 담당자 다아시 코핸에게도.

아말: 마지막으로, 친애하는 독자 여러분, 이 책을 여러분께 바칩니다. 진심이에요. 책은 병 속에 든 편지, 시간의 파도 속으로 던져진 편지, 세상을 구하려고 발버둥치는 한 사람이 같은 일을 하는 다른 사람에게 보내는 편지이거든요.

멈추지 말고 읽으세요. 멈추지 말고 쓰세요. 멈추지 말고 싸우세요. 우리 모두 여기 이렇게 살아 있으니까요.

2020년 영미권 SF계에서 가장 화제가 된 작품은 한 편의 경장편 소설(novella*)이었습니다. 1984년생 동갑내기 작가 둘이 머리를 맞대고 앉아 초고에서 퇴고까지 고작 6주도 안 되는 시간 만에 마무리 지은 이 짧은 소설은 그해 5월 영국SF협회상과 네뷸러상을 필두로 6월에 로커스상, 8월에는 휴고상을 잇달아 석권하며 경장편이라는 형식 자체가 새로이 주목받는 계기를 마련했습니다. 그 작품이 바로 여러분께서 방금 읽으신 이 책, 『당신들은 이렇게 시간 전쟁에서 패배한다』입니다.

---

* 영어로 15,000단어에서 40,000단어 분량의 소설로, 보통 장편 소설보다 짧지만 단편 소설보다는 훨씬 길어서 독립된 형식으로 인정받는다. 한국에서 흔히 쓰는 200자 원고지로 환산하면 약 300매에서 700매에 해당한다.

휘황찬란한 수상 경력을 감안하면 줄거리 자체는 의외로 단출합니다. '인류가 두 세력으로 나뉘어 모든 시간선의 패권을 차지하려고 전쟁을 벌이는 까마득히 먼 미래, 시간 전쟁을 수행하는 양 진영의 특수 기관에서 가장 훌륭한 요원 둘이 비밀리에 편지를 주고받다가 서로를 닮아가는 이야기'로 요약해도 충분할 정도이지요. 그런데 둘 사이에 오가는 편지가 도무지 심상치 않습니다. 때로는 물 분자의 운동을 숫자로 변환한 MRI 측정값이 곧 잉크가 되고, 아름드리나무를 편지지 삼아 나무 속심의 나이테를 글줄로 활용하고, 흐르는 용암의 이글거리는 붉은 빛이 문자가 되고, 셰익스피어의 희극이 초연되는 시대에 어느 약재상에서 키우는 화분의 독초가 곧 메시지를 품은 편지가 되기도 합니다. 이렇게 다양한 형태와 기발한 형식으로 쓴 편지 한 통 한 통은 담고 있는 표현들조차 평범하지 않습니다. 두 작가는 시와 소설 같은 문학 작품, 게임과 팝송 같은 대중문화, 여기에 실제로 일어난 역사적 사건의 배경과 인물까지, 온갖 분야의 수많은 요소들을 차용하여 현란한 입담을 펼쳐 보입니다.

그렇다면 이 책의 매력은 단지 재기 넘치는 형식과 표현뿐일까요? 물론 그렇지 않습니다. 레드가 블루에게 보내는 세 번째 편지에서 언급했다시피("편지는 시간 여행과 비슷한 구석이 있어, 안 그래?") 편지 쓰기는 가장 오래된, 또한 가장 사적인 형태의 시간 여행입니다. 편지지 앞에서든 액정 화면 앞에서든 홀로 앉아 편지를 쓸 때, 발신인이 떠올리는 수신인은 자신이 아는 지나간 시간 속의 존재, 즉 이미 과거에 속하는 존재입니다. 그 과거 속의 상대를 생각하며 현재의 발신인이 적어 보낸 편지를 받는 사람은 미래의 수신인입니다. 이렇게 미래에 전해진 과거는 수신인의 손에서 펼쳐져 앞으로 싹틀 시간과 사건들의 씨앗이 됩니다. 그러므로 편지 쓰기라는 행위는 그 자체로서 어엿한 SF 창작 행위인 것입니다. '시간의 실'을 오르내리며 무수한 '실 가닥'을 '타래'와 '매듭'으로 땋고 묶어 수없이 많은 우주의 운명을 결정짓는 두 (여성) 전사의 사랑 이야기를 그리기에 이보다 더 잘 어울리는 형식은 없습니다. 이처럼 편지 쓰기에 내재된 시간 여행의 속성을 SF와 완벽히 결합한 솜씨 또한 이 책의 매력이라 하겠습니다.

그런데 앞서 언급한 첫 번째 매력, 즉 '현란한 입담'은 어디까지나 독자가 그 입담을 이해하고 즐길 때 가치를 지니는데⋯⋯ 여기서 옮긴이의 고뇌가 시작됩니다. 영어권 독자들을 염두하고 쓴 글을 한국어로 옮길 때 어디서부터 어디까지 '설명'할 것인가 하는 문제는 답하기가 쉽지 않습니다. 이 책에서는 '소설을 읽는 즐거움을 조금이라도 해치지 말 것'을 원칙으로 삼고 각 장 끄트머리에 되도록 짤막하게 주석을 달아 두었습니다. 옮긴이가 단 주석의 내용을 단서로 이런저런 배경 지식들을 찾아보다 보면, 또 그렇게 찾아보고 나서 다시 한 번 읽어 보면, 어쩌면 처음 읽었을 때와 전혀 다른 이야기를 읽는 기분이 들지도 모릅니다. 그러다 보면 (자칫 시간 활용법이 얼마나 중요한지 일깨워 주는 자기 계발 서적으로 오해하기 쉬운) 책 제목에 어째서 '당신'이 아니라 '당신들'이라는 복수형을 사용했는지도 이해가 가리라 믿습니다. 결국 이 책은 '온 세상에 맞서는 단 둘(two against the world)'에 관한 이야기이기 때문입니다.

번역하는 동안 제가 이 책에서 가장 인상적으로 읽은 구절은 아래의 두 문장입니다.

이 편지는 단 한 번만 읽도록, 다 읽으면 없어져 버리도록 만들어졌다.

나에게 너는 아무리 여러 번 읽어도 부족한 편지야.

접힌 채 봉투 속에 넣어진 편지는 꺼내어 펼쳐 읽을 때마다 생명을 얻습니다. 그렇게 과거가 미래를 다시 사는 것, 그리하여 영원히 사는 것을 믿는 마음이야말로 우리가 이야기를 짓고 전하는 이유일 것입니다. 그 믿음이 대양을 건너는 갈대배의 돛을 미는 순풍이기를, 간절한 소망이 적힌 쪽지가 든 병을 실어 나르는 아홉 번째 파도이기를 바라며, 옮긴이의 짧은 편지를 여기에 함께 부칩니다.

한국어판 『당신들은 이렇게 시간 전쟁에서 패배한다』는 미국의 사가프레스 출판사에서 2019년에 펴낸 하드커버판 『This Is How You Lose the Time War』를 저본으로 삼았습니다. 조판에서 편집, 디자인, 제작, 관리, 영업에 이르기까지, 출판의 모든 과정에서 힘써 주신 노동자들께 지은이들을 대신하여 감사드립니다.

2021년 6월
장성주

옮긴이 | 장성주

출판 편집자를 거쳐 번역자 및 기획자로 일하고 있다. 우리말로 옮긴 책에 스티븐 킹의 『별도 없는 한밤에』, 『언더 더 돔』, 「다크 타워」 시리즈, 켄 리우의 『종이 동물원』, 『제왕의 위엄』, 『어딘가 상상도 못 할 곳에, 수많은 순록 떼가』, 윌리엄 깁슨의 『모나 리자 오버드라이브』, 레이 브래드버리의 『일러스트레이티드 맨』, 데즈카 오사무의 『아돌프에게 고한다』, 우메즈 가즈오의 『표류 교실』 등이 있다. 2019년 『종이 동물원』으로 제13회 유영번역상을 수상했다.

당신들은 이렇게 시간 전쟁에 패배한다

1판 1쇄 펴냄 2021년 7월 16일
1판 6쇄 펴냄 2024년 5월 15일

지은이 | 아말 엘모흐타르 · 맥스 글래드스턴
옮긴이 | 장성주
발행인 | 박근섭
편집인 | 김준혁
펴낸곳 | 황금가지

출판등록 | 2009. 10. 8 (제2009-000273호)
주소 | 06027 서울 강남구 도산대로 1길 62 강남출판문화센터 5층
전화 | 영업부 515-2000 **편집부** 3446-8774 **팩시밀리** 515-2007
홈페이지 | www.goldenbough.co.kr

도서 파본 등의 이유로 반송이 필요할 경우에는 구매처에서 교환하시고
출판사 교환이 필요할 경우에는 아래 주소로 반송 사유를 적어 도서와 함께 보내주세요.
06027 서울 강남구 도산대로 1길 62 강남출판문화센터 6층 민음인 마케팅부

한국어판 © ㈜민음인, 2021. Printed in Seoul, Korea
ISBN 979-11-5888-960-9 03840

㈜민음인은 민음사 출판 그룹의 자회사입니다.
황금가지는 ㈜민음인의 픽션 전문 출간 브랜드입니다.